Das Buch

Lara hält Kai für einen schnöseligen Barmann, Kai hält Lara für eine Drink-Expertin und Männerfresserin. Das stimmt zwar alles nicht, aber die beiden verlieben sich trotzdem. Oder gerade deswegen? Jedenfalls kommen sie seit dem ersten Treffen nicht mehr aneinander vorbei – aber auch nicht richtig zusammen. Zu viele Steine liegen ihrem Glück im Weg.

Nicht nur, dass sie sich ständig falsch verstehen. Kais verrückter Großvater zerstört das schönste Date, Lara bekommt dauernd geheimnisvolle Anrufe, das kleine chaotische Architekturbüro, das Kai leitet, ist mit einem Villa-Großauftrag völlig überfordert, und Laras Immer-noch-Freund Adrian hat genau den richtigen Riecher dafür, wann er seine guten Seiten zeigen muss. Kai und Lara zerstreiten sich darüber. Um sie noch zu versöhnen, wäre ein kleines Wunder nötig. Doch manchmal sind auch Wunder Missverständnisse …

Der Autor

Matthias Sachau lebt in Berlin, arbeitet als Autor und Texter und wäre durch die Recherchen zu diesem Buch beinahe zum Alkoholiker geworden. *Andere tun es doch auch* ist, nach Bestsellern wie *Kaltduscher* und *Wir tun es für Geld*, sein fünfter Comedyroman.

Bitte beachten Sie auch: www.matthias-sachau.de
www.twitter.com/matthiassachau
www.facebook.com/matthias.sachau

Von Matthias Sachau sind in unserem Hause bereits
erschienen:
Linksaufsteher
Wir tun es für Geld
Kaltduscher
Schief gewickelt

Matthias Sachau

ANDERE TUN ES DOCH AUCH

Roman

Ullstein

Besuchen Sie uns im Internet:
www.ullstein-taschenbuch.de

Originalausgabe im Ullstein Taschenbuch
1. Auflage August 2012
© Ullstein Buchverlage GmbH, Berlin 2012
Umschlaggestaltung: ZERO Werbeagentur, München
Titelabbildung: Hund, Leine Hut – © FinePic®; Frauenbeine –
© GettyImages/Alys Tomlinson
Satz: LVD GmbH, Berlin
Gesetzt aus der Candida
Papier: Holmen Book Cream von Holmen Paper
Central Europe, Hamburg GmbH
Druck und Bindearbeiten: GGP Media GmbH, Pößneck
Printed in Germany
ISBN 978-3-548-28439-2

Sonntag

KAI Dass ich gerade an der Bar sitze, hat nichts damit zu tun, dass ich gerne an der Bar sitze. Wenn überhaupt, dann nur in Gesellschaft. Bevorzugt in betrunkener Gesellschaft. Und idealerweise in betrunkener Gesellschaft, die Unsinn redet. So wie mein Freund Frank, der bis vor ein paar Minuten noch neben mir saß.

Seit er verschwunden ist, ist die Bar ein ziemlich deprimierender Ort. Ich will nicht stumm in mein Glas starren. Und noch weniger will ich den Barmann anstarren. Ich kann seine Gedanken lesen: »Haha, ich langweile mich hier genauso wie du, aber ich bekomme Geld dafür. Und Toilettensex mit Gästen.« Dann starre ich am Ende doch lieber mein Glas an. Das scheint wenigstens leise »Fehlt dir was?« zu fragen.

Ich erzähle ihm, dass mein Freund Frank von seiner Freundin Irena und einem beschwipsten Damengrüppchen, das ihm eine lange Federboa als Hundeleine um den Bauch geschlungen hat, entführt wurde und ich seitdem eine einsame, traurige Barwaise bin. Und während mein Glas mich angähnt, denke ich mir, dass »vor ein paar Minuten« wahrscheinlich gar nicht stimmt. Kann gut sein, dass es erst wenige Sekunden her ist. Aber die können sich für eine Barwaise in die Länge dehnen, dass es fast bis zum nächsten Vormittag reicht.

Dabei bin ich eigentlich sehr gern unter Leuten. Vor allem unter Leuten, die nicht, wie ich, Architekten sind.

Und in dieser Hinsicht ist diese Party perfekt für mich. Eine Filmpremierenfeier. Das heißt, hier laufen nur Filmmenschen rum. Und Filmmenschen nehmen garantiert den ganzen Abend keine Worte wie »Regelgeschoss«, »Aussteifung« und »Gussasphaltestrich« in den Mund. Und auch wenn sie am Anfang noch so hochnäsig daherkommen, sie kümmern sich rührend um einen, sobald man sie darüber aufgeklärt hat, welche Filme man alle noch nicht gesehen hat. Deswegen war es mir ein großes Glück, dass Frank mich auf die Gästeliste der Premierenfeier von *Dein Heiß ist mein Kalt* schmuggeln konnte. Aber dann mussten ja die trunkenen Federboadamen kommen und so weiter.

Natürlich könnte ich jetzt einfach woanders hingehen, aber die Bar ist der einzig sichere Platz für mich. Auf dieser Party wimmelt es nämlich von Leuten über 30. Und es ist kurz nach Mitternacht. Und Leute über 30, die auf einer Party sind, fangen kurz nach Mitternacht immer an zu tanzen. Sie tun das aus Angst, jemand könnte denken, sie seien über 30. Und sie glauben, dass ihr Nicht-wie-über-30-wirken-woll-Getanze am überzeugendsten aussieht, wenn es in großen, johlenden Pulks geschieht. Deswegen zerren sie jeden, den sie am Schlafittchen kriegen können, mit auf die Tanzfläche. Wirklich jeden. Nur wenn man an der Bar sitzt, ist man vor ihnen sicher. Ich weiß nicht, wer dieses Gesetz geschrieben hat, aber es wird strikt beachtet. Es ist, als würden ich und meine Nebensitzer von einer unsichtbaren Schutzglocke geborgen.

Deshalb werde ich den Teufel tun und mich hier wegbewegen. Ich bin über 30, und ich will auch genau so aussehen. Ich finde mein Alter großartig. Und ich kann nicht tanzen. Ich habe es oft probiert, aber nie gelernt.

Wie ein Bär auf Gazellenbeinen war noch das beste Gefühl, das ich jemals bei der Sache hatte. Vielleicht habe ich sogar eine Tanzphobie. Jedenfalls, würde ich jetzt aufstehen, würde ich schneller auf der höllischen Tanzfläche landen als Willi in Theklas Spinnennetz, wenn er ohne Biene Maja unterwegs ist.

Und selbst wenn es mir gelänge, mich von dort wieder zu befreien, mein Barplatz wäre dann von einem anderen Nichttänzer besetzt und ich würde sofort erneut zum Opfer der skrupellosen Tanz-Entführer. Da ist es doch besser, von offensichtlicher Einsamkeit gedemütigt hier zu sitzen, mich an mein stummes Glas als Gesprächspartner zu gewöhnen und von Zeit zu Zeit die Ellbogen der Leute ans Kinn zu bekommen, die sich zwischen mich und meinen Nachbarn drängeln, um Drinks zu bestellen. Was allerdings nicht ganz einfach ist bei der lauten Musik.

»Einen Campari Orange, bitte! ... Hey!! Hallo!! Einen Campari Orange, bitte!! ... Nein!!! EINEN CAMPARI ORRRAAAAANGE!!!!«

Gut, diesmal bekomme ich den Ellbogen nicht ans Kinn, sondern nur an die Schulter, denn die Dame ist nicht besonders groß. Dafür schreit sie mir fast direkt ins Ohr. Aber ich habe für all das volles Verständnis, denn ich mag ihre Haare. Sie fallen so, dass ihr bestimmt fünf Friseusen, zehn Freundinnen und über 30 Facebook-Bekanntschaften Tag für Tag mit »Lass dir doch einen Pony schneiden« in den Ohren liegen. Ich hasse Ponyfrisuren. So ein Pony macht selbst aus Claudia Schiffer ein komplett unerotisches Schulmädchen. Aber die Campari-Bestellerin denkt zum Glück nicht daran, sich einen Pony schneiden zu lassen. Sie schwingt ihre braune Mähne voller Stolz nach hinten und lässt sich nicht davon stören, dass ihr wunderbarer Haarvorhang schon im nächsten Moment erneut mit der Wanderung Richtung Gesichtsmitte beginnt. Und kurz bevor er dort angekommen ist, setzt sie zum nächsten Schwung an. Immer wieder. Ein erhebender Anblick. Ist natürlich anstrengend für sie, aber ich finde das nur fair. Ich muss mich schließlich auch von Zeit zu Zeit rasieren. Da können Frauen sich auch von Zeit zu Zeit die Haare aus dem Gesicht schwingen. Und das sieht, im Gegensatz zum Rasieren, auch noch toll aus.

»Oh nein! Hallo!! HALLO!!!«

Sie fuchtelt wild herum, und ich kriege ihren Ellbogen nun doch noch ans Kinn. Das laute »Klock« höre wahrscheinlich nur ich in meinem Kopf, aber sie hat es trotzdem gemerkt. Sie reibt sich den Ellbogen. War wohl der Musikantenknochen.

»Oh, Entschuldigung!«

»Nicht schlimm. Mein Kinn ist eh taub. Ist mir heute nämlich schon drei Mal passiert. Aber was ist eigentlich das Problem?«

»Der macht einfach Aperol statt Campari in meinen Campari Orange!«

Aha.

»Hey!«

Als Architekt verbringe ich mein halbes Arbeitsleben auf Baustellen. Wenn ich will, dass man meine Stimme hört, dann hört man sie, selbst wenn nebenan eine Horde kreischender Paviane auf einem Schlagzeug herumspringt. Der Barmann dreht sich sofort um.

»Du sollst keinen Aperol in den Campari Orange machen!«

Ich weiß zwar überhaupt nicht, wovon ich spreche, aber es wirkt. Der Flaschenschwenker, der mir im Lauf der letzten Stunde schon drei Biere hingeschoben hat, ohne mich auch nur eines Blickes zu würdigen, guckt mir auf einmal recht kleinlaut in die Augen.

»Sorry, der Campari ist aus. Aber Aperol ist ja auch ein Bitter.«

Bitter? Keine Ahnung, was er da redet. Ich trinke nur Bier, Wein und gelegentlich Schnäpse. Trotzdem gucke ich ihn weiter so an wie sonst immer die Bauarbeiter, wenn ich sie beim Pfuschen ertappt habe.

»Also, ich kann den Campari Orange wirklich nur mit Aperol machen. Aber berechne nur die Hälfte, in Ordnung?«

Ich schaue ihn weiter stumm an.

»Okay, geht aufs Haus.«

Ich wende meinen Blick der Dame zu und übergebe die weiteren Verhandlungen an sie. Sie sieht den Barmann an, rollt mit den Augen und sagt: »Na gut.« Und als wäre mein Party-Schutzengel genau in diesem Moment zurückgekehrt, wird auf einmal ein Platz neben mir frei. Sie klettert auf den Hocker und wirft, um mein Glück perfekt zu machen, ein weiteres Mal ihr wunderbares Haar nach hinten.

»Mit Aperol schmeckt es einfach ganz anders als mit Campari.«

»Ja, ganz anders.«

Hoffentlich hört sie auf, über Cocktails zu reden. Könnte sehr peinlich für mich werden. Ich habe wirklich keine Ahnung.

»Aber danke, dass du mir den Freidrink organisiert hast. Umsonst schmeckts schon wieder doppelt so gut, und das gleicht sich dann aus.«

»Na dann.«

Wieder die Haare. Wieder der kurze sanfte Luftzug in

meinem Gesicht, wieder diese Ahnung von Haarshampoo mit leichter Tropenholznote. Das ist besser als jeder Campari-was-auch-immer. Wenn ich nicht genau wüsste, wie es ausgehen wird, würde ich mich sofort in sie verlieben.

»Und, was hast du mit *Dein Heiß ist mein Kalt* zu tun?«, fragt sie.

»Nichts, außer dass Frank Neumann mein Freund ist.«

»Frank Neumann?«

»Er war zweiter Produktions-Set-Continuity-Manager, oder so was Ähnliches. Und was hast du mit dem Film zu tun?«

»Auch nichts. Ich hätte den Filmschnitt machen sollen, aber ... na ja, lange Geschichte. Hast du *Große Schafe schlafen nicht* gesehen?«

»Nein.«

»Musst du unbedingt anschauen. Bester irischer Kinofilm seit *Grün wie die Liebe*.«

»Ganz ehrlich, kann gut sein, dass ich in meinem Leben noch keinen einzigen irischen Film gesehen habe.«

»Nicht mal *O'Gradys Nichte*?«

»Um es gleich zu sagen, ich mache überhaupt nichts mit Film.«

»Ach so? Okay, warte, ich schreib dir fünf irische Filme auf, die du unbedingt kennen musst ... Hallo! Kann ich einen Stift ...? Hallo!! HALLO!!!«

»Hier, ich habe einen.«

»Danke.«

Plimplam! Plimplam!

»Mist, mein Handy ... Ich muss leider mal ganz kurz verschwinden.«

Weg ist sie.

War bestimmt ihr Freund, der sie angerufen hat. Klar,

oder? Jemand mit diesen Haaren, das würde nicht mit rechten Dingen zugehen, wenn sie Single wäre. Aber ist ja nur gut. Fange ich gar nicht erst wieder an. Gerade musste ich schon wieder an Connie denken. Wie leer sich alles angefühlt hat, nachdem wir uns getrennt haben. Und wie lange. Und wie sehr ich damals gedacht hatte, dass mit ihr alles anders wird, und wie sehr es dann doch wieder das Gleiche war. Start: Kribbeln im Bauch. Anfangsphase: Mordskribbeln im Bauch. Mittelphase: Kribbeln verlagert sich langsam vom Bauch in den Kopf. Endphase: wieder Kribbeln im Bauch. Diesmal vor Wut und Enttäuschung. Und dann Ende. Zuerst eine Verzweiflungsparty nach der anderen, um den Schmerz zu übertünchen, dann irgendwann zusammenbrechen und anschließend die dreifache Dosis Schmerz abkriegen.

Dauer eines Zyklus: minimal ein, maximal vier Jahre. Entnommen aus: *Kai Findlings kleine Beziehungskunde*, Quäl dich Verlag, Berlin, meine neunte und definitiv letzte Auflage.

»Ist hier noch frei?«
»Nein!«

LARA So, endlich fertig. Ich hasse dieses Handy. Aber es ist meine Schuld. Ich hab mich da reingeritten. Hätte nicht sein müssen. Andere Leute legen ihre Neigung zu dummen Streichen mit dem Ende ihrer Kindheit ab, ich eben nicht. Ist völlig okay. Hätte ich nur ... Nein, ich will jetzt nicht schon wieder darüber nachdenken. Ist halt so. Wenn es nur nicht immer so demütigend wäre.

Wenigstens hat es diesmal nicht so lange gedauert. Aber wenn dieser Kerl, der mir gerade den Freidrink organisiert hat, jetzt nicht mehr an der Bar sitzt, weine ich. Ich weiß ja noch nicht mal, wie er heißt. Also, nicht dass ich ihn jetzt toll finde. Ich bin ja mit Adrian zusammen.

Hm. Das ist wahrscheinlich genau der Punkt. Der ist das komplette Gegenteil von Adrian. Der führt sich nicht so auf. Genießt in Ruhe seine Drinks und ist glücklich, dass er mal für sich sein kann. Für den ist das ganze Gehopse hier nur Hintergrundtapete. Wahrscheinlich hat der schon mehr Partys gesehen als wir alle zusammen.

Wieso denke ich das eigentlich? Ach, klar, der Drei-Tage-Bart. Völlig unlogisch. Trägt doch heute jeder zweite Kerl. Hat gar nichts zu bedeuten. Trotzdem, der sitzt einfach still und zufrieden an der Bar, ohne sich einsam zu fühlen, oder deprimiert, oder fehl am Platz. Könnte ich nicht. Der muss wirklich schon viel erlebt haben. Ja, okay, ich finde ihn sexy. Ein bisschen.

Vielleicht ist er selbst Barmann? So wie der Aperolpanscher hinter dem Tresen und er sich gerade angeschaut haben, das sah aus, als ob sich zwei Kollegen treffen. Na klar, die haben sich schon vorher gekannt. Der hätte doch sonst nie und nimmer einen Freidrink rausgerückt.

Ja, bestimmt ist er Barmann. Er muss heute nicht arbeiten und schlägt hier im Knusperclub die Stunden tot, bis seine Freundin auch freihat. Seine Freundin hat nämlich auch irgendeinen Nachtjob. Sie ist Bardame. Oder vielleicht Tänzerin? Er bleibt hier so lange, bis er sie in den frühen Morgenstunden an irgendeinem Hinterausgang abholen kann. Dann fahren sie zusammen zu … Warum gehen mir jetzt solche pseudoverrückten Klischees durch den Kopf? Vielleicht hat er gar keine Freundin? Er schlägt sich die Nacht hier nur um die Ohren, weil er noch nicht schlafen kann. Das wäre gegen seinen Barmann-Rhythmus. Da hängt er lieber mit dem Kollegen rum, der gerade Schicht hat, macht sich mit ihm heimlich über die Gäste lustig, und ich muss auf der Hut sein. So sieht es aus.

Das Blöde ist ja, dass ich keine Ahnung von Bars und Drinks habe. Ich kenne nur Campari Orange. Ist seit Teenagerzeiten mein Lieblingscocktail. Hört sich toll an, sieht gut aus, schmeckt nicht übel und macht betrunken, wenn man genug davon in sich reinschüttet. Mir fallen noch nicht einmal Namen von anderen Drinks ein, geschweige denn, dass ich wüsste, was man da zusammengießen muss. Na ja, außer den paar, die jeder kennt und die einen sofort als Trend-hinterherhechel-Trulla disqualifizieren, Caipirinha und so. Wenn wir uns nochmal unterhalten, muss ich auf jeden Fall das Cocktail-Thema vermeiden, sonst wird es peinlich. Nachdem ich mich so dickegetan habe mit dem Aperol-statt-Campari, muss er ja glauben, ich kenne mich aus. Genau, wahrscheinlich hat er überhaupt nur deswegen mit mir geredet. Arroganter Arsch.

Aber warum mache ich mir eigentlich Gedanken? Ich will doch gar nichts von ihm. Nochmal: Ich habe einen Freund. Er heißt Adrian, und ich mag ihn sehr gern. Und dass er sich wegen heute nicht mehr hat, ärgert mich zwar ein bisschen, aber ich bin schließlich auch nicht immer perfekt.

Ich will jetzt einfach nur noch ein paar Takte mit dem Vermutlich-Barmann-Kerl reden. Im besten Fall habe ich einen interessanten neuen Bekannten und kriege ein paar Frei-Camparis bei der nächsten Party, weiter nichts. Ich schau einfach, ob er noch da sitzt. Nur eben noch kurz in den Spiegel gucken. Mist, ich hätte so gerne wieder die schicke Ponyfrisur von vor einem Jahr. Aber so was Aufwendiges kann ich mir gerade beim besten Willen nicht leisten. So wie ich mir dauernd die Haare aus dem Gesicht wedeln muss, hält der mich bestimmt für bescheuert. Wirkt ja wie bei einem Huhn, solche Kopfbewegungen. Aber kann ich jetzt auch nicht ändern. Und außerdem will ich ja auch gar nichts von ihm. Jetzt einfach nur schnell zurück an die Bar, sonst ist er weg.

Stopp. Wenn dann nochmal das Handy bimmelt und ich wieder wegrennen muss? Dann wäre der Ofen endgültig aus. Und da dürfte ich mich auch wirklich nicht beklagen. Wenn ich jemanden kennenlerne, und der rennt zwei Mal mit seinem bimmelnden Handy raus, hallo? Okay, ich lasse es einfach drauf ankommen und schalte es aus. Wenn ich Pech habe, habe ich Pech. So. Und jetzt ...

»Hey, Lara! Was stehst du hier noch rum.«
»Ich ...«
»Komm tanzen!«
»Nein, ich will nicht!«
»Ach komm, stell dich nicht so an. Alle tanzen. WOO-OOHOOO!«

KAI Kann doch nicht sein. Ich lächele die ganze Zeit den Zettel an, auf dem sie angefangen hatte, die irischen Filmtitel aufzuschreiben. »*Sie nannten mich Whiskey, Gras über*«. Weiter ist sie nicht gekommen. *Gras über* ... Schluss jetzt. Erstens will ich mich nicht verlieben, zweitens will sie bestimmt nichts von mir, drittens würden wir auch gar nicht zusammenpassen. Schon allein wenn man daran denkt, dass ich keine Ahnung von Cocktails habe, während sie gleich Pickel kriegt, wenn man Aperol statt Campari in ihren Was-weiß-ich-auch-immer kippt.

Der Barmann ist inzwischen fertig und stellt den Pfusch-Freidrink vor ihren leeren Sitz. Ich schaue ihn aus Spaß noch einmal mit hochgezogener Augenbraue an, und er wird schon wieder etwas kleiner. Wenn er wüsste.

Sieht ja ganz hübsch aus, dieses leuchtende Rot-Orange in dem Glas. Ich bekomme Lust, daran zu nippen. Soll ich? Haha, nein, ist doch klar, dass sie dann genau in diesem Moment wiederkommen würde. Aber wirklich, ich werde das mal ändern. Kann doch nicht sein, dass ich mich so dermaßen gar nicht mit diesen Geschüttelt-und-nicht-gerührt-Getränken auskenne. Muss mir mal ein Buch besorgen.

Ach, schon wunderbar, den Zettel und das Rot-Orange-Glas zu haben. Sie wird auf jeden Fall wiederkommen. Nein, klar, ich werde mich nicht verlieben. Ich lasse mir von ihr nur den Abend retten. Sie wird mir von Filmen erzählen. Viel. Wenn Filmmenschen erst mal angefangen haben, gibt es kein Halten mehr. Sie wird reden, ich werde sie ansehen, sie wird wieder ihre Haare zurückwerfen, wenn sie ihr ins Gesicht wandern, ich werde ihr Fragen stellen, sie wird sich in Details verlieren, ich werde ihr bereitwillig in jeden Winkel folgen. Im Gegensatz zu Drinks interessieren mich Filme wirklich. Ich schaffe es nur nie ins Kino, weil ich immer zu lange im Büro bleibe.

Wann kommt sie endlich wieder? Ich kann es kaum erwarten. Ha! Ich nippe jetzt einfach mal an ihrem Glas, *damit* sie kommt. Nach Murphys Gesetz müsste das funktionieren. Sie wird genau in dem Moment auftauchen und mich ertappen. Los gehts.

Ich nehme das Glas in die Hand, führe es zum Mund, mhm, riecht gar nicht übel, und … Okay, muss man sich dran gewöhnen. Aber sie ist immer noch nicht zu sehen. Kann sie endlich mal dieses blöde Handygespräch kappen? *Gras über …*, damit kann sie mich doch nicht einfach sitzen lassen.

LARA Hoffentlich sieht er mich nicht auf der Tanzfläche. Alles, bloß das nicht. Zum Glück sind die Jungs um mich herum ziemlich groß. Und es ist mir völlig egal, was die anderen hier über meinen komischen Ententanz denken. Mein Kopf bleibt unten. Ende.

KAI Also, jetzt nur mal angenommen, ihr ist was passiert. Sie hat sich einen stillen Winkel gesucht, um dort zu telefonieren, und ist dort aus irgendeinem Grund bewusstlos zusammengebrochen. Könnte ja sein. Und jetzt findet sie keiner.

Haha, wie armselig. Ich wünsche mir doch nur, dass es so ist. In Wirklichkeit ist sie nicht zurückgekommen, weil sie irgendwas an mir doof fand. Ist auch kein Wunder. Ein Typ, der alleine an der Bar sitzt und sein Glas anstarrt, wirkt schon mal von Haus aus komisch. Außerdem hatte ich es nicht mehr geschafft, mich zu rasieren. Und ich kenne hier niemanden außer Frank Neumann. Ich trage das Verlierer-Schild offen sichtbar um den Hals. Ist ihr nur jetzt erst aufgefallen.

Nein, ich steigere mich da rein. Sie hat hier ihren Drink stehen, und, viel wichtiger, sie ist noch nicht fertig mit der Irische-Lieblingsfilme-Liste. Filmmenschen, die einem eine Lieblingsfilmliste machen wollten und dabei unterbrochen wurden, kommen immer zurück. Und wenn es das Letzte ist, was sie tun. Da könnte sie mich noch so doof finden. Nein, ihr muss wirklich was passiert sein.

Ich gebe dem Barmann, der inzwischen vor mir pariert wie ein Schoßhündchen, wortlos zu verstehen, dass er unsere Plätze freihalten soll, und stehe auf.

LARA Geschafft! Ich habe mich einmal quer durchs Gewühl gearbeitet und bin am anderen Ende der Tanzfläche wieder herausgeschlüpft. Keiner hat was mitbekommen. Ob er noch an der Bar sitzt? Ich traue mich nicht, den Kopf hochzurecken, sonst schnappen mich die Tanz-Kidnapper gleich wieder. Außerdem will ich sowieso nochmal kurz auf die Toilette und in den Spiegel schauen. Ich gehe einfach hintenrum, dann sieht er mich nicht, und dann tue ich so, als ob das Gespräch etwas länger gedauert hat. Eine alte Freundin, oder so.

KAI Ja, stimmt. Ist gar nicht so lange her, da habe ich mir noch innigst gewünscht, dass der Abend aufregend wird. Aber damit habe ich nicht das hier gemeint. Steht höchstens 50:50, dass ich hier mit heiler Haut wieder rauskomme. Was habe ich mir nur … Nein, ich sollte besser nicht mit dem Fuß aufstampfen.

LARA Wann kapieren die endlich mal, dass man auf der Damentoilette viel mehr Spiegel als Klos braucht? Sie haben hier tatsächlich nur einen einzigen. Kann nur ein Mann geplant haben. Bis man da endlich mal drankommt.

Ach ja, und kleine gemütliche Eckchen, in denen man sich gut unter vier Augen unterhalten kann, wären auch noch schön. Ich kann jedes Wort mithören, das die beiden Gänse da direkt neben mir tratschen, ob ich will oder nicht. Und je länger die zwei über das Thema »Sind Männer, die enge Röhrenjeans tragen, prinzipiell toll?« reden, umso weniger will ich.

Vielleicht mache ich mir einfach schnell einen Seitenscheitel? Dann wäre die ihm zugewandte Gesichtshälfte immer frei und ich müsste nicht so oft die Haare nach hinten ... Nein, hält nicht. Fön und Haarfestiger müsste es hier auch noch geben. Andererseits, nein, lieber nicht. Das würde die Wartezeit vor dem Spiegel ins Unendliche verlängern. Okay, muss jetzt so gehen. Außerdem will ich ja gar nichts von ihm.

Warum haben die beiden auf einmal aufgehört zu quasseln? Mitten im Satz, da muss was passiert sein. Und sie schauen ganz entsetzt.

»Was ...?«

»Pssst!«

Die eine deutet auf die letzte Toilettenkabine. Was denn? Rohrbruch? Warum darf ich dann nicht reden? Ach so, ich ahne was ... Tatsächlich, durch den Spalt zwischen Tür und Boden sind Schuhe zu sehen. Männerschuhe.

Keine Ahnung, warum ich das tue. Wahrscheinlich nur, um die beiden aufgebrezelten Produktionsbüropraktikantinnen-Püppchen zu beeindrucken. Jedenfalls haue ich lässig drei Mal mit der Faust gegen die Tür, hinter der der ekelhafte Spanner sitzt, und sage: »Komm raus!«

KAI Mist! Wenn in der Handtasche, die ich jetzt gleich übergebraten bekomme, eine gläserne Parfümflasche ist, habe ich ein Problem.
»Du?«
»Oh!«
»Was zur Hölle …?«
»Ich hab dich gesucht.«
»Aber warum …?«
»Also …«
»Und ausgerechnet in der …?«
»Ich hab mir halt Sorgen gemacht. Ich war in jedem Winkel, und du warst nirgends. Da dachte ich, ich schaue nur mal vorsichtshalber, falls du zum Telefonieren auf die Damentoilette … Hätte ja sein können, plötzliche Ohnmacht oder so. Und es war niemand drin, hab extra geklopft. Und ich wollte auch schon wieder gehen, aber dann kam auf einmal ein ganzer Schwung Frauen, und da hab ich mich halt lieber in der Kabine … Übrigens, was mir schon die ganze Zeit auf der Zunge liegt, meine Damen, es gibt nur eine Art Röhrenjeansträger, die toll ist: die mit Leopardenfellmuster-T-Shirt und seltsam geformter Elektrogitarre in der Hand.«

Sie lächelt. Trotzdem, ich lasse den Kopf lieber noch ein Weilchen eingezogen.

LARA Die Treppenstufen bringen mich irgendwann um. Vier Stockwerke ist schon tagsüber nicht ohne. Aber um diese Zeit, hundemüde, und auch noch in diesen Schuhen. Wie lange ist es nochmal her, dass Aufzüge erfunden wurden? Aber so, wie meine Verdienstaussichten im Moment sind, kann ich es vergessen, in absehbarer Zeit aus dieser jämmerlichen Nachkriegsmietskaserne rauszukommen. Na ja, ich bin selbst schuld. Hätte alles nicht sein müssen.

So. Nichts wie rein, Schuhe aus und aufs Sofa geschmissen. Ich gehe gleich ins Bett. Nur noch einmal durchstrecken und kurz die Beine hochlegen.

Plimplam! Plimplam!

Och nö.

»Hotel Royal. Guten Abend, was kann ich für Sie tun? ... Vom 17. 8. bis zum 24. 8.? Ich schaue mal nach. Bleiben Sie bitte kurz dran ...« Mist, wo ist das Rezeptionsbuch? Ich hatte es aus der Handtasche rausgenommen und ... Ah, da. »Also, ein Doppelzimmer? ... Ja, da haben Sie Glück. Gerade gestern hat jemand storniert ... Ja, gerne. Ihr Name? ... Hirnglitzer? ... Hirgenlitzer, Entschuldigung ... Oh ja, das kann ich mir vorstellen ... Gut, ich habe das Zimmer für Sie reserviert, Frau Hirgenlitzer ... Ja bitte, keine Ursache ... Nein, die Rezeption im Hotel ist nicht rund um die Uhr besetzt, das hier ist nur die telefonische Rezeption ... Ja, vielen Dank. Ich wünsche Ihnen noch einen schönen Abend, Frau Hirgenlitzer. Auf Wiederhören.«

Hirgenlitzer.

Ich sollte mal ein Buch über merkwürdige Nachnamen schreiben.

Und nein, ich werde das Rezeptionsbuch nicht in die Ecke pfeffern, wie es mir die Stimmen in meinem Kopf befehlen, sondern schön sachte auf den Tisch legen. Die Kollegen müssen schließlich auch damit arbeiten. Und ich kann froh sein, dass ich diesen Job auf die Schnelle gefunden habe.

Adrian hat sich natürlich kein einziges Mal gemeldet. Arsch. Wirklich, Arsch. Darüber müssen wir reden. Lange mache ich das nicht mehr mit.

Komisch, ich hab gar nicht so schlechte Laune, wie es angemessen wäre. Kai heißt er. Kai Findling. Klingt schön. Mein Gott, habe ich ihn noch zugetextet, als wir endlich wieder an der Bar saßen. Aber er hat ja immer wieder nachgefragt. Der könnte jetzt glatt aus dem Stegreif ein Seminar über neoexpressionistische Tendenzen im irischen Film der 80er Jahre unter besonderer Berücksichtigung des Aspekts Schnitttechnik halten. Könnte er wirklich. Das Auftreten dazu hätte er. Und die Stimme. Ich mag seine Stimme. Klar und kernig, immer genug Bass, bisschen rau, wenn er lauter wird, bisschen singend, wenn er leiser wird ... Und den kleinen Hauch von Bugs Bunny, wenn er sich freut, kann er sich wirklich leisten. Muss ich morgen gleich Kerstin erzählen. Hoffentlich hat sie frei. Schade, dass ich seine Stimme nicht nachmachen kann. Sie würde ausflippen.

Und er hat mich fast wahnsinnig gemacht, weil er mich mit seiner wunderbaren Stimme einfach nicht nach meiner Telefonnummer gefragt hat. So wahnsinnig, dass *ich* ihn am Ende um seine gebeten habe. Frau fragt Mann, das muss man sich mal vorstellen! Zum Glück haben wir die Ich-lass-es-kurz-auf-deinem-Handy-läuten-Methode gemacht. Das heißt, meine Nummer hat er jetzt auch. Muss er nur unter »Gewählte Nummern« nachschauen und mich anrufen. Wird er ja wohl tun, oder? Okay, ich habe als Erste gefragt. Aber das heißt doch nicht, dass *ich* ihn anrufen muss? Nein, das wäre ein großer Fehler. Der Mann muss anrufen, so sind die Regeln. Sagt Kerstin auch immer. Und überhaupt, ich will ja auch gar nichts von ihm.

So, jetzt noch schnell in die Maske. Lara, warum lächelst du so? Es ist nur ein interessanter Mann, mit dem du dich anfreundest, Punkt. Aber gut, lächel weiter. Hihi, seine Schuhe. Als ich sie durch den Spalt unter der Klokabinentür gesehen habe, habe ich sie gar nicht erkannt. Sie waren so unauffällig.

Adrian macht mich eines Tages noch wahnsinnig mit seinem Schuh-Tick. Ohne die Angeber-Sneaker-Sammlung, die er sich in den letzten zehn Jahren zusammengekauft hat, wären die Nike-, Adidas- und Puma-Aktienkurse bestimmt ganz woanders. Und wie lange der immer rummacht, welche am besten zu seinem T-Shirt passen und so weiter. Und was für ein Drama, wenn sich mal ein Hauch von Schmutz auf der Oberfläche niedergelassen hat, was ja in Berlin hin und wieder vorkommen soll. Heißt ja nicht, dass er nicht jede Menge gute Seiten hat, aber in diesem Punkt ist mir so einer wie Kai eindeutig lieber. Einfach ganz normale Schuhe, dafür sehr viel Ahnung von guten Drinks.

KAI Ich löse vorsichtig die Schnürsenkel, schlüpfe aus meinem linken Schuh und betrachte ihn. Ein rahmengenähter schwarzer Captoe Oxford* von Crockett & Jones aus London. Ich streiche mit den Fingern über das duftende, weiche, matt glänzende Cordovanleder. Ein

---

* Siehe auch: *Kais kleine Schuhkunde*, S. 328 ff.

wunderbarer Schuh. Edel, aber nicht aufdringlich, männlich, aber nicht stolz, klassische Form ohne einen Hauch von Spießigkeit. Dazu hätte auch ein Kartoffelsack als Anzug gereicht. Und er fühlt sich an, als wäre er ein Teil meines Fußes. Womöglich sogar der bessere Teil.

Ich hole auch den rechten Fuß aus seiner Behausung. Fast muss ich ihn ein wenig dazu überreden. Die Schuhe stehen nun vor mir auf dem Boden, ich sehe sie an, sie sehen mich an. Ja, sie waren eindeutig die richtige Wahl für diesen Abend. Der schwarze Plain Oxford, den ich zuerst im Visier hatte, wäre zu überkandidelt gewesen, der dunkelbraune Fullbrogue dagegen einen Tick zu lässig. Oder bin ich da zu konservativ? Gut, es war eine Party und die Gäste, nun ja, Förmlichkeitsfetischisten waren sie jedenfalls nicht. Aber es war Abend, das ist der Punkt. Kein Braun nach 18 Uhr. Auch wenn manche sagen, dass das nur in London gilt.

Egal. Jetzt brauchen meine strapazierten Kindchen hier erst mal ihre wohlverdiente Pause. Soll ich ihnen etwas Schuhcreme gönnen? Nein, lieber morgen. Ausgeruht und mit klarem Kopf macht es noch viel mehr Spaß. Stattdessen hole ich meine Schuhspanner aus Rotzedernholz heraus und stecke sie hinein. Das soll für heute genügen.

Als ich meinen Sakko über den Küchenstuhl schmeiße, klunkt etwas. Ach so, das Handy. Ein Glück, dass ich kein iPhone oder so was habe, das würde bei mir nicht alt. Was nicht lebt und kein Schuh ist, hat es schwer mit mir.

Ob sie mich anrufen wird? Muss ich jetzt einfach mal abwarten. Hm, ihre Nummer hätte ich natürlich auch. Hier, im Gewählte-Nummern-Speicher. Nein. Was für ein billiger Trick. Auf keinen Fall werde ich anrufen, ohne dass sie mich vorher angerufen hat. Ich bin Gentleman und lösche die ergaunerte Nummer einfach. Wie geht das nochmal? Ach, zu kompliziert.

Montag

LARA »Nein, Lara, es tut mir wirklich leid, aber da ist nichts zu machen. Nach dem, was du dir geleistet hast.«

Jennys Stimme klingt am Telefon noch öliger als in echt.

»Okay, dachte ich mir schon. Wollte nur nochmal fragen.«

»Vielleicht ist irgendwann Gras über die Sache gewachsen. Warte einfach ein paar Monate ab.«

»Mach ich, Jenny.«

»Ich persönlich fands ja lustig, aber stell dir vor, das wäre wirklich so ausgestrahlt worden. Musst du auch mal so sehen. Bei uns bist du Teil eines großen Teams. Kommst du eigentlich klar mit dem Hoteljob?«

»Och ja, geht schon.«

»Ich musste Herrn Rockerer ja ziemlich bequatschen, damit du ihn kriegst.«

»Ja, Jenny, das war sehr nett. Vielen Dank nochmal.«

»Und wie läuft es so mit Adrian?«

»Ganz gut.«

»Das will ich hoffen. Schließlich habt ihr euch ja über mich kennengelernt.«

Orrr! Ich hasse es, dass ich ausgerechnet der Person, die ich am allerwenigsten in dem ganzen Filmladen leiden kann, dankbar sein muss. Und von wegen »ganz gut«. Adrian hat sich immer noch nicht gemeldet. Ich habe seine Abschiedssätze vom letzten Freitag noch im

Ohr. »Weiß noch nicht, ob das mit Sonntagabend geht, Butzi. Very special week. Suuuper very special. Kanns nicht ändern, aber ich halt dich auf dem Laufenden. Byebye.« Ich hätte seine Worte nehmen und sie ihm zusammengeknüllt an den kunstvoll verstrubbelten Hinterkopf werfen sollen. Aber so schnell, wie er die Treppe runter war, hätte ich nicht mal getroffen.

Mit dem Typen habe ich mir wirklich jemanden eingefangen. Als ich ihn zum ersten Mal vor knapp einem Jahr auf Jennys Beförderungsparty getroffen habe, hat er mich sofort vollgetextet, dass er gerade ein ganz neuer Mensch geworden sei. »Das kannst du dir vielleicht nicht vorstellen, aber vor ein paar Wochen war ich noch so ein Werbefuzzi. Wirklich, so ein Typ, bei dem man dauernd künstlich lächelnde Smileys um die Worte herum sieht. Aber dann hatten wir die Kampagne für Wurzelhauser Mineralbrunnen. Ich bin mit zum Fotoshooting ins Elbsandsteingebirge, und plötzlich so wooosh! Die Natur da, weißt du, das haut einen komplett um. Und auf einmal wusste ich, alles, was ich mache, ist komplett sinnlos ...« Und so weiter.

Ich hatte schon drei Camparis drin. Genau der richtige Zustand, um Spaß an einer Wortdusche zu haben. Ich wartete auf meinen Kicheranfall und sein Gesicht dazu, aber dazu kam es nicht. Irgendwie hatte ich ganz unerwartet angefangen, ihn ein bisschen gern zu haben. Es ging gar nicht anders. Als er mir mit großen Augen erzählte, dass er seinen Job gekündigt und seinen Kollegen und besten Freund Elvin im Stich gelassen hat und nun dabei ist, seine eigene Firma »Adrian Adventures – ganzheitliche Teambildungsmaßnahmen« zu gründen, leuchteten seine Augen so drollig. Na ja, und als er mir am nächsten Tag einen ganzen Strauß biologisch angebauter Rosen geschickt hat, kam ich endgültig ins Schleudern.

Tja, und jetzt bin ich jobtechnisch ins Schleudern geraten. Fast so schlimm wie Liebeskummer, finde ich. Jenny zum Beispiel. Ich kann sie, wie gesagt, überhaupt nicht leiden. Hinter ihrer öligen Stimme verbirgt sich ein triefmäuliges, machtgieriges Monster, das aus einem Stephen-King-Roman herausgesprungen sein könnte. Trotzdem, wenn ich sie am Telefon höre, jetzt, nachdem klar ist, dass wir erst mal nichts mehr miteinander zu tun haben werden, bekomme ich Heimweh. Das hätte alles nicht sein müssen, wenn ich nicht so ... Aber hilft ja nichts. Ich reiße mich vom Telefon los.

Im Radio singt Tim Bendzko *Ich muss nur noch schnell die Welt retten*. Ja, ich liebe das Lied. Nichts zu machen. Ich weiß, dass ich viel zu alt dafür bin, aber diese kleine singende Bohnenstange mit dem blonden Wuschelkopf und dem Dackelblick ist einfach unwiderstehlich. Und er schafft es immer, genau das zu singen, was ich denke. Als säße er in meinem Kopf. Ein Glück, dass ich kein Geld für eine Konzertkarte habe. Ich würde glatt eine kaufen. Und dann stehe ich am Ende zwischen Hunderten kreischender Teenagergören, während mein Kleinhirn in der gleichen Lautstärke »Was zur Hölle machst du eigentlich hier?« kreischt. Würde bestimmt ein super Abend.

»Bis Gras über die Sache gewachsen ist«, hat Jenny gesagt. Wie blöd. Ich hatte mir tatsächlich Hoffnungen gemacht. Und wenn man, wie ich gerade, einen üblen Kater hat, ist es ganz doof, wenn dazu gleich noch eine Enttäuschung kommt. Vor allem, wenn es ein Kater ist, den man von dem verflixten Aperol-statt-Campari-Drink hat. Der ist anders als der Camparikater. Der Camparikater drückt nur leicht im Hinterkopf, aber der Aperolkater ist ein ganz böser. Der reitet in deiner Stirn hin und her wie ein Rudel wilder Hunnen.

Appetit habe ich auch keinen. Und überhaupt – wie kann man die Filmpremiere von *Dein Heiß ist mein Kalt* nur auf einen Sonntagabend legen? Bloß weil sie den ach so angesagten Knusperclub am Samstag nicht gekriegt hätten. Schon klar, dass keiner von den ganzen Filmfuzzis heute früh aufstehen musste, aber trotzdem: Der Abend für die ganz großen Dinge ist und bleibt Samstag. Der Streifen wird floppen, das weiß ich jetzt schon. So.

Und nun? Eigentlich ist es egal, dass ich einen Kater habe. Auch ohne Kater wäre alles wieder genauso komisch wie letzte Woche. Es ist Montag, ich durfte trotzdem so lange im Bett bleiben, bis ich mich wundgelegen habe, und nun bin ich aufgestanden und kann alles machen, was ich will. Alles, außer Filme schneiden. Dumm nur, dass das das Einzige ist, was ich jetzt gerne tun würde.

Ja, ich mag meinen Job. Also, mochte ihn. Und selbst wenn ich ihn nicht so sehr mögen würde, allein die Aussicht auf vernünftiges Geld würde mich so schnell wieder an meine großen Schneidebildschirme rennen lassen, dass Usain Bolt mir nur noch hinterhergucken könnte.

Irgendwo suchen sie doch bestimmt gerade verzweifelt eine erfahrene Cutterin. Und ich hab es ja nur aus Liebe zum Film gemacht, das muss ihnen doch klar sein, verdammte Hacke!

Tim Bendzko hat fertig gesungen. Gerade als ich denke, dass sicher irgendwo eine Cutterin gesucht wird, ist mein Lieblingssong zu Ende. Das ist ein Zeichen, oder? Nicht reinsteigern, Lara. Hat doch auch was, die

Situation. Ich kann tun, was ich will. Sollte doch nicht so schwer sein, das positiv zu sehen. Ich kann tun, was ich will, solange es kein Problem ist, dass gerade tausend kleine Teufel hinter meiner Stirn Samba tanzen und jederzeit das blöde Hotelhandy klingeln kann. Das ist doch großartig! Haha!

Nein, jetzt mal im Ernst. Jenny hat recht. Vielleicht ist früher Gras über die Sache gewachsen, als ich mir vorstellen kann. Und ich habe zwar trotz meiner 31 Jahre immer noch keine Ahnung, was das Wort »Geduld« überhaupt bedeutet, aber ich könnte mir doch einfach mal vorstellen, dass es bedeutet, dass ... dass ich jetzt nicht mehr nachdenke und ganz entspannt mit meinen Kopfschmerzen und meinem Hotelhandy, das »Plimplam! Plimplam!« macht, irgendwo hingehe. Und mein Privathandy, das »Zirrrp! Zirrrp!« macht, nehme ich natürlich auch mit. Kai könnte jeden Moment anrufen.

Gut. Also irgendwo hingehen. Prima. Aber wohin? Shopping? Deprimierend. Ich muss mein Geld zusammenhalten. Sonst kann ich bald noch eine zweite mobile Hotelrezeption mit mir rumtragen. »Hallo, Hotel Royal ... Ach nein, falsches Handy, für Sie bin ich Pension Peinlich.« Dann doch lieber sparen.

Café kostet auch was. Aber ich kann ja einfach mal spazieren gehen. Argh! Spazieren gehen. Und zu Mittag einen Seniorenteller. Alles klar. Wenn ich wenigstens einen Hund als Rausgeh-Grund hätte. Und überhaupt, was soll ich anziehen? Rock und Sandalen mit Absätzen? Jeans und Turnschuhe? T-Shirt? Bluse? Badeanzug? In Korea gehen die Leute gerne im Schlafanzug auf die Straße, habe ich gehört. Wäre mal was Neues.

Na ja. Ich könnte das anziehen, was ich sonst für einen ganz normalen Arbeitstag angezogen habe. Das

Problem ist nur, dass es immer völlig wurscht war, wie ich rumgelaufen bin. Wenn mich überhaupt mal jemand in meiner Filmschnitt-Höhle aufgesucht hat, haben wir über das geredet, was die Schauspieler auf meinen Monitoren anhatten. So ein Spaziergang in der Stadt, das ist einfach was ganz anderes. Wäh, schon wieder dieses Wort. Ich bleibe einfach zu Hause.

Plimplam! Plimplam!

KAI Einerseits, ja, ich hätte länger ausschlafen können. »Kai Findling Architekten« ist mein eigenes Büro. Als Chef kann ich kommen und gehen, wann ich will. Und natürlich habe ich mich letzten Freitag bis in die späten Abendstunden auf einen möglichen Anruf von Frau Klapphorst Anfang dieser Woche vorbereitet. Und selbstverständlich bin ich am Samstag alles nochmal durchgegangen.

Andererseits, nein, lieber doch nicht.

Gestern war ja die Party. Und man kann nie wissen, an welchen Stellen der Alkohol einem etwas vom Hirn weggeknabbert hat. Vor allem dieses orangefarbene Zeug von Lara, von dem ich am Ende dann auch diverse Gläser intus hatte, könnte Schaden angerichtet haben. Deswegen habe ich mich heute Morgen gegen alle empörten Widerstände meines Körpers um acht aus dem Bett gerollt, zwei Aspirin gefrühstückt und bin über die Straße ins Büro gekrabbelt. Alles andere wäre leichtsinnig gewesen.

Frau Klapphorst leitet das Deutschland-Büro der französischen Stararchitektin Amélie Bleudkinon. Und wenn alles gut läuft, kriegen wir von ihr den Auftrag, die Bauleitung für die pompöse Löwenstein-Villa zu übernehmen. Für mich wäre das die langersehnte finanzielle Rettung. Für das Büro Bleudkinon ist die Löwenstein-Villa aber nur ein kleiner Fisch. Die bauen sonst riesige Museen, Opernhäuser, Konzernzentralen und was weiß ich. Wenn die Klapphorst erst mal am Telefon ist, geht alles zack, zack. Und wenn mir dabei was Wichtiges durchrutscht, dann haben wir viele Monate Spaß an den Folgen.

Na ja, falls sie überhaupt anruft.

Nein, in diese Richtung darf ich gar nicht erst denken.

Sie wird anrufen. Und ich bin gerüstet. Den Kaffee mit Croissant, den ich mir jetzt als zweites Frühstück in der kleinen Bäckerei im Nebengebäude gönne, habe ich mir mehr als verdient. Und ich sollte nicht so schlingen, es gibt keinen Grund. Joan sitzt seit neun an ihrem Platz und nimmt alle Anrufe entgegen. Selbst wenn Frau Klapphorst ausgerechnet jetzt anriefe, wäre alles in bester Ordnung. Viel doofer wäre, wenn ich im Büro säße und sich gleichzeitig Frau Klapphorst auf dem Bürotelefon und Lara auf meinem Handy melden würden. Ehrlich, ich wüsste wirklich nicht, welchen ...

Na ja, falls Lara überhaupt anruft.

Nein, in diese Richtung darf ich gar nicht erst denken.

Sie hätte doch sonst nicht nach meiner Nummer gefragt. Das Einzige, was schiefgehen kann, ist, dass sie und Frau Klapphorst gleichzeitig anrufen, Punkt.

Ein paar Minuten später ist das Croissant Geschichte. Ich ächze wieder los. Es war gestern wirklich eine sehr ungünstige Kombination von zu viel und zu spät. Aber Lara war es dreimal wert. Hoffentlich ruft sie bald an. Ich will so gerne wieder sehen, wie sie ihre Haare nach hinten wirft und ... Nein, nicht verlieben. Nur wiedersehen.

Mein Büro breitet sich in einer alten Fabriketage aus. Verzierte gusseiserne Stützen, vier Meter hohe Gewölbedecken, riesige Fenster, Platz ohne Ende. Wirklich ein Prachtstück. Trotzdem frage ich mich manchmal, ob es ein Fehler war, dass wir vor einem halben Jahr aus der umfunktionierten 5-Zimmer-Wohnung in Friedrichshain ausgezogen sind. Dort hatten ich und meine fünf Mitarbeiter nämlich Wände zwischen uns, und die waren, wie mir jetzt klar wird, vielleicht gar nicht so schlecht. Nicht nur, dass man hier jedes Wort von den anderen mitbekommt, es hallt auch noch dermaßen nach, als säßen wir in einer Felsengrotte. Zum Glück haben wir wenigstens den matt verglasten Besprechungsraum. Manchmal würde ich mich am liebsten dorthin verkriechen. Es macht mir Angst, wenn ich meine ganze Bagage auf einem Haufen sehe. Jeder Einzelne von denen hat es in sich, so viel kann ich nach den ganzen gemeinsamen Jahren sagen.

Ich schließe die Eingangstür auf und beginne mit dem üblichen Spießrutenlauf.

»Hallo Joan, gibt es was Neues?«

»Hallo Kai, nein, meine Kopfschmerzen sind nicht besser geworden. Nicht einen Deut. Eigentlich hätte ich zu Hause bleiben müssen.«

Während des letzten Satzes dreht meine Sekretärin und Empfangsdame, die gerne »Büromanagerin« genannt werden will, ihren Kopf von mir weg und nimmt einen Stapel leerer Briefbögen in die Hand, der dringend genau in diesem Moment nochmal ordentlich auf Kante angeordnet werden muss. So kann ich nichts erwidern und bekomme stattdessen Gelegenheit, noch eine weitere Kohlenschaufel in meinem Schlechtes-Gewissen-gegenüber-Mitarbeitern-Maschinenraum nachzulegen. Als Joan spürt, dass das geschehen ist, sieht sie mich wieder an.

»Und mein Rechner wird jeden Tag langsamer. Wie lange der alleine schon braucht, bis er hochgefahren ist!«

»Okay, Ulf kommt nächste Woche, um das neue Anti-Viren-Programm zu installieren. Kann er gleich mal nachgucken. Und, hm, war sonst noch was?«

»Nein.«

»Ganz sicher?«

»Ja.«

»Okay.«

»Ach so, Frau Klapphorst hat angerufen.«

»Oh mein Gott, Frau Klapphorst! Was hat sie gesagt?«

»Ehrlich gesagt weiß ich das nicht mehr so genau. Da hatte ich noch keine Tablette genommen und mir war vor Schmerzen ganz schwummerig.«

»Joan, bitte, das ist wichtig!«

»Ich glaube, sie wollte es später nochmal versuchen.«

»Danke.«

Mist. Rufe ich sie jetzt an, oder warte ich noch? Zum Glück erlöst mich die Eisenstütze, gegen die ich jedes Mal laufe, wenn ich über die dürftigen Auskünfte meiner Empfangsdame und Sekretärin nachdenke, sofort aus meiner Grübelei.

»Hoppla! Gehts wieder, Kai?«

»Danke, Alyssa, je mehr sich meine Stirn der Rundung anpasst, desto weniger schmerzt der Zusammenprall.«

»Hihihihiiiiihihihihiiiiihihihihiiiii!«

Dieses Kichern. Laut, schrill, endlos. Es geht einem durch Mark und Bein. Ich habe mir deswegen schon tausendmal vorgenommen, in Gegenwart von Alyssa keine Witze mehr zu machen. Aber selbst wenn ich es schaffen würde, würde es wohl nichts nützen. Ich bin überzeugt, dass tief in Alyssa drin ein riesiger Kicher-Reaktor ist, der seine Erzeugnisse in regelmäßigen Abständen ins Freie entlassen muss. Sie würde auch ohne Witze kichern. Oder platzen. Letzteres wäre schlimm. Menschliche Tragödie, Sauerei und alles. Und, etwas weiter hinten in der Liste würde, klar nachgeordnet, aber nicht unbedeutend, die Pleite meines Büros stehen. Alyssa ist Bauzeichnerin, schafft aber dank Fleiß, Erfahrung und gutem Willen so viel wie eine Vollblutarchitektin. Und ich weiß genau, dass ich ihr in einer gerechten Welt viel mehr bezahlen müsste. Zwei weitere Schaufeln Kohle wandern in den Höllenofen meines schlechten Gewissens gegenüber Mitarbeitern.

Ihre enorme, naturkrause schwarze Haarpracht ist durch die Kichererschütterungen ihrem Bändigungsinstrument entkommen. Alyssa greift energisch zu und zwingt das Gewuschel mit beiden Händen wieder in den Zopfgummi. Eine beeindruckende Machtdemonstration. Wahrscheinlich könnte sie mit ihren Händen auch das Meer teilen, denke ich mir manchmal.

»Jeffrey hat angerufen. Er kommt später.«

Jeffrey ist unser Praktikant und sitzt Alyssa gegenüber. Er studiert im 4. Semester Architektur, trägt bunte T-Shirts und hat ein erotisches Verhältnis zu übergroßen Kopfhörern. Das Besondere an Jeffrey ist, dass er einen Computer gar nicht berühren braucht, um ihn zum Abstürzen zu bringen. Manchmal glaube ich sogar, ein unruhiges Flackern über unsere Bildschirme wandern zu sehen, wenn er nur den Raum betritt. Auch sonst ist er nicht gerade ein Leistungsträger. Erst neulich hat er eine Toilette ohne Tür in einen Plan gezeichnet, und die Baufirma hat es aus purer Bosheit dann auch noch genau so gebaut.

Dabei hatte ich so viele Praktikantenbewerbungen. Ich habe mich nur für Jeffrey entschieden, weil er der Einzige war, der beim Vorstellungsgespräch halbwegs vernünftige Schuhe anhatte. Stark abgetragene braune Semibrogues von Loake, bestimmt aus einem Secondhandshop, aber immerhin. »Der Junge braucht dringend Geld für neue Sohlen und Palmenwachs-Schuhcreme. Und für ein zweites Paar in Schwarz«, schoss es mir durch den Kopf. Ich konnte nicht anders, ich musste ihn einstellen.

Am nächsten Tisch sitzt Mohamadou, gebürtiger Ghanaer mit deutschem Architektendiplom und einem französischen Akzent, der jede Frau sofort um den Verstand bringt. Und er ist ein Naturtalent. Mohamadou kann selbst den langweiligsten Entwurf in so schöne Zeichnungen umsetzen, dass jedem Bauherrn sofort schwindelig wird. Manchmal reicht es, wenn er während einer Besprechung schnell eine Handskizze anfertigt, um einen verlorenen Auftrag doch noch zu retten. Wenn es um Details geht, neigt er allerdings zu einer gewissen, hm, sagen wir Großherzigkeit. Kein anderer als er war es, der den Plan mit der von Jeffrey vergessenen Toilettentür freigegeben hatte.

Das wiederum wäre Jochen, dem grundgrimmigen Mann, der Mohamadou gegenübersitzt, nie passiert. Sparsame Haare, kastige Brille, kariertes Hemd und ein stechender Blick, der alles sieht. Eigentlich muss Jochen Pläne nicht einmal anschauen, um Fehler zu entdecken. Er kann sie riechen. An dem Tag, als Mohamadou die Toilette ohne Tür durchgewunken hat, war er gerade auf einer Baustelle. Wäre er im Büro gewesen, wäre er dazugestürzt, hätte seinen Zeigefinger so hart in das Papier gebohrt, dass der Tisch darunter eine Delle gekriegt hätte, und hätte »Was ist das?« geknarzt. Und danach hätte sein Zeigefinger mindestens drei weitere Fehler bloßgelegt, die bis heute noch keiner erkannt hat, die uns aber bestimmt irgendwann um die Ohren fliegen werden.

Keine Frage, wenn es ans Bauen geht, ist Jochen der Mann, der hier alles zusammenhält. Ich fürchte nur, es geschieht auf Kosten seiner Gesundheit. Je weiter ein Bau voranschreitet, desto grimmiger guckt er drein, desto dunkler werden die Ringe unter seinen Augen und desto knarziger wird seine Stimme. Und je prachtvoller der Bau am Ende aussieht, desto mehr gleicht Jochen einer Ruine. Und je nachdrücklicher man ihm vorschlägt, sich mal freizunehmen, desto trotziger kommt er ins Büro.

Mohamadou ist da anders: Wenn Hektik und Druck in der Projektendphase eine gewisse Grenze überschritten haben, fängt er einfach an zu lachen. Und hört nicht mehr auf. Der afrikanische Weg der Stressbewältigung. Es ist ansteckend. Alyssa zieht immer als Erste mit, Jeffrey und ich lassen uns auch nicht lange lumpen, und sogar Joan ist manchmal bereit, ihre diversen Kopf-, Glieder-, Fußrücken-, Fingernagel- und Haarspitzenschmerzen zu vergessen. Nur Jochen kriegt Mohamadou nicht zum Lachen. Und solange ich nicht sicher bin, dass Jochen lachend genauso wenige Fehler macht wie beim Grimmig-mit-zusammengekniffenen-Lippen-die-Pläne-Anstarren, ist mir das ehrlich gesagt auch lieber so, auch wenn es gemein klingt.

»Morgen Moha! Morgen Jochen!«

»'allo Kai, haha!«

»Hrmpfjahallo. Hier, schau dir diesen Mist vom Ingenieurbüro Schneckel an.«

LARA »Lass mich mal den Kaffee bezahlen, Lara, schließlich ...«

»Auf keinen Fall! Ich zahle!«

»Wirklich? Danke.«

Oh Mann, bin ich blöd. Kerstin ist eine der wenigen wirklich erfolgreichen freien Modejournalistinnen in der Stadt und hätte genug Geld, um das ganze Café einzuladen, und ich muss doch für die Ponyfrisur sparen. Na ja, egal. Ein Glück, dass sie Zeit hatte. Meine Rettung in der Krise heute Morgen.

»Und du meinst wirklich, ich soll ihn nicht anrufen?«

Kerstin sieht mich mit ihren strahlend blauen Augen, um die ich sie schon immer beneidet habe, streng an.

»Auf keinen Fall. Er hat deine Nummer, er muss dich anrufen.«

Ihre hellblonde Lockenpracht, um die ich sie ebenfalls schon immer beneidet habe, wippt dazu, als wollte sie ihre Worte bekräftigen.

»Hm.«

»Wenn ein Mann nicht anruft, steht er einfach nicht auf dich. So sind die heiligen, ewigen Mann-Frau-Regeln. Das weißt du ganz genau.«

»Und ich will ja auch gar nichts von ihm.«

»Eben.«

KAI »Danke, Jochen, ich rufe gleich bei Schneckel an und kläre das.«

Natürlich will ich nicht bei Schneckel anrufen, nur hasst Jochen es leider, mit Menschen zu sprechen, deswegen kann man ihn nie direkt darum bitten.

»Machst du mir bitte eine Liste mit allen Punkten?«

Listen zu machen hasst Jochen nämlich noch mehr.

»Muss das sein?«

»Nur damit ich nichts vergesse. Oder, warte mal, vielleicht ist es besser, wenn du einfach doch selbst bei Schneckel anrufst?«

»Hrmpfnavonmiraus.«

»Prima.«

Ich patsche ihm sanft auf die Schulter. Bei Jochen habe ich immer das Gefühl, dass es sehr wichtig ist, dass er hin und wieder in homöopathischen Dosen Zärtlichkeit zugeführt bekommt. Nicht dass ich ihn für einen potentiellen Amokläufer halten würde, für so was hat er gar keine Zeit. Trotzdem.

»Ach, Jochen, und eine Bitte. Folgende Formulierungen sind diesmal nicht zu benutzen: *Habt ihr keine Augen im Kopf?*, *Was haben Sie nochmal studiert, Hachistdasschönistik?* sowie *Wenn das dann einstürzt, können Sie froh sein, wenn Ihre Susi gerade nicht druntersteht.* Okay?«

»Hrmpfja.«

Endlich bin ich an meinem Schreibtisch. Ob Lara sich heute noch meldet? Blöd, dass ich die Nummer immer noch in meinem Handy habe. Dauernd muss ich es rausholen und sie anstarren. Und mit nur einem Knopfdruck könnte ich sie anrufen. Mir wird schwindelig bei der Vorstellung. Ich sollte sie wirklich löschen, am Ende klingele ich wirklich noch bei ihr durch, und das sollte ich nicht. Andererseits, warum eigentlich nicht? Nur mal angenommen, sie hat die Ich-lass-es-kurz-bei-dir-klingeln-Methode vorgeschlagen, damit ich ihre Nummer kriege, ohne dass ich danach fragen muss? Wahrscheinlich wartet sie schon … Blödsinn! Ich hatte es ja vorgeschlagen, nicht sie. Und jetzt in den Gewählte-

Nummern-Speicher linsen und sie dann ganz keck anrufen: »Huhu, ich bin's« – nein, das geht gar nicht. Nochmal: Sie hat mich nach meiner Nummer gefragt. Sie ist eine moderne, selbstbewusste Frau. Sie nimmt die Dinge gern selbst in die Hand. Wenn sie nicht anruft, interessiert sie sich nicht für mich. Wenn ich jetzt durchrufe, mache ich es nur unnötig kompliziert. Genau. So sieht es aus, wenn man es mit klarem Verstand betrachtet. Und damit ich nicht gegen diese Erkenntnis handle, wenn mein Verstand mal wieder aussetzt, lösche ich jetzt wirklich ihre Nummer. Wo ist sie?

»Vielleicht sollten wir, bevor wir den Konstruktionsfehler im Plan klären, erst mal den Konstruktionsfehler in Ihrem Kopf klären?«

Weia. Ich gebe Jochen ein Zeichen, dass er sich mäßigen soll. Scheint heute wirklich einen schlechten Tag erwischt zu haben. Mohamadou schielt ab und zu zu ihm hinüber und schaut ängstlich. Auch Alyssas letzter Kicherausbruch ist schon eine ganze Weile her. Jochen sollte mal lockerlassen. Es geht doch im Moment wirklich nur um Kleinigkeiten. Leider. Wenn der Löwenstein-Villa-Auftrag nicht reinkommt ...

Dülülülülü-dülülülülü-dülülülülü!

»Lara? Oh, ach so, Frau Klapphorst.«

Stimmt, war ja das Bürotelefon. Mein Handy klingt ganz anders, so »tiritt-tiritt-tiritt«. Und dass Frau Klapphorst anruft, sollte mich in den Zustand freudigster Erregung versetzen. Stattdessen bin ich enttäuscht. Darf doch nicht wahr sein. Ich wollte mich nicht mehr verlieben.

»Entschuldigung, Frau Klapphorst, ich war kurz abgelenkt. Was sagten Sie gerade?«

LARA Ravioli aus der Dose sind viel besser als ihr Ruf. Als Kind waren sie sogar mein Lieblingsessen. Ich fühle mich satt und habe richtig gute Laune gekriegt. Als Nächstes gehe ich in die Bibliothek und leihe mir irgendeinen Roman aus, den ich schon immer mal lesen wollte. Was richtig Langes, Dostojewski oder so.

Jetzt nur wieder die Frage, was zieht man für die Bibliothek an? Manno, was ist los mit mir? Gut, ich bin immer noch nicht daran gewöhnt, einfach so rumzuspazieren, während alle arbeiten. Das ist aber nicht der Grund, Lara. Der Grund ist, dass du umwerfend aussehen willst, falls du durch irgendeinen Zufall Kai über den Weg läufst. Mädchen, so geht es nicht weiter. Er hat dich einen Abend lang gesehen und mit dir geredet. Wenn das nicht reicht, bitte, soll er doch bleiben, wo der Pfeffer wächst ... Na ja, mit mir geredet. Ich glaube, ich habe ihn ziemlich zugetextet. Vielleicht hat ihn das eingeschüchtert? ... Orrr! Kann doch nicht wahr sein. Kaum ist Kerstin weg, werde ich schon wieder weich. Ich ruf ihn nicht an. Basta! Und um ganz sicherzugehen, lösche ich jetzt seine Nummer. Wo ist sie?

KAI »Schön, Frau Klapphorst. Dann sehen wir uns bald ... Ja ... Aber sicher ... Wunderbar, bis Mittwoch dann. Ich freue mich. Auf Wiederhören.«
Oh ja!
»OH JAAAAAAAAAAAAAAAAAAAAAAA!!!«
»Musst du so rumschreien, Kai? Mein Kopfweh!«
»Hrmpf.«
»Haha! Was is los, Kai, Mann?«
»Hihihihiiiiihihihihiiiiihihihihiiiii!«

»Mein Rechner ist schon wieder abgestürzt, Alyssa. Kann das von Kais Gebrüll kommen?«

Ja! Ja! Ja! Wir sind gerettet! Ich muss niemanden entlassen, ich muss keinen neuen Kredit aufnehmen, wir können in unserer Fabriketage bleiben! Oh, das ist alles so wunderbar!

»Entschuldigt, bin gleich wieder da!«

Warum bunkere ich für solche Anlässe keinen Sekt im Büro? Ganz böser Fall von mangelnder Zuversicht. Jetzt aber fix in den Getränkemarkt. Die größte Flasche ist gerade gut genug. Ob ich einfach über Joans Tisch springe? Nein, lieber nicht.

LARA Es ist ein Fehler. Ich weiß, dass es ein Fehler ist. Hoffentlich geht er nicht ran ... Der lässt es aber oft klingeln ... Wenn die Mailbox anspringt, lege ich aber auf ...

»Handy von Kai Findling, Sie sprechen mit Joan Rettig.«

Was?

»Oh, Entschuldigung, ähm, ich dachte ... Also, ist das nicht sein Privathandy?«

»Doch, aber das hat der Trot... hat er liegengelassen, als er gerade rausgerannt ist. Und ich bin drangegangen, für den Fall, dass es was wichtiges Geschäftliches ist. Ich bin seine Managerin.«

»Ah, okay.«

»Müsste ich eigentlich nicht machen. Ich habe ohnehin solche Kopfschmerzen, dass mir das Reden weh tut. Jeder Laut dröhnt in meinem Kopf nach, das können Sie sich gar nicht vorstellen.«

»Oh, wie fürchterlich.«

»Also, was kann ich ihm ausrichten?«
»Na ja, das ist mehr so privat.«
»So.«
»Ich ruf dann einfach später nochmal an.«
»Wie Sie meinen. Wiederhören.«
Aufgelegt. Boa, was für eine widerliche Schnepfe! Seine Managerin? Haben Barmänner Managerinnen? Wenn ja, dann muss er ein echter Star der Mixgetränke sein. Oder ist er doch was anderes? Und ist Joan etwa scharf auf ihn? Geht einfach an sein Handy und wimmelt mich ab. Na ja. Jetzt sieht er jedenfalls, dass ich angerufen habe. Und muss mich zurückrufen. Oder?

KAI Ich bin sehr stolz auf mich, dass ich die Treppen hochgerannt bin, ohne zu stolpern und mir eine grässliche Schnittwunde an der beim Sturz zu Bruch gegangenen Deutz-und-Geldermann-Doppelmagnum-Sektflasche zu holen. Das sind Eigenschaften, die einen echten Chef ausmachen.

Ich reiße die Tür auf und schwenke mein Riesentorpedo.

»Sofort aufhören zu arbeiten! Alle! Wir haben den Bauleitungsauftrag für die Löwenstein-Villa!«

Wie schön! Sie jubeln. Alle fünf wie aus einem Mund. Ich bin gerührt. Anschließend macht jeder, was ihm am besten entspricht. Moha holt Sektgläser aus dem Schrank, Alyssa tanzt und jauchzt um die Tische, Jeffrey rollt seinen Stuhl nach hinten, bringt ihn in Kippstellung und legt die Füße auf den Plan vor ihm, Joan überlegt sich Gründe, warum sie trotz Kopfschmerzen mittrinken kann, falls sie gefragt wird, und Jochen arbeitet einfach weiter.

»Hat noch jemand angerufen, während ich weg war, Joan?«

»Nein.«

»Na, dann los!«

Ich versuche den Korken so gegen die Decke zu schießen, dass er Richtung Jochens Tisch abprallt, aber das ist bei diesem alten Gewölbe über uns ziemlich schwierig. Er landet stattdessen auf meinem Schreibtisch, und mein Handy fliegt in hohem Bogen herunter.

»Meisterschuss, Kai!«

»Jau! Heute ist ein guter Tag.«

»Ups!«

»Stell das Tablett lieber auf den Tisch, Moha.«

»Jochen, wenn du nicht sofort aufhörst zu arbeiten, bist du entlassen.«

»Hrmpfja, komm gleich.«

»Auf die Löwenstein-Villa!«

»Auf genug Arbeit für die nächsten zwölf Monate!«

»Auf ein Projekt, das uns allen die Hölle heißmachen wird!«

»Klappe, Jochen!«

»Wie hoch ist das Budget?«

»Kann ich nicht sagen, aber seeeeeehr hoch.«

»HURRA!«

LARA »Zirrrp! Zirrrp!«

Ich glaube es nicht!

»Zirrrp! Zirrrp!«

Das ist *seine* Nummer! Was mache ich?

»Zirrrp! Zirrrp!«

Argh! Ich brauche doch nicht in den Spiegel zu schauen!

War das jetzt schon das dritte Klingeln? Ich sollte rangehen. Was sage ich bloß? Meinen Namen. Einfach meinen Namen. Mehr muss ich doch am Anfang nicht sagen, oder?

»La… Lara Rau… Rautenberg.«

Na toll, nicht mal das bringe ich vernünftig raus. Dabei will ich doch gar nichts von ihm.

…

»Hallo?«

Will der mich verarschen?

»Bist du es, Kai?«

…

Da unterhalten sich ein paar Leute im Hintergrund. Scheinen ziemlich fröhlich zu sein.

Na toll.

Er hat also gar nicht zurückgerufen. Sieht ganz so aus, als ob er sich nur sein Handy so blöd in die Hosentasche gesteckt hat, dass sich der Rückrufknopf von selbst gedrückt hat und ich jetzt den Gesprächen seiner bereits um die Zeit besoffenen Bargäste lauschen darf. Diese komische Joan muss ihm doch gesagt haben, dass ich angerufen habe! Außerdem könnte er es auch in seiner Anrufliste sehen, wenn er nachguckt. So ein Arsch!

»HALLO KAI? KANNST DU MICH HÖREN? DU BIST EIN ARSCH! EIN AAAAARSCH!!!«

Und aufgelegt. Ha! Hoffentlich haben das alle Bargäste gehört. Jetzt lösche ich wirklich seine Nummer. Weg damit. Und Adrian hat sich auch immer noch nicht gemeldet. Warum verbringe ich eigentlich mein Leben mit lauter Typen, die es nicht wert sind? Daran muss sich schleunigst was ändern. Ich gehe jetzt in die Bibliothek. Und ihr könnt mich alle mal.

KAI »Warum müsst ihr mich dauernd hochwerfen? Ihr könnt doch auch mal Jeffrey hochwerfen.«
»Keine Herausforderung. Viel zu dünn.«
»Hihihihiiiiihihihihiiiiihihihihiiiii!«
»Ist die Sektflasche wirklich schon leer?«
»Ja, aber da steht noch eine Flasche Whiskey ganz hinten im Schrank.«

LARA Hm, *Männer und andere Katastrophen* von Kerstin Gier? Nehm ich auf jeden Fall mal mit. *Dreckstypen* von Gisela Kämpf? Auch. Und *Schieß ihn zum Mond, Lauretta* von Nancy Carling. Jetzt aber auch noch ein Klassiker. *Der alte Mann und das Meer?* Nein, ich will was ganz ohne Männer.

Irgendwie mag ich die Bibliothek. Bevor ich alle Bücher hier gelesen habe, habe ich auf jeden Fall einen neuen Job. Kann man komisch finden, aber mich beruhigt das. Vielleicht sollte ich gar nicht so lange rumgrübeln, welche Schwarte ich mir antue. Ich mache einfach die Augen zu und streife mit dem Zeigefinger an den Buchrücken entlang. Wenn der Nächste irgendwo hüstelt, halte ich an und nehme genau das Buch.

Zirrrp! Zirrrp!

War ja klar. Ich gehe in die Bibliothek und vergesse das Handy auszumachen, und natürlich klingelt es ausgerechnet dann.

Zirrrp! Zirrrp!

Und natürlich extra laut. Boshaftes Ding. Mist, in welcher Tasche habe ich es bloß ... Ja, ja, glotz mich nicht so grimmig an, Opa. Ich machs ja gleich aus.

Zirrrp! Zirrrp!

Ah, hier. Nur kurz gucken, wer ... Hm, sagt mir gar nichts, die Nummer. Ach, ich bin einfach zu neugierig.

»Hallo?«

»Ja, hallo, mit wem spreche ich denn bitte?«

»Vielleicht sagen Sie mir erst mal, wer Sie sind. Sie haben schließlich angerufen.«

»Oh, Entschuldigung, hier spricht Kai Findling. Ich rufe an, weil ich gesehen haben, dass mein Handy vorhin ... na ja, sozusagen eigenmächtig bei Ihnen angerufen hat. Und weil ich die Nummer nicht kannte, wollte ich nur sichergehen, dass ...«

»Ach nee, Kai?«

»Moment, Moment, du bist Lara, oder? Die Camparitrinkerin?«

»Genau die. Und du bist der, der sich in Damentoiletten verschanzt.«

»Ähm, ja. Wie gehts dir?«

»Och, ganz gut ... Und dir?«

»Auch gut. Soll ich dir sagen, warum mein Handy dich vorhin angerufen hat? Ich habe es mit einem Sektkorken getroffen.«

»Mit einem Sektkorken?«

»Ja, stell dir vor. Ich bin nämlich gerade auf der Arbeit, und ...«

»Junge Frau, Sie machen jetzt sofort Ihr Handy aus!«

»Ja, ja ... Kai, kann ich dich gleich zurückrufen?«

»Na klar.«

KAI Okay. Ganz ruhig. Was ist passiert?

Es ist Montag, ich habe den Löwenstein-Auftrag in der Tasche und ziemlich einen in der Krone. Und ich habe gerade zwei Mal kurz hintereinander mit Lara telefoniert, der Camparifrau, in die ich mich nicht verlieben will. Mehr war gar nicht. Das reicht nie und nimmer als Grund, einen Kopfstand auf einem Bürostuhl zu machen. Ich sollte damit aufhören.

Ist aber leichter gesagt als getan. Wie löst man sich in betrunkenem Zustand aus einem Bürostuhlkopfstand, ohne dabei übelst aufs Maul zu fallen? Darüber hätte ich nachdenken sollen, bevor ich damit anfange. Jetzt ist es zu spät. Ich habe viel zu viel Angst, das Gleichgewicht, in dem ich mich zum Glück gerade befinde, aufzugeben.

Und ich bin nicht verliebt. Nein, das kann man wirklich nicht sagen. Ich habe nur mit Lara telefoniert. Und wir haben uns verabredet. Wir werden uns *Grün wie die Liebe* ansehen. Auf DVD. Bei mir. Das ist schön. Ich freu mich drauf. Aber nicht mehr.

Eigentlich alles fein. Nur ... Ach, ich weiß einfach nicht, wie das passieren konnte.

»Ich besorge die DVD«, hat sie gesagt. »Dann kümmere ich mich um die Getränke«, habe ich geantwortet. Da war die Welt noch in Ordnung. »Oh, fein! Mixt du uns was Passendes zum Film?«, hat sie gefragt. Und ich habe »Na klar, hihi!« gesagt. Da war die Welt nicht mehr in Ordnung. Und sie dann: »Whiskey muss auf jeden Fall drin sein. Irischer Whiskey, das passt zum Film. Oder können wir auch Scotch nehmen? Ach, mach du das mal, du kennst dich da besser aus. Ich lass mich überraschen.« Da war die Welt dann überhaupt nicht mehr in Ordnung. Ich habe immer noch keine Ahnung vom Drinks-Mixen.

Und das war erst der Anfang. Als Nächstes hat sie Mittwochabend vorgeschlagen. Und statt dass ich sage, dass ich mich gerne alle Abende meines restlichen Lebens mit ihr treffen würde, nur nicht kommenden Mittwoch, weil ich genau da mit Frau Klapphorst zum Abendessen verabredet bin, um mit ihr die letzten Details zu einem Vertrag zu besprechen, der die Zukunft meines Büros sichern wird, sage ich einfach: »Ich muss nochmal gucken, aber das kann ich mir sicher irgendwie freischaufeln. Ich sag dir Bescheid.« Da war die Welt dann überhaupt kein bisschen mehr in Ordnung. Aber ich bin nicht verliebt.

»Kai?«

»Was ist, Joan?«

»Wollte nur mal gucken, warum du dich so lange im Besprechungsraum verschanzt ... Hey, spinnst du jetzt?«

»Joan, kannst du bitte mal mein rechtes Bein nehmen und es ganz vorsichtig ... Laaangsam ... Uff, ja, danke, Joan, reife Leistung für fünf Gläser Sekt.«

»Und was sollte das?«

»Sei mir nicht böse, aber das geht dich nichts an.«

»Mich geht alles was an. Ich bin die Büromanagerin.«

»Was weißt du über Cocktails mit irischem Whiskey?«

LARA »Ich muss nochmal gucken, aber das kann ich mir sicher irgendwie freischaufeln. Ich sag dir Bescheid«, hat er gesagt. Ts. Vorfreude hört sich anders an. Und inzwischen ist es Abend, und er hat sich immer noch nicht wieder gemeldet. Was glaubt er eigentlich, wer er ist? Na ja, mir doch egal, ich will ja gar nichts von ihm.

Gut ist jedenfalls, dass ich mir überhaupt keine Gedanken über das Treffen machen muss. Ich besorge die DVD, um alles andere kümmert er sich. Vor allem, was die Drinks betrifft, bin ich total aus dem Schneider. Er wird mixen, und ich werde so gucken, als wüsste ich, was er da treibt. Und wenn ich ihm ein wenig auf die Finger schaue, lerne ich vielleicht nach und nach genug, um mich nicht mehr zu blamieren.

Oh, SMS. Von Adrian.

> vermiss dich ganz doll, butzi! mittwochabend, nur wir beide? <3 <3 <3 :* :* :*

Na endlich. Noch eine Stunde länger Funkstille, und ich hätte mit ihm Schluss gemacht, ich schwöre. Da hat er das Ruder gerade nochmal rumgerissen.

Eins muss man ja sagen, meistens ist es gar nicht so einfach für ihn, sich mitten unter der Woche einen Abend Zeit zu nehmen. Im Moment ist er mit »Adrian Adventures« ganz schön am Rotieren. Die Unternehmen stehen richtig Schlange, um ihre Mitarbeitergrüppchen irgendwo in den Wald zu schicken und von Adrian und seinen Kletterseilfreaks triezen zu lassen.

Dass er von selbst drauf kommt, sich den Mittwochabend freizuboxen, ohne dass ich Druck machen musste, finde ich gut, auch wenn er sich immer noch nicht dieses blöde »Butzi« abgewöhnt hat. Soll Kai doch freischaufeln, was er will. Den Mittwoch verbringe ich mit Adrian. Tut mir leid, aber mir reicht *ein* Typ, der sich dauernd nicht meldet. Da brauche ich nicht noch einen.

Aber mit der Antwort an Adrian warte ich noch. Der soll ruhig noch ein wenig schmoren, nachdem er mich so lange hat hängen lassen. Oder, nein, noch besser, ich antworte ihm.

> ich muss nochmal gucken, aber das kann ich mir sicher irgendwie freischaufeln.

Harhar!

DIENSTAG

LARA Irgendwie habe ich einen an der Waffel. Um den Bücherstapel, den ich gestern aus der Bibliothek nach Hause geschleppt habe, durchzulesen, bräuchte ich eine geschlagene Woche. Aber trotzdem ziehe ich heute gleich wieder los, um im größten Buchgeschäft der Stadt nach weiteren Büchern zu stöbern. Heißt wohl, dass mir die Jagd nach Büchern viel mehr Spaß macht als das Lesen. Oder, mit anderen Worten, ich habe einen an der Waffel. Aber immerhin weiß ich, dass ich einen an der Waffel habe, das ist schon mal der erste Schritt zu ... irgendwas, hoffentlich.

Apropos Waffeln, ich könnte mir heute Waffeln machen. Ich liebe Waffeln, und ich hab mir schon ewig keine mehr gemacht. Mit Himbeersoße. Muss ich nur auf dem Heimweg eine kleine Schleife durch den Supermarkt drehen. Mir läuft schon jetzt das Wasser im Mund zusammen. Ich muss jetzt ganz schnell ein gutes Buch finden, mit dem ich mich in die Leseecke verziehen kann, sonst halte ich es nicht mehr aus.

Vielleicht gucke ich einfach mal bei den Schauspielerbiografien. Ja, gute Idee. Das allein ist schon ein Grund, hierherzukommen. Die sind nämlich sehr teuer, und die Bibliothek ist erbärmlich schwach damit bestückt. So sehr habe ich anscheinend doch keinen an der Waffel.

Ich muss die Treppe in den dritten Stock hoch und

darf dann auf keinen Fall nach links schauen. Da stehen nämlich die Kochbücher. Adrian muss ich auch langsam mal Bescheid geben, dass es klappt mit Mittwoch, fällt mir gerade ein. Und Kai muss ich absagen. Wobei, die Pfeife hat sich immer noch nicht gemeldet, dem muss ich nicht absagen. Der hat sich selbst abgesagt.

Huch!

Das gibts doch nicht. Da steht er! ... Ja, er ist es. Als hätte ich ihn herbeigedacht ... Ach, was für ein Blödsinn!

Er ist ganz vertieft in ein Buch. Muss der nicht arbeiten? Ach nein, Barmänner haben um die Zeit ja frei. Der ist bestimmt gerade erst aufgestanden. Ich verstecke mich jetzt hinter diesem Regal und warte, bis er weg ist.

Ein schöner Plan. Dumm nur, dass mein Körper etwas ganz anderes macht. Kann doch nicht wahr sein. Warum fühle ich mich so zu ihm hingezogen? Ich will doch gar nichts von ihm.

»Hallo Kai.«

»Hu ... ha... ha... ha... hallo! So eine Überraschung.«

»Ich hab auch nicht schlecht gestaunt.«

»Tja, Zufall, ne?«

»Hmhm.«

»Also ... ich freu mich wirklich riesig auf morgen Abend mit dir, Lara. Ich, äh, wollte dich gerade nochmal anrufen deswegen.«

»Hat also geklappt mit dem Freischaufeln?«

»Ja.«

Plimplam! Plimplam!

»Tschuldigung, ich muss da rangehen.«

»Na klar. Bis morgen dann?«

»Bis morgen.«

Okay, ich lasse es jetzt fünfmal klingeln und bringe in

dieser Zeit so viele Regalreihen zwischen ihn und mich, wie es nur irgend geht. Schnell ... So.

»Hotel ... Royal. Guten Abend, was ... kann ich für Sie ... tun? ... Ja, Hotel Royal ... Nein, ich bin nicht ... außer Atem ... Nein, ich kann nicht lauter sprechen ... Unser Rezeptionshamster ... schläft gerade.«

KAI Mist!

Was habe ich getan?

Jetzt muss ich Frau Klapphorst absagen! Ich fasse es nicht. Einen lodernden Brandsatz in mein Büro zu werfen könnte kaum gefährlicher für meine Existenz sein. Es gibt Hunderte Büros, die den Löwenstein-Bauleitungsjob machen könnten. Dass wir ihn bekommen, liegt nur daran, dass Frau Klapphorst meine Nase etwas besser gefällt als die der anderen Kleinarchitekten. Und so eine Nasenmeinung kann sich sehr schnell ändern.

Genau das habe ich mir heute Vormittag im Büro immer wieder vorgebetet. Und dann habe ich immer wieder versucht, Lara anzurufen, um unser Date zu verschieben. Aber ich habe mich nicht getraut. Das erste Date verschieben. Das wäre wiederum das Gleiche, wie ein Fass Feuerlöschschaum auf einen noch nicht angezündeten Brandsatz zu kippen. Ich will mich zwar nicht verlieben, aber für eine beginnende Freundschaft gelten solche Regeln bestimmt auch, oder?

Ach, Blödsinn, klar hätte ich anrufen können. Jeder beliebige andere Abend wäre gegangen, und sie hätte es verstanden. Wenn ich es ihr erklärt hätte, hätte sie es verstanden. Aber meine Hand ist immer wieder von meinem Handy weggezuckt, als wäre es eine Giftschlange. Und einmal hat meine Hand sich sogar das Bürotelefon gegriffen und die Nummer von Frau Klapphorst aus dem Nummernspeicher herausgefischt. Als mir klar wurde, was ich da gerade tun wollte, bin ich sofort raus aus dem Büro. Als Chef muss ich meine Leute schließlich vor meinen Kurzschlusshandlungen schützen.

Ich habe mich ganz ruhig auf eine Parkbank gesetzt und nochmal versucht, Lara zu erreichen, um unseren Filmabend zu verschieben. Und es ging wieder nicht. Dann bin ich ein wenig herumgestromert, Jochen hat angerufen und wir haben die neusten Fehlerchen von Mohamadou, Alyssa, Jeffrey und dem Ingenieurbüro Schneckel durchdiskutiert, und am Ende bin ich in diesem Riesenbuchgeschäft gelandet.

Weil ich schon mal da war, habe ich mir gleich die Fachbücher über Cocktails angesehen. Und als Lara dann aus heiterem Himmel auftauchte, konnte ich einfach nicht anders! Ich bin wahnsinnig ...

Ob sie gesehen hat, dass ich über einem Cocktailbuch gebrütet habe? Bestimmt. Wie peinlich. Jetzt weiß sie, dass ich keine Ahnung habe. Was wollte ich überhaupt mit dem Ding? Es hatte doch keinen Sinn. Ob das mit dem Cocktail-Kino-Abend was wird, stand vorhin noch völlig in den Sternen.

Na ja, wenigstens sind die Würfel jetzt gefallen. Ich werde wieder zu meiner Parkbank gehen und mir in aller Ruhe überlegen, wie ich es vor Frau Klapphorst, der Chefin des Deutschlandbüros der internationalen Stararchitektin Amélie Bleudkinon, rechtfertigen kann, einen Tag vorher ein Geschäftsessen mit ihr verschieben zu wollen. Und dann rufe ich sie an. Jawohl, so wird es gemacht.

Ich nehme mir Charles Schumanns *Barbuch,* gehe zur Kasse und bezahle. Merkwürdig. Dafür, dass ich gleich einen Brandsatz in mein Büro werfen werde, bin ich ziemlich entspannt.

LARA Okay, bei Adrian habe ich noch jede Menge Gelegenheiten, es wiedergutzumachen, bei Kai nicht. Hat er zwar überhaupt nicht verdient, dass er jetzt doch den Zuschlag für Mittwoch kriegt, aber es ist ja nur ein Abend. Und *Grün wie die Liebe* begleitet von authentischen, professionell gemixten Drinks zu gucken, ist wirklich was Besonderes. Außerdem, Adrian kann zur Abwechslung auch mal eine Absage von mir vertragen.

Na komm, geh schon ran.

»Hallo?«

Oh nein, nicht schon wieder.

»Hallo, hier ist Lara. Ist Adrian da?«

»Der sitzt gerade auf dem Klo. Und soll ich dir was sagen? Er hat schon wieder sein Handy in der Schmutzwäsche vergessen. Ich werde nochmal verrückt mit dem Jungen.«

Ich habe mich immer noch nicht dran gewöhnt, dass Adrians Mutter immer an sein Handy geht, wenn sie bei ihm ist, um seine Wäsche zu waschen. Und ich schaffe es, immer genau dann anzurufen.

»Wissen Sie, wie lange der jetzt schon auf dem Klo sitzt, Lara? Zwanzig Minuten! Ich mache mir wirklich Sorgen. Als Kind hatte er mal eine interborimentäre Harnwegsdystrose und …«

»Ach was, der liest nur Comics. Macht er bei mir auch immer.«

»ADRIAN! MACH MAL HINNE! DEINE LARA IST DRAN!«

Ich bin überzeugt, irgendwas in mir hätte mir ein Zeichen geben können, dass jetzt ein ganz übler Zeitpunkt ist, anzurufen. Nur ist mir dieses Irgendwas aus irgendeinem Grund nicht wohlgesonnen.

»Butzi! Was geht?«

»Hallo Adrian, du, ich wollte nur sagen, wegen morgen Abend, also, das konnte ich mir leider doch nicht freischaufeln ... weil, na ja, echt doof, aber da habe ich so eine, hm, Fortbildungsveranstaltung. *Neoexpressionistische Tendenzen im irischen Film der achtziger Jahre unter besonderer Berücksichtigung des Aspekts Alkohol.* Sehr spannendes Thema und ein hervorragender Referent, den man nicht so oft sieht, weißt du?«

»Verstehe, verstehe. Finde ich gut, dass du Fortbildung machst. Musst ja schließlich jetzt gucken, wo neue Chancen für dich liegen. Weißt du, ich zum Beispiel ... Moment ... Ja, Mama! ... Du, ich muss kurz Schluss machen. Wir telefonieren später nochmal, ja?«

KAI »Ja, Onkel Karl. Du, ich muss Schluss machen. Ich muss nämlich noch ein ganz wichtiges Gespräch führen, sonst ist es endgültig zu spät. Ich ruf dich später nochmal an, ja?«

»Brauchst du nicht.«

»Mach ich aber. Und du baust bitte inzwischen keinen Mist, versprochen?«

»Ich weiß nicht, was du meinst, Junge.«

»Bis gleich, Onkel Karl.«

Okay. Kurz runterkommen. Wie praktisch, dass ich

gerade an der Parkbank vorbeigehe, auf der ich vorhin schon gesessen habe. Ich atme tief ein und gucke zu einer Stelle, bei der ich nur tiefes, saftiges Grün sehe.

Großonkel Karl.

Der liebste Mensch der Welt. Kriegt eben nur ab und zu seinen Rappel. Und dann klingelt mein Handy. Entweder er oder, schlimmer, die Leitung des im Moment aktuellen Altersheims, aus dem er gerade rauszufliegen droht. Ich kann gut mit ihm reden. Wir haben den perfekten Draht zueinander. Er war der Einzige, der früher mit mir klarkam, wenn ich als bockiges Kleinkind meinen Rappel hatte, und jetzt bin ich der Einzige, mit dem er spricht, wenn er seinen Rappel hat. Fair aufgeteilt. Und mit dem Anrufzeitpunkt habe ich gerade wirklich noch Glück gehabt. Normal wäre gewesen, wenn der Großonkel-Karl-Anruf mitten in mein Abendessen mit Frau Klapphorst hineingeplatzt wäre. Aber das kann ja noch kommen.

Viel schwieriger, als mit ihm zu sprechen, sind übrigens die Gespräche mit den Altersheimverwaltungen. Ich rede mir dauernd den Mund fusselig, damit sie verstehen, wo die Ursachen für Großonkel Karls Rappelphasen liegen und warum er nicht in die Psychiatrie gehört. Ein Mal habe ich es sogar geschafft, einen von diesen Bürokraten mit in das Museum für Verkehr und Technik zu schleifen, damit er versteht, was genau los ist. Wie der zuerst mit den Augen gerollt hat. Und wie die Augen auf einmal mit dem Rollen aufgehört haben und vor Entsetzen groß wie Wagenräder wurden, als er dieses Ding in echt gesehen hat, in dem …

Nicht abschweifen, ich muss jetzt endlich Frau Klapphorst absagen. Ich nehme mein Handy und … Nein, ich mache es doch lieber im Büro.

...
Seltsam, wie schnell man auf einmal wieder im Büro ist, wenn man einen Anruf vor sich hat, den man nicht machen will. Komisch still ist es hier gerade. Ob die anderen spüren, was ich hier gerade Gefährliches vorhabe? Mein Schreibtisch steht weit genug von ihnen weg, dass sie nicht mithören können, wenn ich in normaler Lautstärke telefoniere. Glaube ich zumindest. Was, wenn doch? Egal. Wenn wir den Auftrag verlieren, werde ich für den Rest meines Lebens meine Wohnung mit meinem schlechten Mitarbeitergewissen heizen können, egal, ob sie mitgehört haben oder nicht.

Aber es wird nicht so weit kommen. Ich meine, hallo, ein geschäftliches Abendessen verschieben, das geschieht doch dauernd. Genau in diesem Moment werden weltweit gerade Dutzende von geschäftlichen Abendessen verschoben, Hunderte, Tausende vielleicht. Es ist überhaupt nichts dabei. Nimm jetzt den Hörer! Wenn nur meine Hände nicht so zittern würden.

LARA »Also, du findest auch, dass ich Adrian nicht wirklich angelogen habe?«

»Nein, Lara. Also, nicht *wirklich* gelogen.«

»Ich bin Cutterin. Im Prinzip ist es doch jedes Mal, wenn ich einen Film gucke, eine Fortbildungsveranstaltung für mich, oder, Kerstin?«

»Im Prinzip, ja.«

»Und ich will ja auch gar nichts von ihm, das ist doch das Entscheidende.«

»Klar. Wenn du was von ihm wollen würdest, dann wäre das was ganz anderes.«

»Genau. Also brauche ich kein schlechtes Gewissen zu haben.«

»Höchstens ein bisschen.«

»Höchstens.«

»Ja.«

»Eben.«

»So siehts aus.«

…

»Okay. Kannst du das jetzt bitte mal meinem schlechten Gewissen sagen? Es scheint das Wort *bisschen* nicht zu kennen.«

»Oje.«

»Mist.«

»Aber ändern kannst du es jetzt auch nicht mehr.«

»Kann ich nicht, oder?«

»Nein, glaub nicht.«

Plimplam! Plimplam!

»Oh, tschuldigung, ich muss mal um die Ecke.«

»Laraschatz, vor mir brauchst du dich nicht verstecken. Ich weiß, dass du eine mobile Hotelrezeption bist.«

»Tschuldigung, ist schon ein Reflex geworden.«

»Ich verstehe ja immer noch nicht, warum dir das so peinlich ist.«

»Pst … Hotel Royal, guten Tag, was kann ich für Sie tun?«

Mittwoch

Kai Seltsames Gefühl, wenn man sich absolut sicher ist, dass man den größten Fehler seines Lebens gemacht hat. So einen Mist kann wirklich nur einer verzapfen, der absolut nicht weiß, was er will. Selbst als ich Sonntagnacht von Lara in der Damentoilette ertappt wurde, habe ich mich wohler gefühlt als jetzt. Aber die Würfel sind gefallen, ich kann nichts mehr rückgängig machen.

Frau Klapphorst hat gerade Trüffelsuppe als Vorspeise und Kloßvariationen an Kürbis, Rotkraut und Korinthen als Hauptgang bestellt und nimmt nun den nächsten Schluck aus ihrem Aperitifglas.

»Ich bin schon gespannt auf Ihre neuen Büroräume, Herr Findling.«

»Hm? Oh, ja, ja, ich bin sicher, sie werden Ihnen wohlgefallfühlen, ich meine, wohl fühlen werden Sie sich, weil sie Ihnen gefallen ... werden.«

Und beim letzten Wort verschlucke ich mich auch noch an einem Weißbrotkrümel und muss fürchterlich husten.

»Nehmen Sie einen Schluck Wasser, Herr Findling.«

»Köff ... danke ... köffköff.«

»Man könnte ja fast meinen, irgendwas stimmt nicht mit Ihren neuen Büroräumen.«

Ich nehme einen zweiten Schluck, sie wirft ihre glänzenden, nackenlangen braunen Haare nach hinten, und ich muss sofort wieder husten, weil es mich an Lara erinnert. Frau Klapphorsts Blicke wandern amüsiert auf mir herum.

»Nein, Frau Klapphorst, es ist alles in Ordnung mit dem neuen Büro. Viel großzügiger als das letzte. Und wunderbares Licht.«

»Trotzdem waren Sie eben bewundernswert kreativ in Ihrem Satzbau. Prost.«

»Prost. Frau Klapphorst, ein Vorschlag: Wollen wir versuchen, das Geschäftliche vor dem Essen zu besprechen? Dann können wir es richtig genießen.«

»Gute Idee. So viel ist es ja gar nicht.«

Natürlich ist es viel. Für mich jedenfalls. Wenn man allerdings, wie Frau Klapphorst, gestern mit dem Hochbau-Generalübernehmer für die neue Kopenhagener Staatsbibliothek getafelt hat, ist es natürlich nur ein Klacks. Und das merkt man ihr an. Sie rasselt die Punkte nur so herunter. Alles, was mir wichtig ist, wird sofort abgenickt. Eigentlich prima, wenn ich nicht dauernd Angst hätte, dass ich etwas vergessen habe. Wenn man nämlich später noch wegen irgendwelcher Dingelchen bei dem kleinen Fischlein Löwensteinvilla bei ihr anruft, kann sie ziemlich unwirsch werden.

Fischlein. Ich zucke zusammen, wenn ich nur an das Wort denke. Kein Wunder, denn ...

»Jetzt noch das Wichtigste, Herr Findling: Können wir kommenden Montag schon anfangen?«

»Ko... ko... kommenden Montag? Und, ähm, was meinen Sie mit *anfangen*?«

»Sonntag feiern wir ersten Spatenstich, Montag kommen die Bagger. Ich weiß, das ist ein böser Überfall, aber Holundermann-Erdbau kriegt Kapazitätsschwierigkeiten, wenn wir jetzt noch zwei Kalenderwochen warten, bis die Planung komplett steht. Wenn das ein Problem für Sie ist, müssten wir eine Übergangslösung finden, aber ...«

»Nein, nein, ich kann das schon irgendwie ... freischaufeln.«

»Großartig, Herr Findling. Ich weiß schon, warum ich auf Sie setze.«

Dieses Cheflächeln. Man fühlt sich machtlos, wie ein Schüler, der nach Schulschluss zufällig in den Direktor gelaufen ist und nun auf dessen freundliche Bitte hin dem Hausmeister noch ein wenig bei einem Entrümpelungsjob im Keller hilft. Ganz freiwillig. Das werde ich wohl nie so hinbekommen wie sie.

»Das wäre es aus meiner Sicht auch schon, Herr Findling. Haben Sie noch etwas auf dem Herzen?«

Ich röntge ein letztes Mal meinen Notizzettel. Irgendwas habe ich bestimmt vergessen. Es ist immer so, da kann man so lange im Geschäft sein, wie man will. Jedes Gebäude, egal wie klein, ist eine verflixt komplizierte und unübersichtliche Angelegenheit. Und je mehr es ins Detail geht, umso verflixter und unübersichtlicher wird es. Und die Bauphase, die meine Leute und ich wuppen sollen, ist die, in der es sich nur noch um Details dreht. Verflixter und komplizierter geht es nicht. Kein Wunder, dass die Klapphorst und die Bleudkinon damit nichts zu tun haben wollen und lieber ein externes Büro beauftragen.

Das ist mein Glück, klar. Und wenn eines Tages die letzten Handwerker aus der Villa draußen sind, die Bauabnahme geschafft und die letzte Honorartranche auf meinem Konto gelandet ist, werde ich dieses Glück ausgiebig zu würdigen wissen. Im Moment muss ich aber mehr daran denken, was uns davor alles blüht.

Ab Montag werden sich die Anrufe im Büro verdreifachen. Aushubfirma, Bodengutachter, Bauingenieur und tausend andere werden dauernd was von uns wollen. Joan wird von Tag zu Tag nöliger werden. Bald wird sie behaupten, dass sie komplett überlastet ist, und dass ab jetzt alle dafür zuständig seien, die Anrufe von außen entgegenzunehmen. Dass Alyssa, Jeffrey, Moha und Jochen Anrufe entgegennehmen, ist aus verschiedensten Gründen keine gute Idee, aber ich werde es eine Woche so laufen lassen. Danach werde ich Joan ins Gewissen reden, ihr aufzählen, was alles schiefgegangen ist, und sie überzeugen, dass niemand so gut Anrufe entgegennimmt wie sie. Davon beflügelt wird sie ungefähr zwei weitere Wochen durchhalten. Anschließend wird sie sich für längere Zeit krankschreiben lassen. Ab dann muss sich Jeffrey um die Anrufe kümmern, nachdem ich ihm zuvor eine gründliche Nicht-nuschel-und-Höflichkeits-Schulung verpasst habe. Alyssa wird den größten Teil von Jeffreys Arbeit übernehmen und ich wiederum einen Teil von Alyssas Arbeit. Das wird mir Spaß machen. So viel Spaß, dass ich meinen eigentlichen Job, aufzupassen, dass nichts schiefgeht, sträflich vernachlässige. Vor allem Mohas Arbeit muss in dieser Phase dauernd kontrolliert werden. Wenn ich das nicht tue, macht es Jochen, und das ist nicht gut, weil er erstens ohnehin überlastet ist und zweitens den armen Moha für jede noch so kleine falsche Strichellinie dermaßen zusammenscheißt, dass der Kerl bereits in der Frühphase des Projekts in Stressgelächter ausbricht, was wiederum Alyssa ansteckt, die darüber dann auf einmal auch Fehler macht, und so weiter.

Ein paar Wochen später werde ich mich dafür entscheiden, eine Ersatzkraft für Joan zu engagieren. Eine

Menge junger Damen werden sich bewerben, eine pfiffiger als die andere, und eine von ihnen wird sich in kürzester Zeit so gut einarbeiten, dass alles wieder fluppen könnte. Leider werden sich aber Jeffrey und Moha beide in sie verlieben und ihre gesamte Energie fürderhin in einen bombastischen Balzwettbewerb stecken. Am Ende werde ich Joan mit Unmengen von Blumensträußen, einem neuen Computer und einer Gehaltserhöhung davon überzeugen, dass sie über den Berg ist und langsam wieder zu arbeiten anfangen kann.

Inzwischen wird Jochen so gestresst sein, dass man ihn nicht mehr ansprechen kann, weil er sonst platzt. Das ist äußerst problematisch, denn er ist meine rechte Hand und ich müsste ihn eigentlich andauernd ansprechen. Aber mir bleibt nichts anderes übrig, als die wichtigen Fragen mit Moha zu erörtern und dabei mit Absicht so viel Blödsinn zu reden, dass Jochen es irgendwann nicht mehr aushält und sich in das Gespräch einmischt.

Und das ist nur der Teil, der sich vorhersehen lässt. Was sonst noch kommen wird, will ich mir gar nicht ausmalen. Erst wenn das alles überstanden ist, werde ich das Glück dieses Auftrags wirklich zu würdigen wissen.

»Nein, Frau Klapphorst, ich denke, wir haben alle Punkte durch.«

»Na wunderbar, dann werden wir zügig den Vertrag aufsetzen. Und wenn Ihnen noch was einfällt, rufen Sie mich einfach an.«

»Sicher.«

Ich werde mich hüten.

LARA Kann doch nicht wahr sein! Jetzt komme ich auch noch zu spät. Zuerst habe ich viel zu lange rumgegrübelt, ob ich Adrian nochmal anrufen soll, um ihm zu sagen, dass die Fortbildungsveranstaltung zwar ausfällt, dass mich aber dafür der Dozent, der ziemlich dick ist und überhaupt nicht gut aussieht, eingeladen hat, einfach so mit ihm den Film zu gucken und nachher bei einem Glas darüber zu plauschen. Dann wurde mir endlich klar, dass meine erste Version ungefähr genauso wahr ist und dass Adrian mich ja eigentlich selbst nochmal anrufen wollte und dass er mich für heute Abend einfach mal kann.

Hätte ich nur früher drauf kommen sollen, denn nun habe ich ein echtes Problem. Ich müsste genau jetzt auf der Straße stehen und losrennen, um mit den angemessenen zehn Minuten Verspätung bei Kai zu klingeln und damit meinen ersten Beitrag zu einem perfekten Abend zu leisten. Zehn Minuten sind mein Markenzeichen. Kein akademisches Viertelstündchen. Ich habe nie studiert und bin stolz darauf.

Ich kann aber nicht losrennen, denn der große Spiegel, vor dem ich gerade stehe, sagt mir überdeutlich, dass ich im Moment nichts trage außer einem Slip. Und ich habe nicht die geringste Aussicht, dass sich daran was ändert. Wenn ich schon völlig überfordert war, mir die richtigen Klamotten für einen schlichten Spaziergang herauszusuchen, wie zur Hölle soll ich dann etwas finden, das zu einem ersten Date passt? Sogar den Slip stelle ich gerade in Frage. Zu knapp? Lieber was mit Spitze? Oder den roten? ... Hey! Ich will doch gar nichts von ihm!

Eben. Und damit er das auch mitbekommt, springe ich jetzt einfach in Jeans, T-Shirt, karierte Knitterjacke und

Turnschuhe. Genau, Turnschuhe. Damit kann ich gut rennen.

KAI »Ist doch wunderbar, dass wir noch vor dem Essen alles geregelt haben, Herr Findling. Jetzt haben wir endlich mal Zeit, ausgiebig zu plaudern. Wenn das kein guter Auftakt ist.«

»Ja, Frau Klapphorst, ich finde das auch ganz toll.«

»Man erzählt sich, dass beim Bauvorhaben Kindertagesstätte Haselnuss aufgrund eines Planungsfehlers eine Toilette ohne Tür gebaut wurde. War das nicht Ihr Büro?«

»Leider ja. Aber die Baufirma hat die Tür nachträglich auf eigene Kosten ergänzt. Der Spaß war es ihnen wert, hat der Projektmanager gesagt.«

»Haha, wenn alle immer so entspannt wären. Ich freue mich schon so auf die Vorspeise, Herr Findling. Trüffelsuppe habe ich zuletzt im … Oh, sehen Sie den Fisch, der da gerade an den Nebentisch geliefert wird? Der sieht aber auch nicht schlecht aus. Was meinen Sie, ob ich meinen Hauptgang nochmal umbestellen k… AHHH!«

Nicht zu fassen. Der dicke bärtige Gast, der den Fisch bestellt hatte, hat vor Freude die Arme hochgerissen. Kann man ja machen, ist ja keine Kadettenanstalt hier. Nur ist der Kerl sich offenbar nicht der Länge seiner Arme bewusst. Sein Teller mit dem wunderbar hindrapierten 30-Euro-Seesaibling ist im hohen Bogen durch die Luft geflogen und dermaßen laut klatschend mit der falschen Seite nach vorne auf Frau Klapphorstens Chanel-Kostüm gelandet, als wäre das hier ein früher Charlie-Chaplin-Film. Was für eine Katastrophe! Was für ein Tölpel! Die Soße ist ihr bis in die Haare gespritzt.

»Oh, oh! Das tut mir so leid!«

»Sind Sie von allen guten Geistern verlassen? Schauen Sie, was Sie angerichtet haben! Der Abend ist für die Dame gelaufen! Sie kann jetzt erst mal nach Hause gehen und sich in die Badewanne legen! Und das ohne Essen im Bauch! Schämen Sie sich! Und wir hatten uns so gefreut, endlich mal Zeit zum Plaudern zu haben! Ich glaube, ich sollte Ihnen …«

»Lassen Sie gut sein, Herr Findling. Es war doch keine Absicht.«

»Na schön. Aber Sie, mein Herr, Sie zahlen gefälligst die Reinigung!«

»Selbstverständlich.«

»Und unser Essen, das wir jetzt nicht mehr essen können!«

»Selbstverständlich.«

»Und eine Luxushaarwäsche bei einem Spitzenfriseur!«

»Selbstverständlich.«

»Und das Bestechungsgeld für den Taxifahrer, damit er Frau Klapphorst in diesem Zustand mitnimmt!«

»Selbstverständlich.«

Zwei Serviererinnen sind inzwischen herangeeilt und picken das Fischgericht von Frau Klapphorst herunter. Wirklich beeindruckend, wie gelassen sie das alles nimmt. Eine Führungskraft wie sie lässt sich nicht so leicht aus der Ruhe bringen. Ich sollte mir eine Scheibe von ihr abschneiden, denke ich mir, während ich den bärtigen Mann wütend anstarre und ihm in einem günstigen Moment die Geldsumme zustecke, die ich mit ihm vereinbart habe, als ich ihn vor einer Stunde von der

Straße weg für den Job mit dem Fisch engagiert habe. Vielleicht wirklich der größte Fehler meines Lebens. Aber nur vielleicht.

LARA Ich hätte doch ein Taxi nehmen sollen. Nur dies eine Mal, auch wenn mein Konto noch so überzogen ist. Rennen ist einfach nicht mein Ding. Meine Lunge platzt gleich, und ich fange an zu schwitzen. Das Duschen hätte ich mir echt sparen können. Aber ich will auf keinen Fall das blöde akademische Viertelstündchen zu spät kommen. Das ist so doof, so mainstream, da bin ich irgendwie eigen.

KAI Endlich stehen wir auf dem Bürgersteig. Das Taxi ist unterwegs, Frau Klapphorst ist, so gut es mit Küchenhandtüchern und Servietten ging, vorgereinigt worden, der bärtige Mann hat sich, ohne zu kichern, noch tausendmal für das Desaster entschuldigt, und ich habe, so gut ich konnte, den wütenden, gleichwohl gegen Schicksalsschläge wie diesen machtlosen Tischherrn gespielt. Ich dachte ja, Frau Klapphorst würde sich vielleicht doch noch aufregen, wenn der erste Schreck vorbei ist, aber sie scheint ausschließlich die lustige Seite der Sache zu sehen.

»Sie haben übrigens auch ein bisschen was abbekommen, Herr Findling.«

Was? Nein! Bitte nicht!

»Nicht auf Ihren Schuhen. Da, auf dem Ärmel.«

Puh, ein Glück!

»Tja, kann man nichts machen. So ein Tölpel.«

»Ist schon in Ordnung. Ich verrate Ihnen was: Ich war sowieso ziemlich müde von dem Abend gestern mit den Generalübernehmer-Leuten. Alles baustellengestählte Trinker. Wir beide treffen uns einfach nochmal zum Plaudern, wenn der Vertrag unterschrieben ist.«

»Gerne.«

»Wird auch Zeit, das zu machen. Das ist ja jetzt immerhin schon unser ... Helfen Sie mir.«

»Drittes.«

»Genau, schon unser drittes gemeinsames Projekt. Wunderbare Schuhe tragen Sie da übrigens, Herr Findling. Aus London?«

»Oh, das haben Sie aber gut erkannt. Ja, sie wurden in London gefertigt, aber ich habe sie in Berlin gekauft. Fragen Sie nicht, wie lange ich suchen musste. Die meisten Schuhhändler hier können nicht mal einen Oxford von einem Derby unterscheiden.«

Um ein Haar hätte ich noch den Nachsatz »Wenn Sie wissen, was ich meine« hinterhergeschoben, aber mein Feingefühlssecurityman hat meiner Zunge gerade noch rechtzeitig den entscheidenden Knüppelschlag verpasst. Alleine dass ich mich vor der übelst besudelten Frau Klapphorst mit meinem Wissen über Herrenschuhklassifizierungen breitmache, statt sie im Sekundentakt zu bedauern, ist eine Zumutung. Ein hochnäsiges »Wenn Sie wissen, was ich meine« hätte dem Ganzen noch die Krone aufgesetzt. Vor allem, wenn man bedenkt, dass ...

»Wenn Sie mich fragen, ist ein Derby, egal welcher Machart, niemals ein ansehnlicher Schuh, sondern immer nur ein zugunsten von Breitfüßen vergewaltigter Oxford, Herr Findling. Ah, da ist ja das Taxi. Die Zentrale hat für mich extra einen Fahrer kommen lassen, der gebürtiger Bremer ist und den der Fischgeruch nicht so stört. Rührend, nicht wahr? ... Ist was, Herr Findling? Sie haben Tränen in den Augen.«

»Das ... das mit dem Unterschied zwischen Oxford und Derby ...«

»Ja?«

»Ganz ehrlich, das hat noch nie jemand so treffend gesagt wie Sie, Frau Klapphorst. Ein Derby ist ein zugunsten von Breitfüßen vergewaltigter Oxford. Genau so ist es! Nach diesen Worten habe ich immer gesucht. Vielen Dank!«

»Vor allem, wenn es ein Budapester ist. Schönes Thema, können wir nächstes Mal gerne vertiefen. Wir sehen uns bald. Und lassen Sie sich von dem Malheur nicht den Abend vermiesen.«

»Auf keinen Fall. Kommen Sie gut nach Hause, Frau Klapphorst.«

Ich sehe dem Taxi hinterher und lasse mir dabei noch einmal ihre wunderbare These auf der Zunge zergehen. Aber sobald das Heck verschwunden ist, stoppe ich alle Schuhgedanken, mache einen Satz nach vorne und renne los, so dass selbst ein wilder Stier noch etwas von mir lernen könnte.

LARA Nein! Wie kann man nur so blöd sein! DVD vergessen! Nochmal zurück.

KAI Ist ja nicht so, dass man mit eleganten Oxfords an den Füßen nicht rennen könnte. Im Gegenteil. Wenn es gut eingelaufene Qualitätsschuhe wie meine schwarzen Fullbrogues von Church's sind, läuft man damit wie ein Windhund über eine Wiese. Nur in den Kurven muss man etwas aufpassen, dass man auf den glatten Ledersohlen nicht aus der Erdumlaufbahn schlittert. Zum Glück muss ich nur ein Mal abbiegen. Ich will gar nicht dran denken, wie das wäre, wenn Frau Klapphorsts Lieblingsrestaurant nicht zufällig gleich bei mir um die Ecke läge.

Schon bin ich da. Die Treppen ins dritte Stockwerk sind eine undankbare Strecke für den Endspurt, aber ich lasse mich nicht lumpen. Oben angekommen, schaffe ich es, meinen Schlüssel ins Schlüsselloch zu rammen, bevor ich vor Erschöpfung zittere. Sekunden später bin ich drin in meinem geliebten Wohnzimmer-mit-Küchenblock-Balkon-und-zwei-Zimmern-Nest. Wie viel Zeit habe ich noch? Ou, eigentlich gar keine mehr.

Konzentration. Eins nach dem anderen. Erst das Wichtigste. Die Schuhe ... Quatsch! Keine Zeit. Die lasse ich an. Ausnahmsweise. Die Frühstücksreste vom Tisch fegen und lüften. So. Und der Tisch wird meine Bar. Schnell die ganzen Whiskey-, Gin-, Rum-, Brandy- und Sonstwasflaschen draufgestellt, die ich gestern im Alkoholiker-Fachhandel zusammengekauft habe. Ach, Mist! Sieht man doch sofort, dass die alle noch nicht angebrochen sind. So bin ich sofort als Anfänger entlarvt. Nein, ich mache lieber die kleine Küchenzeile in der Nische zur Bar, dann sieht sie die Flaschen nicht von nahem.

Gut, jetzt Eis in den Eiswürfelbehälter. Ein kleines Vermögen hat das Teil gekostet, aber ohne geht es nicht. Und noch Gläser, Shaker, Barsieb und den übrigen

Kleinkram aus dem Kapitel »Ausstattung der Bar« bereitgestellt. Ja, sieht gut aus. Vernünftig angezogen und rasiert bin ich zum Glück schon. Fehlt nur noch das Allerwichtigste: Welchen Drink biete ich ihr an? Einen aus der Kategorie Whiskey-Drinks, so viel ist schon mal klar. Ich hab auch schon mal vorsortiert. Entweder einen Brown Fox, oder einen Rusty Nail, oder einen New Orleans Sazerac. Ist zwar blöd, dass ich noch keinen davon ausprobieren konnte, aber hilft ja nichts. Ich muss jetzt schnell die Rezepte auswendig lernen und … Oh! Jetzt sehe ich es erst, keiner von diesen drei Zaubertränken ist mit Irish Whiskey! Alle mit amerikanischem Bourbon oder mit Scotch. Mist! Wenn ich doch nur in den letzten Tagen ein wenig mehr Zeit …

Drrrrring!

LARA 23 Minuten zu spät!

Ruhig Blut. Und positiv denken. Abgesehen davon, dass er vom Warten Spinnweben hat und ich wie eine Vogelscheuche aussehe und verschwitzt bin, ist doch noch gar nicht so viel schiefgegangen. Immerhin habe ich heute keinen Rezeptionsdienst, das doofe Hotelhandy klingelt ausschließlich in der Handtasche meiner Kollegin Claudia. Das ist eindeutig positiv.

»Hey, Lara, schön, dass du da bist!«

»Tschuldigung, ich bin viel zu spät.«

Umarmen? Soll ich? … Oh, er macht es einfach. Fein … Uh, er riecht nach … Fisch?

»Komm doch rein.«

Wow! Jetzt bin ich aber beeindruckt. Man steht gleich im Wohnzimmer. Gut, ich finde, es ist einen Tick zu spartanisch eingerichtet, und alles in allem zu wenig Farbe. Zum Glück steht diese rote abstrakte Skulptur herum. Bisschen eckig die Form, aber immerhin ein Farbtupfer. Er hat Geschmack, keine Frage. Soll ich die Schuhe aus ... Ach nein, er hat seine ja auch an. Schon wieder diese unauffälligen, ultrakonservativen schwarzen Treter. Hat der nur dies eine Paar?

»Schön hast du es hier. Hm, bestimmt teuer, in der Lage?«

»Geht so. Ich hab es selbst ausgebaut. War ziemlich heruntergekommen.«

Wohnung ausbauen, so was kann er? Doppelwow! Aber warum hast du deinen Drei-Tage-Bart abrasiert, blöder Kerl? Ich weiß, er wächst wieder nach, nur hätte ich ihn eben gerne heute Abend an dir dran gehabt. Das hättest du dir doch denken können. Aber gut, ich will ja auch gar nichts von dir.

»Darf ich dir die Jacke abnehmen?«

»Unbedingt.«

Ein Gentleman ist er auch. Nur der fehlende Bart und der Fischduft. Soll ich jetzt wirklich mit Schuhen reingehen? Ich frage einfach ... Moment. Ich will gar nicht mit Schuhen reingehen! Das ist der Punkt. Ich sehne mich danach, aus den Dingern rauszukommen, weil mir heiß ist. Aber wie ist das? Wenn der Gastgeber in Schuhen rumläuft, ist es dann okay, wenn man selber die Schuhe auszieht? Das gibts doch nicht, ich bin völlig ratlos! Ich habe seit gefühlt fünfzig Jahren keine Wohnung mehr betreten, in der mich einer empfängt, der in Straßenschuhen rumläuft. Kann er nicht Schlappen anhaben, oder Strümpfe, oder barfuß sein, wie jeder normale Mensch? Ich ziehe sie jetzt aus, fertig! Hoffe nur, da kommt keine unangenehme Wolke raus, so wie mir die Socken qualmen. Egal. Ich will nichts von ihm, ich will nichts von ihm, ich will nichts von ihm.

Komisch, hier stehen überhaupt keine Schuhe rum, zu denen ich meine dazustellen kann. Er hat wohl wirklich nur das eine Paar. Sehen aber noch ziemlich gut aus, dafür, dass er sie die ganze Zeit trägt. Möchte nur nicht wissen, was das bei ihm für eine Wolke gibt, wenn er die mal auszieht.

»Gute Idee, Lara. Ich bin auch noch gar nicht aus meinen Schuhen herausgekommen. Hat, äh, bisschen länger gedauert auf der Arbeit heute.«

Ich stelle meine Treter in die Ecke und gehe lieber ein paar Schritte zurück. Krass. Ich habe noch nie einen Mann erlebt, der so lange braucht, um sich die Schuhe auszuziehen. Wie er die Schnürsenkel anfasst. Hat er ein erotisches Verhältnis zu denen? Wenigstens bleibt die gefürchtete Wolke aus. Nur ein leichter Hauch von Leder. Was will er denn jetzt an seinem Garderobenschrank?

»Nur noch kurz die Schuhspanner.«

Huch! Das ist ja gar kein Garderobenschrank ... Hab ich etwa gerade vor Schreck gequiekt?

»Alles klar, Lara?«

Nicht zu fassen, das sind wirklich alles ...

»Du ... du hast ja noch mehr Schuhe als meine Freundin Kerstin!«

Okay, das ist übertrieben. Vermutlich haben nicht mal Carla Bruni und Paris Hilton zusammen so viele Schuhe wie Kerstin. Aber das ganze Regal voll! Das sind wirklich sehr, sehr, sehr ... viele. Für einen Mann.

Der Fischgeruch ist jetzt völlig weg. Dafür duftet es, seit er den Schrank aufgemacht hat, wie in einem ziemlich teuren Ledergeschäft. So eins wie das in Mailand, in das ich mich vor zwei Jahren nur reingetraut habe, weil Kerstin die Idee hatte, dass wir uns als schwerreiche Touristinnen aus den USA ausgeben. Und die Erinnerung an das Edelgeschäft macht natürlich, dass ich mir jetzt erst recht wie eine Vogelscheuche vorkomme.

»Nun ja, hat sich schon einiges angesammelt im Lauf der Zeit. Aber ich finde, gute Schuhe sind ...«

»Schon klar, schon klar. Aber ... das sind ja alles die gleichen!«

KAI Nicht aufregen. Wenn ich mich aufrege, versaue ich nur den Abend ... ALLES DIE GLEICHEN! ... Ruhig jetzt, sie kann nichts dafür. Sie kennt sich mit Drinks aus, ich mit Herrenschuhen. Jeder hat seine Passion, es ist völlig okay.

»Na ja, unterschiedliche Farben haben sie natürlich.«

HA! WENIGSTENS DAS FÄLLT IHR AUF!

»Aber auch nur Schwarz und Braun, oder?«

WAS DENN SONST? ROT? GRÜN? MIT GELBEN SPRENKELN? ... Sag nichts! Sag einfach nichts! Es ist gleich vorbei. Zieh die Schuhe auf die Schuhspanner und fertig.

»Kann ich schon mal vorgehen? Sorry, ich bin immer so neugierig.«

»Klar. Schau dich um. Ich bin gleich bei dir.«

Na also. Thema erledigt ... Nein, irgendwie ärgere ich mich immer noch. Ein bisschen. Okay. Bis zur Fernsehcouch, wo sie jetzt steht, sind es mindestens neun Schritte. Und ich werde gleich mit jedem Schritt ein Stückchen entspannter, und wenn ich nach Schritt neun vor ihr stehe, ist alles vergessen. Ich nehme es mir fest vor.

»Schön hast du es hier.«

»Na ja, manche sagen, es wäre zu nüchtern.«

»I wo, ich finde das gut so. Könnte ich mir prima als Filmkulisse vorstellen, weißt du? Eine Kollegin von mir schneidet gerade einen Thriller. Da wohnt der Hauptdarsteller auch in einer ganz nüchtern eingerichteten Wohnung, und er wirkt ganz normal und sogar charmant, und am Ende kommt dann raus, dass er hinter seinem Bücherregal eine Geheimtür zu dem Raum hat, in dem er die ganzen verschwundenen Frauen, ähm ... Was liest du eigentlich so? Ah, Architektur, Inneneinrichtung und ... Wow, und dieser riesige Band, der ist wirklich nur über Herrenschuhe?«

»Ja. Ein tolles Thema. Aber nur für, hm, Verrückte.«

Und eins, das ich ruhen lassen will. Sie hat sich noch nicht gesetzt. Soll ich ihr jetzt meine Wohnung zeigen? Irgendwie machen das alle immer, wenn jemand zum ersten Mal zu Besuch ist. Ich weiß gar nicht, warum. Vielleicht ist das so eine Art moderne Friedenspfeife?

»Oh, darf ich mir mal deinen Balkon anschauen?«

»Sicher.«

»Fantastisch! Was für eine Aussicht!«

»Tja, ich sollte ihn wirklich öfter benutzen.«

Wenn sie jetzt noch einmal ihre Haare nach hinten wirft, schmelze ich. Auf der Stelle.

»Und so schön ruhig. Übrigens, in dem Film, den meine Freundin gerade schneidet, wird das Geheimnis des Psychokillers mit der nüchternen Wohnung nur entdeckt, weil eine der Frauen, die er ... Na ja, also jedenfalls, die Frau schafft es auf den Balkon und schreit dort um Hilfe.«

»Hier würde sie wahrscheinlich keiner so schnell hören.«

»Stimmt, die nächsten Fenster sind ganz schön weit weg, und auf der Straße ist auch niemand.«

»Pass auf, such du doch einfach die Geheimtür in meinem Bücherregal, und ich mixe uns derweil schon mal einen Drink. Natürlich einen, mit dem ich dich wehrlos mache. Okay?«

»Ganz wunderbar! Aber ich suche lieber später nach der Tür und schau dir stattdessen auf die Finger. Deine Mixgeheimnisse interessieren mich nämlich noch mehr.«

Na toll! Das wäre so einfach zu vermeiden gewesen. Ich hätte ihr auftragen können, schon mal die DVD einzulegen. Ich hätte *Die Möbel von Charles und Ray Eames* aus dem Regal ziehen können und »Sieh dir mal die Stühle an, ein Augenschmaus« sagen können, oder ihr einfach den Liegestuhl auf dem Balkon anbieten und ihr schon mal ein Glas kühles Wasser mit einem Zitronenschnitz hinstellen. Aber nein, ich musste unbedingt versuchen, witzig zu sein.

»Ich bin schon ganz neugierig. Was braust du uns?«

»Wonach ist dir denn?«

»Na, wie abgemacht, ein Drink, der perfekt zu einem irischen Film passt. Ach ja, und wenn er nebenbei noch gut gegen Durst ist, habe ich auch nichts dagegen.«

»Alles klar. Fein.«

Fein. Ich stehe vor einem Wald aus Flaschen, und ich habe keine Ahnung. Sie steht neben mir und hat sich in den Kopf gesetzt, mir auf die Finger zu schauen. So weit, so gut. Keine Panik. Ich kriege das hin. Hauptsache, ich sehe beim Mixen so aus, als hätte ich das schon tausendmal gemacht. Der Rest ist nicht so wichtig. Wenn der Drink nicht schmeckt, sage ich einfach »Ist nicht jedermanns Sache« und mixe was anderes nach Rezept, während sie sich im Bad den Mund ausspült.

Los geht's. Zuerst Eis in das Mixglas, das kann schon mal nicht verkehrt sein.

»Du machst als Erstes das Eis rein, Kai? Ungewöhnlich.«

»Oh, äh, nur bei diesem Drink. Bei dem ist es extrem wichtig, dass ... die Basalmoleküle im Alkohol schnell die Laviationstemperatur annehmen, weißt du?«

»Wow!«

Gut, jetzt Jameson Whiskey, oder ist das schon wieder falsch? Nein, sie sagt nichts. Wäre nicht schlecht, wenn Lara so betrunken wird, dass sie sich nicht mehr an den Blödsinn mit den Basalmolekülen erinnern kann ... Ups. Na ja, bei *der* Whiskeymenge ist das gar nicht mal so unwahrscheinlich.

»Ich selbst habe ja keine Ahnung von Whiskeydrinks.«

»Tja, das ist eine Kunst für sich.«

Okay. Jetzt einfach noch zwei andere Flaschen nehmen und bisschen was dazugießen, egal was, Hauptsache, der Bewegungsfluss stimmt und ich bin schnell genug, dass sie die Flaschen nicht erkennen kann, um weitere naseweise Fragen zu stellen.

Ups ... Und nochmal ups. Kommt immer ganz schön viel raus, wenn man keine Ausgießaufsätze hat wie in einer richtigen Bar.

Jetzt eine Limette vierteln und den Saft mit bloßen Händen reinpressen. Das hab ich bei dem Barfuzzi auf der Party beobachtet ... Sehr gut. Nun mutig das Oberteil vom Shaker draufgesetzt und schütteln. Hoffentlich ist der wirklich dicht. Nicht zögern, schütteln ... Das Eis klackert hin und her. Hört sich gut an. Rausspritzen tut auch nichts. Hey, ich kann es! Jetzt kommt es nur noch darauf an, einen persönlichen Shake-Stil zu zeigen. Einfach hin und her kann jeder. Ich schleudere das Ding lieber auf einer schrägen Ellipsenbahn vor meiner Brust herum und garniere meine Darbietung mit ein paar skurrilen Zuckungen des rechten Ellbogens. Dass ich gleichzeitig dazu meine Hüfte kreisen lasse, und das auch noch in Gegenrichtung, und bei jedem dritten Kreis einen kleinen Hüpfer mache, mag dem Profi vielleicht übertrieben vorkommen, Lara scheint es aber zu beeindrucken. Zumindest steht ihr Mund weit offen.

Ganz schön anstrengend. Wie lange muss man das machen? Egal. Ich bin ein alter Barhase, ich bestimme, wann es reicht. Und zwar genau jetzt. Ich stelle den Shaker auf den Tisch. Zwei Whiskey-Tumbler und das Barsieb stehen bereit. Es kann losgehen ... Verflixt, ich kriege das Oberteil des Shakers nicht mehr ab! Hoffnungslos verkeilt, ich habe es viel zu fest zusammengedrückt. Da hilft wohl nur Gewalt ... Nein, Falle! Schon klar, was passiert, wenn der Shaker aufgeht und ich gerade mit zehn Pferdestärken dran ziehe. Und ebenso klar, wer am meisten von der Sauerei abkriegen würde. Herr Stöckelein-Grummler vom Gartenbauamt hatte erst neulich einen grässlichen Unfall mit einem Schnellkochtopf, den er auch mit Gewalt ... Ah, es löst sich. Glück gehabt, einen Moment später, und Lara hätte gemerkt, dass mein Arbeitsablauf ins Stocken geraten ist.

Jetzt die letzte Hürde: Den Drink aus dem Mixbecher durch das Barsieb ins Glas gießen. Hört sich einfach an, aber der Könner hält bei diesem Vorgang Mixbecher und Barsieb mit einer Hand. Das hab ich tausendmal gesehen, nur noch nie ausprobiert. Wie ging der Griff nochmal? ... Nein, so nicht ... So! ... Nein. Okay, Notlösung ...

»Eins muss man dir lassen, du hast wirklich deinen eigenen Stil.«

Das will ich meinen. Kein Barmann außer mir hält beim Absehen das obere Ende des Barsiebs mit dem Kinn fest. Klappt doch alles wie am Schnürchen. Ich habe mit authentischem Eiswürfel-Sound geshaked, den widerspenstigen Shaker aufgekriegt, zwei Drinks unfallfrei in die Gläser befördert und dabei auch noch einen eigenen Stil entwickelt. Kann man nicht meckern.

»Jetzt verrat mir endlich, wie der Drink heißt.«

»Das ist ein ... Irish Brown Rusty New Orleans Fox.«

»Wow, nie gehört. Gibts dazu eine Geschichte?«

»Geschichte?«

»Na, zu allen Drinks mit ausgefallenem Namen gibt es doch eine lustige Geschichte, aus welchem Anlass sie erfunden wurden und von wem, und wer gegen die Wand gelaufen ist, nachdem er ihn getrunken hat.«

»Ach ja, klar. Also beim Irish Brown Rusty New Orleans Fox war es so, dass irgendein irischstämmiger Stahlarbeiter in den dreißiger Jahren irgendwas in New Orleans gedingst hat und eines Tages in eine Bar kam, fürchterlichen Durst hatte und nur mit einem rostigen Fuchs bezahlen konnte, oder so ähnlich, ich krieg es nicht mehr ganz zusammen. Lass uns erst mal trinken. Zum Wohl.«

»Cin cin ... Oh, hm, schmeckt irgendwie ... rau?«

»Nur beim ersten Schluck. Überhaupt, einen Irish Brown Rusty New Orleans Fox muss man schnell trinken.«

Dann ist diese Teufelsbrühe hoffentlich auch schnell wieder vergessen. Warum habe ich nicht einfach einen Campari Orange mit einem Schuss Irish Whiskey gemixt und das Ganze O'Connor's Romance oder so genannt?

»Ganz schön stark, das Zeug.«

Allerdings.

»Nein, nein, das kommt dir nur so vor. Wegen der ... Rauigkeit.«

»Aber du hast recht. Wenn man es auf einmal austrinkt, hat es was.«

Weia. Wenn man es auf einmal austrinkt, hat es vor allem Rührei aus deinem Hirn gemacht, merke ich gerade.

»Soll ich uns als Nächstes einen O'Connor's Romance machen? Der ist mit Campari.«

»Und du nimmst auch bestimmt keinen Aperol, hihi?«

»Nein, bestimmt keinen Apperroll, hihi.«

»Ich glaub, ich muss mich setzen.«

»Setzen ist ... sehr irisch, weißt du?«

»Ist mir gerade zu weit zum Sofa, ich stütze mich einfach hier ab ... Hupsa!«

»Ich würd dich ja zum Sofa bringen, aber ...«

»Komisches Gefühl in den Beinen?«

»Och, geht ... Hupsa!«

»Pffffhihi.«

»Wenn du lachst, dann ist dein Kopf wie eine Zitrone, die in Wirklichkeit aus Kirschen besteht.«

»Echt jetzt?«

»Und wenn du deine Haare so nach hinten wirfst, dann ...« Warum steht sie so nah vor mir? Ich habe doch nur einen ganz kleinen Schritt auf sie zu gemacht. »... dann ist das so ein stürmischer sommerlicher Sommersturmsommerwind mit Gold und Hibiskuszweigen und ... so.«

Warum habe ich jetzt ihre Haare in der Hand? Ich kann doch nicht einfach ihre Haare in die Hand nehmen.

»Kannst du das nochmal sagen, Kai?«

Eigentlich wollte ich doch sagen, dass sie noch schöner ist als ein maßgefertigter Wholecut Oxford aus cognacfarbenem Kalbsleder von John Lobb. Blöder Alkohol. Aber ich kann es ihr ja immer noch sagen. Das wird sie umhauen. Ich werde es ihr jetzt sagen. Jawoll.

Das Ding ist nur, muss es ihr doch später sagen, weil, und da bin ich mir wirklich ganz sicher, wir uns gerade küssen.

DONNERSTAG

LARA Ich starre in Kerstins Gesicht. Kein Zweifel, sie hat ihre Frage ernst gemeint. Sie nimmt einen Schluck Milchkaffee und schaut mich an, als wüsste ich jetzt schon, wer dieses Jahr die Oscars abräumt, und würde mich zieren, es ihr zu verraten. Das ist doch die Höhe! Ich bin rattenmüde und habe Kopfschmerzen, als hätte ich drei Tage im Lautsprecherturm einer Heavy-Metal-Band verbracht, trotzdem bin ich, sofort nachdem sie angerufen hat, los, um mich mit ihr zu treffen, weil sie es nicht mehr erwarten konnte.

»Kerstin! Ich habe dir gerade erzählt, dass wir miteinander GESCHLAFEN haben, und du fragst mich als Erstes, wie viele Schuhe er hat?«

»Tschuldigung, aber du hast mich damals, als ich dir vom ersten Kuss mit Achim im Kino während *Pretty Woman* erzählt habe, auch als Erstes gefragt, wie ich Richard Gere in der Restaurantszene fand.«

»Erstens ist das eine uralte Geschichte, zweitens hast du mir damals darauf keine Antwort gegeben.«

»Komm, wie viele Schuhe? Bittebitte!«

»Ungefähr dreißig Paar.«

»Das ist doch gar nichts! Okay, jetzt erzähl den Rest. Ich platze.«

»Na ja, als ich in seine Wohnung kam, dachte ich ehrlich gesagt, ich geh gleich wieder. Ich meine, weißt du, wie unsexy ein Mann aussieht, den man vorher nur mit

Bartstoppeln gekannt hat, wenn er auf einmal keine Bartstoppeln mehr hat?«

»Ja. Aber du wolltest doch gar nichts von ihm, oder?«

»Genau. Nur deswegen bin ich geblieben.«

»Logisch. Aber was ich mich gerade frage, wenn du sagst, dass der Irish-Brown-Rusty-Dingsda-Drink so geknallt hat, dass ihr beide kaum noch stehen konntet: Wie habt ihr es dann aus der Küche ins Bett geschafft?«

»Ähm, gar nicht.«

»Nein!«

Jetzt leuchten Kerstins Augen wirklich. Na bitte.

»Also, erst mal nicht.«

»Ich kann es immer noch nicht glauben. Ihr habt …?«

»Ja. Aber eigentlich wollte ich gar nichts von ihm.«

»Klar.«

»Aber, oh Gott, Kerstin …«

»Es war toll?«

Ich nicke noch verstohlener als Ulrich Mühe in *Das Leben der Anderen,* aber Kerstin hätte es auch mit verbundenen Augen gesehen.

»Okay, also …« Mist, ich werde rot. Was soll das? Ich bin erwachsen. »Dass er genau in diesem einen magischen Moment auf mich zugekommen ist und mich geküsst hat, damit hat er mich gekriegt. Alle reden immer von Draufgängern, aber, ich schwörs dir, Kai ist wirklich einer.«

»Hör auf, ich fange schon an zu sabbern.«

»Und dann …«

Mein Gesicht erreicht Temperaturen, als würden in meinem Kopf gerade fünf Atomkerne gleichzeitig schmelzen.

KAI Obwohl es noch Vormittag ist, sieht Frank aus, als wäre er der Feierabend höchstpersönlich. Schlunzige Hose, Turnschuhe, Hemd weit aufgeknöpft, und er lümmelt sich auf seinem Stuhl, als wäre ich Tante Josefine und er mein sechzehnjähriger Neffe, der mich mal wieder so richtig auf die Palme bringen will. Er sieht mich aufmerksam durch seine riesige schwarze Brille an, und es besteht kein Zweifel, dass er jeden Pieps, den ich von mir gebe, bedächtig zur Kenntnis nehmen wird. Warum habe ich nur ein Problem damit? Frank ist mein bester Freund. Es ist ganz normal, dass ich ihm alles erzähle, sage ich mir immer wieder im Stillen.

»Und dann ...«

Ich kann nicht.

»Und du sprichst wirklich von Lara Rautenberg, Kai? Ich kann es kaum glauben. Also, nicht dass ich sie jetzt richtig gut kennen würde, aber ihre beste Freundin sehe ich recht oft. So eine Modejournalistin, Kerstin. Irena spielt mit ihr Badminton. Weil ihr Joggen mit mir nicht reicht. Pah!«

»Frank, du weißt genau, dass du so schnell bist wie eine Supermarktkassenschlange am Freitagabend.«

»Seit die Neue an Kasse fünf sitzt, ist das ein ganz ordentliches Tempo.«

»Schon klar, aber was wolltest du gerade über Lara sagen?«

»Nun, das Wort, das du gerade benutzt hast, wie war das nochmal? *Draufgängerin?*«

»Ja.«

»Also das wäre definitiv das letzte Schildchen, das ich ihr angeheftet hätte.«

»Sie ist eine, ich schwöre es dir!«

»Also, sie hat dich einfach geküsst?«

»Ja. Und dann ...«

Das Gute an der ganzen Peinlichkeit ist, dass ich die Müdigkeit nicht mehr fühle. Das Schlechte ist, dass sie die Kopfschmerzen verdoppelt.

LARA »Zuerst habe ich auch gedacht, Kai ist, wenn überhaupt, dann so ein Von-hinten-durch-die-Brust-ins-Auge-Typ, verstehst du? So ein bisschen höflich, bisschen geistreich, bisschen guter Stil, aber nichts, was dich wirklich packt. Aber der wusste genau, was er wollte, und er wusste, wie er es kriegt.«

»Tatsächlich?«

»Ja, fast schon unheimlich.«

»Na komm, weiter.«

Mein Kopf explodiert zwar gleich, aber ich erzähle es ihr trotzdem. Wäre zu schade, wenn ich an explodiertem Kopf gestorben bin und keiner auf der Welt von unserem Abend weiß.

»Okay, Kerstin ...«

»Auf dem Boden oder auf dem Tisch?«

»Sag ich nicht. Viel wichtiger ist ... Wie soll ich das ausdrücken, also, Sex mit einem Draufgänger, was fällt dir dazu ein?«

»Lass mich überlegen, irgendwas mit *schnell*?«

»Genau. Das hätte ich nämlich auch gedacht. Irgendwas mit *schnell* und *vorbei*.«

»Und?«

»Es war eben gar nicht schnell vorbei. Okay, nachdem wir uns geküsst haben, war ich so spitz auf ihn, ich kann es dir gar nicht sagen, aber trotzdem, es war das erste Mal, und dann auch noch so unerwartet. Und, ganz ehrlich, mir war es ein bisschen peinlich, dass ich vom Rennen so verschwitzt war, und das hat mich gehemmt. Und wenn es dann auch noch gleich wieder vorbei gewesen wäre, dann, du weißt schon ... Bah!«

»Oh ja, ich weiß. Aber er ...?«

»Ich sag mal, hm, er hatte überhaupt keine Probleme mit ... langen Distanzen.«

Hat da gerade was »knack« gemacht? Bestimmt der erste Hitzeriss in meiner Schädeldecke.

KAI »Und Alkohol hin oder her, ich war so spitz auf sie, das kannst du dir gar nicht vorstellen, Frank. Und ich ... ich ...«

Die nächsten Leute sitzen zwar erst drei Tische weiter, aber die hören mich bestimmt trotzdem, oder?

»Bist du zu schnell ...?«

»Pssssst! Nein, eben nicht. Komm mal näher ran ... Also, am Anfang dachte ich, dass ich auf jeden Fall zu schnell ... wegen ihr, wegen allem, du weißt schon. Und dann noch auf dem Tisch, verstehst du? Und das Gemeinste war ... Hey, du sagst das aber niemandem weiter, niemals, versprochen?«

»Ja.«

»Sie war so ein ganz klein wenig verschwitzt ... Das war ... das war ... oh Mann!«

»Ja, ich weiß, was du meinst.«

»Und ich war schon dabei, mir eine Entschuldigung zurechtzulegen, wenn gleich viel zu früh, na ja ... Aber dann schwirrte plötzlich noch so ein anderer Duft herum, der hat mich wieder runtergeholt, und damit gerettet.«

»Küchenmülleimer offen gelassen?«

»Nein, es war … ihre Hautcreme.«

»So schlimm?«

»Nein, gar nicht. Es ist nur die gleiche … die … die … die auch meine Mutter …«

»Nein!«

LARA »Dann war es also absolut perfekt?«

»Mehr als das.«

»Und was war da nochmal genau drin in dem Irish Brown Rusty New Orleans Fox?«

»Hör sofort auf, es auf den Drink zu schieben, Kerstin! Es war Kai, es war der Moment, es war … einfach alles!«

»Schon klar, es interessiert mich einfach nur.«

»Ich sag ja nicht, dass wir nicht betrunken waren, aber das war nicht entscheidend, verstehst du? Und ich habe keine Ahnung, was in dem Drink drin war. Eis, Whiskey, den Rest habe ich nicht gesehen. Er hat das unglaublich schnell gemixt.«

»Also, ein toller Liebhaber plus ein guter Drinkmixer, wenn du mir jetzt auch noch erzählst, dass er Rückenmassagen kann, muss ich dich schlagen.«

»Haha, wer weiß. Aber warte, es wird wirklich noch besser! Weißt du, was rauskam, als wir heute Morgen geredet haben?«

»Na?«

»Er ist gar nicht Barmann von Beruf! Drinks mixen macht er wohl nur so aus Leidenschaft.«

»Schade, was ist er denn?«

»Tadaaa! Architekt!«

»Nein!«

»Doch! Mit eigenem Büro und Angestellten, stell dir

vor! Und die Wohnung hättest du sehen sollen. Du kommst rein und bist in Guter-Geschmackhausen. Nirgends auch nur ein Stück Billigkram, aber trotzdem überhaupt nicht protzig, und alles passt zusammen. Ganz klein bisschen zu wenig Farbe vielleicht, aber sonst – absolut perfekt!«

Wenn ich mir das alles so auf der Zunge zergehen lasse, werde ich glatt noch einmal nachträglich nervös. Was, wenn ich alles versaut hätte? Ich glaube, ich war kurz davor. Wenn man bedenkt, dass ich dermaßen zu spät gekommen bin und …

»Tja, Lara, das ist natürlich alles ganz wunderbar für dich …«

»Aber?«

»Du wirst Kai samt seiner Draufgänger-Attitüde, seiner tollen Wohnung mit den vielen Schuhen und seinem ohne jeden Zweifel dicken Bankkonto an mich abtreten müssen.«

»Hast du nen Knall?«

»Nein, ich frag mich nur gerade, was mit Adrian und dir ist.«

Plimplam! Plimplam!

»Bleib ruhig sitzen.«

KAI »Aber du hast schon echt Nerven, Kai. Einfach dieser Frau Klapphorst einen Fisch aufs Kleid werfen lassen, nur um dein Date halten zu können.«

»Ich darf gar nicht dran denken. Mein Bankkonto ist seit Monaten eine Wüste. Und ohne den Löwensteinauftrag würde es sich sogar bald in ein schwarzes Loch verwandeln.«

»Du müsstest doch nur ein Paar Schuhe verkaufen.«

»Das ist nicht lustig!«

»Okay. Aber jetzt sag endlich, was in diesem Drink drin war, den du da zusammengekippt hast.«

»Ich weiß es nicht mehr. Außerdem war es nicht der Drink. Es war Lara, es war der Moment, es war ... einfach alles!«

»Irgendwas wirst du doch noch wissen.«

»Eis, Whiskey und ... Ich könnte einfach zu Hause nachschauen, welche Flaschen angebrochen sind.«

»Tu das. Bitte!«

»Es war nicht der Drink.«

»Von mir aus. Aber wie hast du dann überhaupt weitermachen können, nachdem du das mit der Hautcreme gemerkt hast? Wenn ich nur dran denke ... Uaaah!«

»Ich liebe sie.«

»Sieht mir auch ganz so aus.«

»Entschuldigung, was habe ich gerade gesagt?«

»*Ich liebe sie.*«

»Mist.«

LARA Also, ich fasse zusammen: Adrian wollte mit mir den Abend verbringen, und ich habe ihm nicht abgesagt. Ich habe mich mit einem anderen Mann getroffen und mit ihm geschlafen. Und, auch wenn ich mir am Anfang ganz sicher war, dass es nicht so ist, irgendwie will ich jetzt doch was von ihm. Also, ein bisschen.

Okay. Wenn ich jetzt einen Computer mit diesen Daten füttere und er mir ausrechnet, was ich für ein Mensch bin, was käme dann raus? Ich will es gar nicht wissen. Und selbst ohne es zu wissen, sehe ich dauernd Adrians Gesicht, und er hat diesen einen Hundeblick aufgesetzt, den keiner so kann wie er, und mein Hals fühlt sich an wie bei einem fortgeschrittenen Rendezvous mit einer Boa constrictor.

Ich werde demnächst nackt durch scherbenbedeckte Straßen laufen und mich geißeln, oder so was Ähnliches, um mich von dieser Schuld reinzuwaschen. Wird ein harter Brocken, klar. Lassen wir das trotzdem mal beiseite. Ich muss nämlich jetzt ganz einfach überlegen, was ich als Nächstes mache. Ich rufe ihn an und ... Ja, was und? Was sagt man seinem Freund, wenn man mit einem anderen Mann geschlafen hat? Nein, noch schwieriger, was sagt man seinem Freund, wenn man mit einem anderen Mann geschlafen hat und nun auf einmal ziemlich durcheinander ist?

Mist, ich kann doch jetzt nicht schon wieder Kerstin anrufen.

KAI Ich habe Joan zum Mittagessen in ihr Lieblingsrestaurant eingeladen. Zugegeben, reines Kalkül. Wenn ich sie jetzt ein wenig auf Händen trage, hält sie vielleicht ein bisschen länger durch, wenn ab Montag die Anrufe zum Löwenstein-Projekt auf sie einprasseln. Nicht dass ich nicht gerne mal ab und zu mit Joan zusammensitze, aber mittagessen mit ihr ist doch eine sehr spezielle Angelegenheit.

»Was mir im Moment am meisten zu schaffen macht, wisst ihr ja alle gar nicht.«

»Tatsächlich, Joan?«

»Ich bin neulich beim Joggen an einem Holzgeländer angestoßen und hab mir einen riesigen Splitter unter die Haut gezogen. Da, genau am Hüftknochen.«

»Autsch!«

»Ich habe dann zu Hause versucht, ihn rauszuholen. Musste ich aufschneiden. Hab ein Teppichmesser genommen, hatte ja nichts anderes da.«

»Fies. Tut mir übrigens leid, dass es so spät geworden ist mit dem Essen, Joan. Ich hatte ein wichtiges Gespräch mit, äh, meinem Freund Frank.«

»Ja, ja, kein Problem. Jetzt sind wir zwar über den Punkt hinaus, an dem mein Appetit am größten ist, aber egal, dann esse ich eben nur eine Kleinigkeit. Jedenfalls habe ich ein riesiges Massaker an meiner Hüfte anrichten müssen, um den Splitter rauszukriegen. Und nachdem es endlich aufgehört hat zu bluten, dachte ich, jetzt ist Ruhe, aber von wegen. Vorgestern hat es angefangen zu eitern, und die Stelle tut seitdem fürchterlich weh. Und zwar ganz von selbst, ich muss noch nicht einmal draufdrücken. Und das mit dem Eiter wird jeden Tag ekeliger. Kann ich dir gerne zeigen.«

»Nein, lass mal.«

Die Bedienung kommt. Joan bestellt gemischten Salat und Mineralwasser.

»Hey, Joan, es ist dein Lieblingsrestaurant, und heute geht alles aufs Büro. Bestell dir doch was Richtiges.«

»Wie gesagt, nach 13:30 habe ich einfach keinen Hunger mehr.«

»Der kommt dann schon beim Essen. Für mich das Zürcher Geschnetzelte mit Champignon-Rahmsoße, bitte. Komm, nimm das auch, das ist hier großartig.«

»Ich weiß. Aber, wie gesagt, kein Hunger mehr.«

»Ich mache mir Sorgen um dich. Du solltest essen, du bist wirklich sehr ... schlank.«

Das ist die Wahrheit. Bohnenstangen vergleichen ihre Freunde mit Joan. Wenigstens gerät das Gespräch so endlich auf die richtige Spur. Die Worte, die Joan mit Abstand am meisten schätzt, sind Worte, die in irgendeiner Form Bewunderung oder Bedauern enthalten. Nicht dass sie jetzt lächeln würde, aber schon allein dass sie aufhört, mich weiter mit ihrer Splitter-Horrorgeschichte zu foltern, ist ein Zeichen dafür, dass sich ihre Laune hebt. Meine Chance. Jetzt nicht lockerlassen. Ich bewundere-bedauere sie am Stück dafür, dass sie es durchhält, Tag für Tag auf so einem miesen Drecksbürostuhl zu sitzen, ihre Arbeit an so einer Schrottmühle von Computer zu erledigen, Kopfschmerzen von Alyssas Kichern zu kriegen, unter Jochens schlechten Manieren zu leiden, mit Abstand die meiste Arbeit im Büro zu machen und dazu auch noch Kaffee aus einer Espresso-Maschine trinken zu müssen, die nicht aus Italien kommt. Es ist ja kein Wunder, dass sie dabei dauernd krank wird.

Sie nickt mit leuchtenden Augen und isst Stücke von meinem Zürcher Geschnetzeltem, die ich ihr nebenbei immer wieder dezent auf ihren leeren Salatteller hieve. Ich bin auf der Zielgeraden.

»Meine größte Sorge ist aber das Löwenstein-Projekt, Joan. Du weißt, dass es nächsten Montag losgeht. Das wird eine Anruflawine, sag ich dir, nur eine richtig, richtig gute Sekr…, ähm, Büromanagerin kann so etwas in den Griff bekommen. Dafür braucht man Erfahrung, Ruhe, Instinkt, Souveränität, Feingefühl. Jedes Mal, wenn du den Hörer in die Hand nimmst, nimmst du Verantwortung in die Hand. Die Zukunft des Büros steht und fällt mit den Bleudkinon-Aufträgen. Ich weiß, was für eine Belastung …«

Tiritt-tiritt-tiritt!

Ein Anruf. Perfekt. Wenn ich den jetzt mit verächtlicher Geste wegdrücke, ist Joan endgültig ... Oh nein, ich kann ihn nicht wegdrücken, es ist ...

»Entschuldige bitte vielmals, Joan, das ist sehr wichtig.«

LARA Er nimmt ab. Nein, sag es bitte nicht.
»Hallooo, Butzi!«
Über meinen Kosenamen diskutieren? Nicht heute.
»Hallo Adrian, na, wie gehts?«
»Prächtig! Es ist ganz wundervoll hier.«
»Oh, aha. Also, ich wollte nochmal sagen, das tut mir echt leid, dass ich gestern Abend keine Zeit gehabt habe. Tja, und außerdem wollte ich noch sagen ... Also, ja, es tut mir, wie gesagt, leid. Hm.«
»Ach, das macht doch nichts.«
Warum muss er so nett sein? Wie soll ich ihm nun sagen, dass ...?
»Weißt du, Butzi, war am Ende ganz gut so. Ich hätte gestern nämlich gar nicht gekonnt. Ich musste für einen Kollegen einspringen. Der hatte einen dicken Auftrag für ein Manager-Adventure-Teambuilding im Elbsandsteingebirge und ist krank geworden. Tja, und da habe ich abends noch schnell mit Michelle das Zeug in den Four-Wheel gepackt und bin gleich los. Und jetzt stehe ich gerade hundert Meter unter dem Kniefelhorn, wir haben strahlend blauen Himmel und einen Blick, der macht einen einfach sprachlos.«
Wie jetzt? Er war mit mir verabredet und hat dann einfach was anderes unternommen? Sich einfach mit seinem Küken Michelle aus dem Staub gemacht, um das nächste Bürohengst-Kraxel-Sozialevent zu schmeißen. Wie finde ich denn das?

»Weißt du, Butzi, hier schaust du in die Ferne und hast keine Worte mehr, nur noch diese tiefe Ruhe, die deine Seele bis an den obersten Rand ausfüllt und alles Reden so überflüssig und klein erscheinen lässt. Dieses ganze Zeug, was unser Mund dauernd raussabbelt, wer braucht das eigentlich? Solche Dinge frage ich mich in solchen Momenten, verstehst du? Es wird viel zu viel gesprochen auf unserer Welt und viel zu wenig gefühlt. Wir reden uns in tiefe, dumpfe Gräber hinein. Wir errichten Mauern des Quasselns um uns herum und glauben, wir würden sie brauchen. Was für ein Unsinn! Wenn wir uns alle darauf verständigen würden, mit so wenig Worten wie möglich auszukommen, kannst du dir vorstellen, was für ein Frieden das auf einmal wäre? Wenn wir uns von dieser Sucht zu reden befreien könnten, was wir auf einmal alles erkennen würden? Die wichtigen Dinge im Leben brauchen keine Worte und Sätze. Worte und Sätze verbarrikadieren die Wege zum Herzen. Dauernd verwickeln wir uns in einen Wirrwarr aus Phrasen und Belanglosigkeiten. Wir sollten uns immer daran erinnern, wenn wir den Mund aufmachen. Das lehrt einen die Natur, und nicht irgendein noch so kluges Geschwätz ...«

»Ja, schon, klar. Also, das freut mich ja, dass ihr so gutes Wetter habt. Es ist allerdings so, ich ... muss dir was Wichtiges sagen.«

»Okay, Butzi, hier sitzt sozusagen ein Ohr.«

»Ich, oh, ich weiß gar nicht, wie ich es sagen soll, aber ich muss es dir sagen ... Also, ich war gestern mit, also ... Aber das heißt jetzt noch gar nichts, verstehst du? Aber, es ist einfach passiert, dass ich ...«

»Oh, shit! Herr Müller-Tiedenbach hängt im Seil und kommt nicht mehr hoch ... Michelle! Michelle! Nein!

Nicht das rote Seil, das gelbe! DAS GELBE! ... OH NEIN! DOCH DAS ROTE! ... Ich muss Schluss machen! Entschuldigung, Butzi.«

KAI »Ja, Herr Gondinske, ich habe verstanden.«
Ich hasse seine eckige Büromännleinstimme.

»Sie haben also meinen Großonkel Karl gefunden. Er spaziert vor dem Eingang des Verteidigungsministeriums in der Stauffenbergstraße auf und ab. Ist doch nicht so schlimm, lassen Sie ihn einfach ... Okay, er spielt auf einer Basstuba die deutsche Nationalhymne ... in Moll ... Aber solange niemand ... Wie? Schon seit über fünf Stunden? ... Ja, gut, ich komme. Ich fahre direkt dorthin ... Nein, nein, ich schätze, das hängt wieder mit dem Afghanistan-Einsatz zusammen ... Das erkläre ich Ihnen wann anders, ich mache jetzt lieber, dass ich loskomme ... Ja, ich melde mich, wiederhören ... Ach, noch was, sorgen Sie doch bitte in der Zwischenzeit dafür, dass Großonkel Karls Hammondorgel repariert wird. Ich bezahle.«

Mist. Ich brauche Joan gar nicht anzusehen, um zu wissen, dass ich meinen mühsam errungenen Kredit bei ihr so gut wie verspielt habe.

»Tut mir leid, Joan, ich muss sofort zum Verteidigungsministerium. Du hast es ja gehört, mein Großonkel Karl hat da gerade einen großen Auftritt.«

»Und den darfst du natürlich nicht verpassen.«

»Erklär ich dir ein andermal. Hey, nimm dir doch trotzdem noch einen Nachtisch.«

»Keinen Hunger mehr.«

»Okay, Joan, ich schau mir nachher die wehe Stelle an deiner Hüfte an. Versprochen.«

LARA Kerstin hat ihr Handy ausgeschaltet. Großartig. Ich sitze hier, die Welt bricht über und unter mir zusammen, und meine beste Freundin hat ihr Handy ausgeschaltet.

Dieser Naturschwätzer! Pah! »Es wird viel zu viel gesprochen auf unserer Welt.« Allein schon deswegen müsste ich jetzt mindestens zwei Stunden lang am Stück reden. Aber geht ja nicht. Mist!

Ist doch einfach nur Käse, dass ich mich in diesen Kerl verliebt habe! Schon klar, wenn man, wie ich früher, zehn Stunden und mehr pro Tag einsam in Schneideräumen rumsitzt, ist es sehr entspannend, abends so einen Brummkreiselflummi wie Adrian um sich zu haben. Ich habe es geliebt, wie er immer kreuz und quer im Zimmer rumhüpfte und quasselte. Auch wenn es nur seine Naturpredigten waren, plus endlose Bergfotoserien auf dem Handy, seine Stimme hat aus dem Raum immer eine strahlende Zirkusmanege für mich gezaubert.

Nur ins Kino konnte man nicht mit ihm gehen, das habe ich schnell rausgekriegt. Als er während *American Beauty* auf einmal laut über den »viel zu strengen, total unnatürlichen« Rosengarten von Mrs Burnham ablästerte, sind wir beinahe von den zwei Brillenträgern hinter uns verprügelt worden. Aber solange wir nichts zusammen unternommen haben, bei dem man die Klappe halten muss, war es wirklich okay mit ihm.

Erst seit ich meinen Job los bin, sehe ich, dass er ein total unzuverlässiger Luftikus, egozentrischer Gockel und oberflächlicher Hanswurst ist … Na ja, sagen wir, von all dem ein bisschen … Ein großes bisschen … Arrr! Klartext: Bei Kai ist eine Verabredung eine Verabredung, und bei Adrian eben nicht. Er hätte mir gestern eiskalt im letzten Moment abgesagt, weil er mit Michelle zum Kniefelhorn muss. Und Kai würde nicht mal im Traum daran denken, ein Date zu verschieben. Das Problem mit solchen Typen ist nur, dass es das Zuverlässigkeits-Gen anscheinend immer nur zusammen mit dem Langweiler-Gen gibt. Aber wenn man, wie ich, leider nichts Spannendes mehr zu tun hat, ist das Zuverlässigkeits-Gen viel wichtiger. Dann zieht dir nämlich jede Verabredung, die nicht klappt, ein Stück mehr den Boden unter den Füßen weg. Und, tut mir leid, Adrian, deswegen ist mir im Moment so ein Kai einfach lieber.

Und schlimmer noch, ich habe den Verdacht, dass Kai der einzige Mann der Welt ist, der seine Verabredungen einhält und trotzdem nicht langweilig ist. Keine Ahnung, wie er das macht, aber seit wir uns kennen, hat er noch keinen einzigen öden Satz gesagt. Und er lässt mich sogar mit seinem komischen Schuhfimmel in Ruhe. Er hat Spaß an seiner schwarz-braunen Treterarmee, aber damit ist es auch gut. Er redet niemandem einen Schuh ans Ohr, den es nicht interessiert.

Aber wenn ich etwas sage, hört er richtig zu. Selbst wenn es um meine Lieblingsfilme geht und ich meinen Laberflash kriege. Bei Adrian erscheinen dann immer spätestens nach einer Minute »Bin verreist«-Schilder in den Augen. Ist natürlich kein Charakterfehler, dass der Kerl sich nicht für das gleiche Zeug interessiert wie ich, aber auf Dauer ist das doch irgendwie Mist. Und Kai ist eben offen. Er hat zwar keine Ahnung von Film, aber genau das macht es fast noch schöner, ihm was zu erzählen. Er hört zu. Und ich bin mir sicher, dass das nicht nur jetzt, sondern auch in zehn Jahren noch so sein wird.

Sein wird? In zehn Jahren?
Oh Mann.

KAI Wie lange wird es gehen mit Lara? Ein Jahr? Drei Jahre? Vier Jahre? Ich wollte, ich wäre mir nicht so sicher, dass wir uns wieder auseinanderleben. Ich wollte allerdings noch mehr, dass ich sicher sein kann, dass sie überhaupt will. Ich denke in jeder freien Minute an sie. Ihre Haare, ihr Gesicht, ihr Duft und natürlich ihre wunderbaren weichen Lippen, die auf meinen getanzt haben, dass Villons Erdbeermundgedicht dagegen fade Soße ist. Aber kann es sein, dass es für sie nur ein peinlicher Ausrutscher war? Ich will gar nicht dran denken. Soll ich sie anrufen? Eine SMS? Nein, jetzt nicht. Wir sind gleich da.

Das Verteidigungsministerium liegt an der Stauffenbergstraße. Für mich einmal quer durch die halbe Stadt, für Großonkel Karl aber nur ein paar Straßen von seinem Altersheim entfernt. Eigentlich ein Wunder, dass ein durchgeknallter Pazifist wie er noch nicht früher auf die Idee gekommen ist, vor diesem Bau Rabatz zu machen.

Weil ich mich der Bescherung vorsichtig von der Seite annähern will, habe ich mich vom Taxi am Reichpietschufer absetzen lassen. Lange bevor ich die Stauffenbergstraße erreicht habe, höre ich schon sehr deutlich das »HUMP! HUMP! HUMP!« von Karls Basstuba. Dieser Sound überwindet ohne weiteres einen halben Kilometer. Hat schon seinen Grund, warum das Instrument das Rückgrat aller Blaskapellen ist. Allerdings merkt man sofort, dass es nicht Onkel Karls Stamminstrument ist. Oder liegt es daran, dass er schon so lange spielt und erschöpft ist? Eigentlich ist er so etwas wie ein Profi. Nach seinem ersten psychischen Zusammenbruch in den 60er Jahren hat er seinen gelernten Beruf als Bilanzbuchhalter aufgegeben, sich eine Hammondorgel gekauft und sich seitdem als Alleinunterhalter durchgeschlagen. Die wackeligen Töne, die er da von sich gibt, dürften seinen professionellen Ansprüchen kaum genügen. Aber hier geht es ja nicht um Perfektion, hier geht es ums Prinzip. Oder so was Ähnliches. Er wird es mir gleich sagen.

Jetzt sehe ich ihn. Trotz seines stattlichen Alters ist er immer noch ein Bär von einem Mann. Eins neunzig groß, aufrechter Gang, gepflegter dunkelgrauer Vollbart und riesige Hände. Er läuft mit seinem Monstrum von Blasinstrument gemessenen Schrittes im Kreis und bläst dabei unermüdlich die deutsche Nationalhymne. In abgrundtiefen Basstönen. Und, sehr subversiv, in Moll. Direkt vor dem Haupteingang des Verteidigungsministeriums.

Ratlos dreinschauende Sicherheitskräfte haben sich so aufgestellt, dass sie ihn jederzeit mit drei Schritten erreichen und in Grund und Boden stampfen könnten. Man sieht ihren Gesichtern an, dass sie es für nicht geklärt halten, ob nicht eine Bombe in dem tutenden Riesenkolben versteckt ist. Eine beträchtliche Ansammlung von Touristen steht ebenfalls herum. Immer wieder will sich jemand mit dem tubaspielenden Großonkel Karl fotografieren lassen, aber der weigert sich konsequent anzuhalten, auch nicht für Geld. Hin und wieder kommen Pressefotografen und lichten ihn ab. Weil Großonkel Karl aber kein Transparent mit irgendeiner politischen Botschaft mit sich herumträgt, werden es diese Bilder wohl eher nicht auf die Titelseiten schaffen. Hoffe ich jedenfalls.

Ich warte ab, bis die Strophe zu Ende ist, und gehe lächelnd auf ihn zu. Meine Fröhlichkeit ist nicht gespielt, irgendwie finde ich den alten Kauz ja auch genial.

»Hi, Onkel Karl.«

Er zögert kurz, setzt dann aber tatsächlich das gigantische Tieftongerät ab. Ich sehe auf den ersten Blick, lange hätte er ohnehin nicht mehr durchgehalten.

»Hallo Kai. Hast du zufällig was zu trinken dabei?«

»Na klar. Komm, wir setzen uns auf die Bank dahinten.«

Gesagt, getan. Die Touristen verkrümeln sich enttäuscht, die Sicherheitskräfte bleiben aber weiter misstrauisch. Nachdem wir Platz genommen haben, kippt Großonkel Karl erst mal eine halbe Flasche Mineralwasser in einem Zug herunter.

»Ich hatte mir viel zu wenig Wasser mitgenommen. Schön dumm.«

Das Mundstück hat einen großen Kreis um seinen Mund hinterlassen. Wenn er spricht, verformt er sich sehr lustig.

»Sehr bemerkenswert, Onkel Karl. Die deutsche Nationalhymne auf der Basstuba.«

»Das ist keine Basstuba, das ist ein Sousaphon.«

»Oh, wieder was gelernt.«

»Eine Basstuba ist viel ungünstiger zu tragen.«

»Nicht ganz unwichtig bei den vielen Kilometern, die du heute schon zurückgelegt hast. Das sagte man mir jedenfalls.«

Großonkel Karl winkt ab. Nicht nur sein Sternzeichen ist Stier, auch körperlich betrachtet ist er einer. Nur eben ein durch und durch friedlicher. Allerdings auch ein Experte in Sachen gewaltloser Widerstand und anarchistische Störaktionen.

»Tja, Onkel Karl, dieses Lied in Moll zu interpretieren hat was. Meines Erachtens sehr schlüssig, dass du im A-Teil vom rein äolischen Moll abweichst und bei fallender Melodielinie die große Septime verwendest.«

»Darüber braucht man nicht reden, das ist selbstverständlich, du kleiner Diplomingenieur ... Entschuldigung, Kai, das war vielleicht schon verbale Gewalt.«

»*Diplomingenieur* ist keine verbale Gewalt.«

»Ein Künstler könnte sich dadurch diffamiert fühlen.«

»Ich bin kein Künstler. Mein Beruf ist es, einen Sack wilder Flöhe von Mitarbeitern zu hüten und immer wieder im letzten Moment die Büropleite abzuwenden.«

»Das stellst du jetzt aber sehr negativ dar.«

»Ich hätte noch ein kühles Bier dabei, Onkel Karl.«

»Wirklich?«

»Ich denke nur, wir sollten es nebenan im Park zu uns nehmen, weil man vor dem Verteidigungsministerium bestimmt keinen Alkohol trinken darf.«

»Stimmt, darf man nicht. Da habe ich mich vorher erkundigt.«

Großonkel Karl steht auf und hängt sich das Sousaphon um. Mein Angebot, es für ihn zu tragen, lehnt er verächtlich ab. Ein paar Meter weiter finden wir eine Bank im Schatten.

Ich habe noch kurz im Büro vorbeigeschaut, aber arbeiten ging nicht mehr. Zwei Nachmittagsbiere und ein langes Gespräch mit Großonkel Karl, danach ist man erst mal in einer anderen Welt.

Was er mir erzählt hat, war in etwa das, was ich mir schon gedacht hatte: Es hat wieder irgendein Unglück mit deutschen Soldaten in Afghanistan gegeben, das darauf zurückzuführen ist, dass die Jungs nicht ausreichend auf diesen Einsatz vorbereitet waren. Ich kriege so was kaum noch mit, weil ich selten dazu komme, Zeitung zu lesen, und mir diese immer wiederkehrenden Meldungen, so traurig sie sind, kaum auffallen. Onkel Karl, der als Teenager selbst noch in den Zweiten Weltkrieg ziehen musste, kriegt dagegen alles mit. Und es bringt ihn jedes Mal aus dem Gleichgewicht. Um sich abzureagieren, muss er etwas tun. Täte er es nicht, würde er ganz schnell vom nächsten Zusammenbruch heimgesucht werden. So einfach ist das.

Trotzdem ist es immer sehr mühsam, dies den für ihn zuständigen Altersheimbürokraten zu vermitteln. Und wenn ich mal einen von ihnen so weit habe, dass er es versteht, wechselt der bald den Arbeitsplatz oder geht in Rente, und ich muss mit dem nächsten um Großonkel Karls Altersheimplatz ringen. Aber mal sehen, vielleicht wird dieser kleine Vorfall ja ausnahmsweise nicht so hoch bewertet. Was geht es die Typen eigentlich an, dass mein Großonkel vor dem Verteidigungsministerium Sousaphon bläst? Ist ja nicht verboten.

So, und nachdem ich nun, entgegen meinen Gewohnheiten, bereits vorgeglüht habe, will ich den Abend entspannt genießen. Ich könnte mir zum Beispiel das nächste Bier aufmachen und mir *Grün wie die Liebe* ansehen, denke ich, während ich die Haustür aufschließe. Die DVD liegt immer noch neben meinem Fernseher.

Oder wäre das Verrat? Natürlich wäre es Verrat! *Grün wie die Liebe* kann ich mir nur mit Lara anschauen. Dazu müsste ich sie anrufen und sie fragen, ob sie Lust hat. Und während ich das denke, hat meine Hand schon mein Handy aus der Tasche geholt und ihre Nummer gewählt. Ich staune.

LARA Oh, wie ich diesen Kerl hasse!

Warum muss ausgerechnet ihm das Hotel gehören? Allein schon, dass er Eduard Rockerer heißt, wäre ein Grund, ihn zu töten. Und dass er mitten in Berlin krachendes Bayerisch spricht, der zweite. Und dass er mich »Lari« nennt, der dritte. Ach was, der dritte, vierte und fünfte!

Also, Ergebnis unseres kleinen Gesprächs gerade: Lari darf das Rezeptionshandy heute die ganze Nacht behalten. Und eventuell muss Lari auch noch zu einer nicht näher definierten Uhrzeit nachts rüber ins Hotel huschen, um eine hessische Radfahrergruppe in Empfang zu nehmen. Weil die Kollegin Claudia (Claudi) nämlich ausgefallen ist. Danach darf Lari kurz schlafen und ab morgen früh um fünf Uhr Frühstück für die Gäste machen, weil irgendeine andere Kollegin (Bruni, Gundi, Schnulli, habs vergessen) auch ausgefallen ist. Und weil ich dann eh schon da bin, darf ich gleich danach noch die Zimmer putzen, dann braucht die Kollegin Isi nicht extra dafür kommen.

Und wie ekelhaft feist er immer in seinem riesigen, multimegaverstellbaren Chefsessel rumwippelt, während er einem seine Sklavenhalteranweisungen unterbreitet. Der soll mal nicht so groß tun. Seine Eltern haben halt drei Hotels in München. Und ihrem Burschi haben sie noch ein kleines in Berlin dazugekauft. Weil in Berlin ist ja jetzt das Supergeschäft mit den Touristen. Da kann er sich selber mal versuchen, Duft der großen weiten Welt und so. Der verträgt sich nur leider nicht so gut mit Geiz und kleinbürgerlichem Alleinherrschaftsanspruch.

Ist mir aber alles egal. Ich bin einfach nur müde und brauche meinen Schlaf. Doch selbst wenn Herr Rockerer ein Ohr dafür hätte, was hätte ich ihm denn erzählen sollen? »Ich habe mir gestern Abend von einem Irish Brown Rusty New Orleans Fox das Hirn wegblasen lassen und anschließend meinen Freund mit einem anderen betrogen, den ich irgendwie richtig toll finde, und muss jetzt vor allem zwei Dinge: nachdenken und Schlaf nachholen«? Haha.

Zirrrp! Zirrrp!

Wenigstens gibt es noch Leute, die auf meinem richtigen Handy anrufen ... Uaaah! Kai! Oh, oh, oh! Was soll ich ...? Ich bin doch noch gar nicht so weit ...

»Hier ist Lalari.«

Neiiin!

»Hier ist Kai, hallo!«

»Hallo Kai ... Schön, deine Stimme zu hören.«

Was rede ich da? Wollte ich das sagen? Wenn nein, was dann? Oh, oh, oh, oh, oh!

»Ehrlich gesagt, ich konnte es auch kaum erwarten, dich wieder zu hören. Wie geht es dir?«

»Oh, gut! Sehr gut!«

Das stimmt. Seit ich mit ihm telefoniere, fühle ich mich wie ein achtjähriges Mädchen, das zum Geburtstag nicht nur ein Pferd, sondern einen ganzen Reiterhof geschenkt bekommen hat.

»Und dir?«

»Ganz ehrlich? Bisschen müde. Weil, na ja ... Und ich hatte einen anstrengenden Tag. Aber jetzt bin ich durch, und ... Also, ich wollte fragen, hast du vielleicht spontan Lust, dass wir heute den Film ... Also, ist jetzt wirklich sehr spontan, ich weiß ... Hm.«

Ob ich Lust hätte? Ich würde sogar freiwillig mit Herrn Rockerer einen Kaffee trinken gehen, danach die ölige Stimme von Jenny aus dem Produktionsbüro eine Stunde lang den Satz »Das kannst du aber noch besser, Lara« sagen hören und anschließend mit dem Kopf voran in ein Eiswasserbecken springen, nur um Kai wiederzusehen. Aber heute Abend? Nein, lieber nicht. Ich sehe aus wie eine frisch ausgegrabene Leiche. Und habe Telefondienst. Und muss morgen um halb fünf Uhr raus. Und muss noch über mich und Adrian nachdenken. Das kann nichts werden.

»Hm, also heute Abend passt es nicht so gut.«

Warum sage ich ihm nicht einfach, dass ich diesen Scheißtelefondienst an der Backe habe? Was ist denn so peinlich daran?

»Ich ...«

Mist, ich kann nicht! Es ist mir nun mal peinlich, ich kann nichts dagegen machen.

»Kein Problem, Lara. War auch wirklich etwas ... spontan von mir.«

Ja, spontan. Und ganz wunderbar. Und jetzt schlag vor, dass wir uns morgen oder übermorgen verabreden. Bitte!

»Aber ich hoffe sehr, wir sehen uns ein andermal wieder?«

»Na klar.«

Komm, Kai! Morgen oder übermorgen. Frag einfach! Hab ich nicht laut und deutlich »Na klar!« gesagt? Ich kann ihn doch jetzt nicht selber fragen ... Kerstin würde mir mit ihren spitzesten Pumps in den Hintern treten.

»Dann bis bald hoffentlich. Hab einen wunderschönen Abend, Lara.«

»Danke, du auch.«

Wie?

Ist das Gespräch schon vorbei? Hallo, das geht doch nicht! Er ruft mich an, wir reden, und am Ende haben wir nicht einmal eine Verabredung! Ich rufe ihn jetzt nochmal an und frage, ob wir uns … Nein! Es ist gegen die Regeln. Kerstin würde mir den Kopf abreißen. Und mir anschließend trotzdem noch mit ihren Pumps in den Hintern treten.

KAI Mist! Anrufen war keine gute Idee.

Warum weiß man es immer erst hinterher? Es lag doch auf der Hand: sich sofort am nächsten Tag bei Lara melden und sie auch noch gleich wiedersehen wollen – aufdringlicher geht es ja kaum noch. Mit der Tür ins Haus fallen mag ja seinen Charme haben, aber ich bin wohl mehr so mitsamt der Tür auf Lara draufgefallen. Hätte ich mal eine Sekunde nachgedacht, bevor ich anrufe! Eine sanfte SMS wäre viel besser gewesen. Mist, Mist, Mist!

Trotzdem, vielleicht ist noch nicht alles verloren. Ich weiß nur nicht, wie ihr »Na klar« gemeint war. Ernst oder ironisch? Am liebsten würde ich sie gleich nochmal anrufen … Warum eigentlich nicht? Ich … Nein, nicht schon wieder diese blöden spontanen Impulshandlungen. Ich warte jetzt friedlich, bis sie mich anruft, und fertig.

Die Treppen zeigen mir, wie kaputt ich bin. Selten war ich so froh, dass es hier ein Geländer gibt. Mein Sofa ahnt noch nicht, was gleich auf es zukommt.

Lalari. Ein wunderschöner Spitzname. Er klingt noch in meinem Ohr nach. Ob sie sich immer so nennt, oder nur bei Leuten, die sie besonders gern mag? Oder ist es nur »Lari« und das »la« ist französisch für »die«? *La Lari.* Sehr charmant.

Während ich meinen Schlüssel heraushole, schnaufe ich meine Tür so an, dass sie sich belästigt fühlen müsste. Kurz bevor ich öffne, höre ich ein Geräusch aus der Wohnung. Und gleich noch eins.

Hä?

Der Einzige, der noch einen Schlüssel hat, ist Frank. Aber der würde doch nicht ...? Oder hat er sich etwa mit Irena zerstritten? Nein, bestimmt nicht. Wenn, dann hätte er angerufen. Klarer Fall: Einbrecher. Mann. Ausgerechnet heute. Muss ich jetzt wirklich mein Handy rausholen, die Polizei anrufen und mich in Sicherheit bringen? Ich könnte doch auch einfach so tun, als ob ich nichts gehört hätte, reingehen, den Kerlen »Ich stör euch nicht, ihr stört mich nicht« zuraunen und mich aufs Sofa fallen lassen. Zahlt doch eh alles die Hausrat. Oder zahlt die nicht, wenn man einfach reingeht und einen Nichtstör-Deal mit dem Einbrecher macht?

Einfach reingeht, einfach reingeht, warte mal ... Ha! Doch keine Einbrecher. Angelina, die Putzfrau, hat auch noch einen Schlüssel. Und heute ist ihr Tag. Nur komisch, dass sie noch nicht fertig ist. Das war noch nie so. Im gleichen Moment höre ich drinnen den Staubsauger angehen. Nun gut. Ich schließe auf und gehe vorsichtig Richtung Schlafzimmer, von wo mir der Staubsaugerlärm entgegenbläst.

»Nicht erschrecken, Angelina.«

»Huch!«

»Tschuldigung.«

»Bin nur aus Prinzip erschrocken, weil ich mir nichts befehlen lasse.«

»Ach so.«

Ich habe sicher die ungewöhnlichste Putzfrau im ganzen Stadtviertel. Bevor sie mit diesem Job anfing, war sie zwölf Jahre lang Eckkneipenwirtin. Hatte sich so ergeben, denn in ihrer Familie gibt es eine große Eckkneipenwirtstradition. Sie machte den Job so lange, bis sie eines Tages, kurz vor Feierabend, auf den Trichter kam, dass sie in all den Jahren so von ihren Gästen vollgetextet worden war, dass ihre Aufnahmekapazität für alle Zeiten erschöpft ist. Sie warf die letzten Trinker raus und verkaufte am nächsten Tag ihren Laden mit allem Drum und Dran. Ihren Eckkneipenwirtinnenlook – Glitzer-T-Shirts, enge Jeans und tonnenschweres Make-up – gab sie ebenfalls schnell auf, genau wie das Rauchen und das Zu-jedermann-freundlich-Sein. Und nun arbeitet sie als Putzfrau und liest in ihrer Freizeit viele Bücher.

Sie liebt es, allein zu sein, und muss tagelang kein einziges Wort hören. Eine der wenigen Ausnahmen ist der Papagei in einem Familienhaushalt, den sie alle zwei Wochen beputzt, aber der redet laut Angelina weit weniger Stuss als die meisten Menschen.

Und wegen ihres großen Bedürfnisses nach Stille war es ihr immer ein Anliegen, weg zu sein, wenn ich wieder nach Hause komme. Nicht dass ich dazu neige, sie vollzutexten, im Gegenteil, aber um ein paar Begrüßungsfloskeln und etwas Höflichkeitssmalltalk kommt man bei mir nicht herum. Kinderstube und so.

»Ist ja heute etwas später geworden, was? Aber macht nichts, ein großer Junge wie ich muss jetzt noch nicht ins Bett. Nimm dir ruhig Zeit.«

»Die Zeit, die wir uns nehmen, ist die Zeit, die uns etwas gibt.«

»Bist du betrunken, Angelina?«

»Um ehrlich zu sein, ein bisschen, ja.«

»Oh, ich habe das eigentlich nur aus Spaß gesagt …

Ach so, verstehe! Du auch, haha! Bin voll reingefallen! Du hast das gerade so ernst rübergebracht.«

»Ich bin aber wirklich betrunken.«

»Wie?«

»War ein bisschen heimtückisch von dir, mir in der Küche die ganzen schönen Flaschen vor die Nase zu stellen.«

»Flaschen? Ach so, *die* Flaschen!«

»Und irgendwie hatte ich gerade heute das Bedürfnis, mir einen zu genehmigen. Die Straßenbahn ist steckengeblieben, und neben mir haben sich zwei Männer über Akkubohrschrauber unterhalten.«

»Du Arme! Warte, ich habe eine Idee. Lass mal den Staubsauger, mir ist es schon sauber genug.«

»Aber du hast noch für eine halbe Stunde mehr bezahlt.«

»Komm einfach mit in die Küche und mixe mir das, was du dir vorhin genehmigt hast. Ich muss nämlich unbedingt mehr über Cocktails lernen.«

»Cocktails?«

Dass ich da nicht früher drauf gekommen bin. Angelina! Zwölf Jahre Kneipenerfahrung! Nicht dass ich nicht zufrieden mit dem Verlauf des Abends mit Lara gewesen wäre, aber wenn ich nochmal in die Situation komme, was für sie mixen zu müssen – und ich hoffe doch sehr, dass ich bald wieder in die Situation komme –, muss ich besser vorbereitet sein. Und diesen Irish Brown Rusty New Orleans Fox kriege ich auf keinen Fall nochmal so hin.

Angelina trottet mir etwas bedröppelt hinterher in die Küche. Ich schwenke die Jameson-Flasche vor ihr.

»Ich brauche dringend einen guten Cocktail, in dem das hier drin ist.«

»Bist du auch mit der Tram steckengeblieben?«

»Nicht für mich. Ich habe es jemand versprochen. Also, was kann man damit machen?«

»Whiskey-Cola.«

»Hm, nicht noch was Interessanteres?«

»Na ja, manche mögen es lieber mit Ginger-Ale. Oder mit Sprudel.«

»Hm. Oder kannst du mir vielleicht einfach deinen Lieblingscocktail verraten?«

»Ich hasse Cocktails.«

»Ach? Aber ...«

»Cocktails sind für Leute, die nicht die Eier fürs Pur-Trinken haben.«

»Oh.«

»Mein *Lieblingscocktail* ist der hier.«

Diesmal schwenkt *sie* eine Flasche vor meiner Nase herum. *Tamnavulin – Single Malt Whisky, 18 Years*. Bereits zu einem Drittel leer getrunken. Bewundernswert, wie gut sie noch stehen kann.

»Solltest du eines Tages auch nur einen Tropfen davon an einen *Cocktail* verschwenden, muss ich dich schlagen, Kai.«

Meine Güte. Sie spricht »Cocktail« so verächtlich aus wie eine Feministin das Wort »Mann«.

»Also, ist ja nicht so, dass ich nicht schon mal Whiskey pur getrunken hätte, Angelina. Fand ich aber nicht so toll. Schmeckt irgendwie wie flüssiger Kaminruß.«

»Was für einer war das?«

»Irgendwas mit J. Jim Beam, glaub ich.«

»Pah! Bourbon-Whiskey! Braune Limo mit Alkohol. Trink mal das hier, das ist das richtige Zeug.«

»Meinst du wirklich?«

LARA Ich bin auf dem Weg zu Jenny. Spontanparty mit Cocktails. »Trinken auf den guten Start von *Mein Heiß ist dein Kalt*.« Natürlich hat sie alle Chefs eingeladen. Kanzberger, Dr. Kölbling, Markowski, Bissinger. Und damit sich die Herren bei Jenny aufs Angenehmste von jüngeren Menschen umgeben fühlen, hat sie auch Leute wie Adrian zu sich gebeten, und sogar mich, obwohl ich seit dieser einen dummen Sache eine unerwünschte Person in dem Laden bin.

Ich hatte schon den Hörer in der Hand, um Adrian zu sagen, das ich bitte schön nicht dorthin will, als just in dem Moment seine SMS eintrudelte:

freu mich schon auf heute abend mit dir, butzi :))
trinken wir ein paar island queens und schauen
uns die sterne an? :* <3 :)))

Tja, klingt wirklich nach einer tollen Gelegenheit, mit ihm über die Sache mit Kai und über unsere Zukunft zu reden. Ich komme mir wie ein Schuft vor, der gerade seiner gerechten, vom Schicksal auferlegten Strafe entgegenschreitet.

Jennys Wohnung liegt in der Auguststraße. Ich war schon mal da. Von ihrem Balkon aus kann man die goldene Kuppel der Synagoge und den Fernsehturm sehen. Dazu noch Schäfchenwolken und ein Sonnenuntergang, und du verliebst dich zum hundertsten Mal unsterblich in Berlin und noch dazu in jeden, der zufällig gerade neben dir steht. Gleich bin ich da. Warum ging das so schnell?

Pass auf, Adrian, ich muss dir was sagen ...

Nein, das geht gar nicht. Wie komme ich überhaupt darauf, mit *Pass auf* anzufangen? Das sollte mal jemand bei mir machen, wenn er mich betrogen hat.

Adrian, hör zu ...

Schon wieder Befehlston.

Adrian, ich habe ...

Nein, so bringe ich das niemals heraus. Jetzt verstehe ich auch, wozu die ganzen *Pass aufs* und *Hör zus* gut sind. Sie zögern den Moment heraus, in dem man mit der wirklich unangenehmen Botschaft rausrücken muss.

Adrian, ich muss dir was sagen ...

Nein! Das klingt so hart. Da zerspringt ihm doch schon bei den ersten Worten das Herz im Leib. Mist, jetzt stehe ich schon vor der Tür. Hoffentlich kommt er ein bisschen später. Dann kann ich mir wenigstens noch etwas Mut antrinken. Wenn ich nur nicht so müde wäre. Gleich beschwert sich der Aufzug bei mir, dass ich mich mit Absicht schwer mache.

»Hallooo Lara! Mensch, schön, dass du schon da bist! Wo hast du Adrian gelassen?«

»Hallo Jenny. Adrian kommt ein bisschen später. Hat wieder eine *very special week*.«

»Der Kerl vernachlässigt dich doch nicht etwa? Komm, schnapp dir erst mal einen Drink.«

Jenny hat auch so ein tolles Riesenwohnzimmer-und-Küche-in-einem wie Kai. Bei ihr sieht es bloß mehr nach Frau aus. Nach Frau, die die richtigen Zeitschriften liest. Und Frau, die nicht knausert. (Und Frau, die nicht knausern muss.) Der Raum ist schon so gut gefüllt, dass die Klänge der heiteren Latino-Barjazz-Compilation aus ihrem iPod von den ebenso heiteren Gesprächen in den Hintergrund gedrängt werden. Dr. Kölbling und Bissinger sind auch schon da und werden, wie immer, von jungen Schauspielern, Nachwuchsregisseuren und Drehbuchautoren aller Altersklassen umwuselt. Trotzdem sehen sie mich, als ich den Raum betrete, und veranstalten einen Wettbewerb im Augenbrauen-Hochziehen, als ich »Hi« in die Runde sage.

»Darf ich dir Kalim vorstellen, Lara? Kalim mixt heute unsere Drinks.«

»Hallöchen, Lara!«

»Mach Lara mal was Feines.«

Sie hat es nötig, sie wird nämlich von ihrem Freund vernachlässigt. Klar. Will Jenny aus einem bestimmten Grund, dass ich sie hasse, oder ist Gehasst-Werden einfach nur ihr Hobby?

»Möchtest du mit oder ohne Alkohol, Lara?«

»Mit!«

Mist. So dermaßen laut und wie aus der Pistole geschossen ich das gesagt habe, kann er ja gar nicht anders, als bestätigt zu sehen, dass ich ein Problem habe. Wenigstens grinst er nicht oder schaut gar besorgt drein.

»Ich mache einfach mal einen Vorschlag, Lara: einen Fluffy Coconut?«

Fluffy Coconut? Was will er mir damit sagen?

»Oder einen Pink Elephant? Der ist schön fruchtig.«

»Hm, weiß nicht.«

»Oder etwas Außergewöhnliches? Einen Vanity?«

»Was ist daran außergewöhnlich?«

»Die Farbe. Der ist pechschwarz. Aber keine Angst. Schmeckt köstlich nach Ananas.«

»Den will ich!«

Ach, soll er doch denken, was er will. Vielleicht denkt er ja auch gar nichts. Im Moment konzentriert er sich jedenfalls darauf, bunte Flüssigkeiten in das Mixglas zu schütten. Schon gewagt, einen weißen Anzug dabei zu tragen. Dieses blaue Blue-Curaçao-Zeug aus der Flasche, die er gerade schwenkt, zum Beispiel. Die Flecken würde man nicht mal mit einer Flex rausbekommen.

Jetzt noch diverse Fruchtsäfte. Und das soll schwarz werden? Nie im Leben. Jetzt träufelt er noch was Rotes rein, schüttelt die Mischung einmal kräftig durch und füllt sie anschließend in zwei riesige Martinigläser. Wow, tatsächlich, pechschwarz! Hätte ich nicht gesehen, dass er nur normale Sachen reingekippt hat, würde ich dieses Zeug niemals anrühren.

»Gut, Lara, jetzt kommt natürlich noch die große Frage.«

»Ja?«

»Wie dekorieren wir es? Da muss noch was dazu. Sonst ist es kein richtiger Cocktail, oder?«

»Hm.«

»Also, ich hätte Ananas-, Limetten-, Zitronen- und Orangenschnitze, Schirmchen mit Punkten, Schirmchen mit Blumen, Papierpapageien, Glitzervulkanpicker, Bambusstöckchen, ach ja, und die Strohhalmfarbe ist natürlich auch noch ganz wichtig.«

»Hm, ehrlich gesagt, ich finde, das ganze bunte Zeug und die schwarze Flüssigkeit, das passt nicht zusammen.«

»Jetzt, wo du es sagst ... Stimmt. Irgendwie haben wir da ein Problemchen.«

»Wirklich eine kniffelige Aufgabe.«

»Aber wir können ihn ja auch nicht ohne Deko lassen, oder?«

»Wenn es dir so wichtig ist: Hier diese kleine orangefarbene Minimandarine mit den trockenen Blättern dran, da im Körbchen, wie heißt die nochmal?«

»Du meinst die Physalis?«

»Genau. Steck die doch einfach auf den Rand.«

Kalim tut, was ich sage.

»Oh mein Gott! Das sieht großartig aus, Lara. Da noch

ein dunkelgrünes Schirmchen rein? Oder lieber einen Papagei?«

»Nein, das reicht so.«

»Oh ja! Du hast recht. Vielen Dank, da hast du mir sehr geholfen. Zum Wohl!«

Ulkig. Das schwarze Zeug schmeckt süß. Zu süß.

KAI »Muss mich entschuldigen, Angelina, du hast recht. Ich glaube, ich bin schon süchtig nach dem Zeug.«

»Sag ich doch. Und wofür entschuldigen?«

»Weiß ich nicht mehr. Wenn ich betrunken bin, entschuldige ich mich dauernd. Macht irgendwie Spaß.«

»Was hast du eigentlich für die Flasche bezahlt?«

»Weiß nicht mehr, hab nicht auf die Preise geschaut.«

»Ist das hier der Kassenzettel?«

»Lass sehen. Ja, ist er. Mal gucken. Tamnavulin, Single Malt Whisky ... Ah, hier ... Waaas? Das habe ich für eine Flasche Whiskey bezahlt?«

»Guter Preis, finde ich.«

»Aber ... Ach, egal. Noch ein Glas?«

»Her damit. Und was ist das hier? *Schumanns Barbuch*? Kenn ich gar nicht.«

»Hatte ich mir besorgt.«

Angelina hat sich an meinen Küchentisch gesetzt und angefangen zu blättern, während ich den nächsten Schluck Tamnavulin durch meine Kehle rinnen lasse. So in etwa muss flüssiges Gold schmecken.

»Interessant.«

»Das Buch? Ich dachte, du magst keine Cocktails.«

»Dieser Schumann geht wenigstens respektvoll mit dem Alkohol um.«

»Wie meinst du das?«

»Das normale Kneipen-Cocktail-Konzept ist, irgendeinen tiefgekühlten billigen Drecksfusel ins Glas zu kippen, und dann so viel buntes süßes Schlickerwasser dazu, dass man nicht mehr schmeckt, dass es Drecksfusel ist. Und anschließend noch so viel exotische Obstschnipsel, Grünzeug und Schirmchen drum herum, dass einem sowieso alles egal ist. Aber was er hier aufschreibt, das könnte wirklich schmecken, wenn man nicht gerade das Billigste vom Billigen nimmt. Mal sehen, du hast halbwegs vernünftigen Gin, Campari, roten Martini, Zitrone. Okay, dann lass mich mal das hier ausprobieren.«

»Nur zu.«

Angelina werkelt erstaunlich geschickt mit meinem nicht weggeräumten Barhandwerkszeug herum, während ich den nächsten großen Schluck in meinem Schlund versenke. Mannomann, ich sollte mich besser auch hinsetzen. Die Eiswürfel klackern im Shaker. Kurz darauf gießt Angelina etwas rote Flüssigkeit durch das Barsieb in zwei Cocktailschalen und wirft zwei dünne Zitronenscheiben hinterher.

»Probier mal.«

»Hm, nicht schlecht.«

»Finde ich auch.«

»Wie heißt der?«

»Negroni.«

Wir machen die Gläser leer und schauen versonnen auf die zurückbleibenden rötlichen Schlieren.

LARA Nach dem schwarzen Cocktail habe ich mich schön langsam durch die Farben getrunken. Blau, Grün, Rot und jetzt sind wir bei Orange. Das Gute dabei: Meine Laune hat sich parallel dazu entwickelt. Zwischendrin hat sich das Hotelhandy drei Mal gemeldet, aber mit jedem Drink war das noch ein wenig schneller erledigt.

Kalim müsste eigentlich genauso betrunken sein wie ich, aber er mixt immer noch souverän einen Cocktail nach dem anderen, ohne auch nur einen Tropfen zu vergießen oder langsamer zu werden. Kann doch nicht sein. Vertrage ich so wenig? Wahrscheinlich hat er immer nur genippt.

»Jetzt sag mal ehrlich, Lara, welcher von den beiden hier ist hübscher?«

»Ganz schwer zu entscheiden. Der im linken Glas leuchtet mehr. Aber bei dem anderen gefällt mir diese kesse Erdbeere auf dem Rand mit dem hellblauen Schirmchen drin. Orange, hellblau, rot. Perfekte Farbharmonie. Einfach wunderhübsch.«

»Hach! Danke, danke!«

»Mal gucken, welcher besser schmeckt.«

»Darauf kommt es doch nicht wirklich an, Lara.«

»Ich probier trotzdem mal den hier. Wie heißt der?«

»Happy Utrimutzi.«

»Mein Stichwort, haha! Hallo Butzi!«

»Oh, hallo Adrian.«

Noch bevor ich mich richtig umdrehen kann, hat er mich schon in den Arm genommen und geküsst.

»Ging leider nicht früher. Wie gesagt, gerade ist wirklich super very special …«

»Schon okay. Darf ich vorstellen, das ist Kalim, ein echter Künstler.«

»Hi, Kalim. Machst du uns zwei Island Queens? Super,

die Wohnung von Jenny, oder? Dieser Blick in die Stadt hinaus, wow, das kann einen schon umhauen! Ist zwar keine Natur, aber trotzdem mächtig genug, um dich kleinlaut zu machen, was meinst du? Bitte nicht zu viel Zitronensaft in den Island Queen, Kalim. Sind die Zitronen überhaupt aus biologischem Anbau? Gerade bei Zitrusfrüchten muss man echt aufpassen. Wow, ist das alles smooth hier! Ich bin schon fast wieder runter auf Chilltemperatur. Du kannst dir nicht vorstellen, was für einen Hassel wir heute ... Danke, Kalim. Gehen wir auf den Balkon, Butzi? ... Dauernd nur am Telefon gehangen und Termine geschoben, bis der Kalender geglüht hat. Wow, diese Luft! Will man gar nicht glauben, dass man hier mitten in der Stadt ... Hey, Annie! Du auch hier? Bis später! ... Also, zum Wohl, Butzi. Wow, wir haben uns wirklich eine Ewigkeit nicht mehr gesehen, was? Gehts dir gut?«

»Wem? Mir? Oh ja, mir geht es gut.«

»Wunderbar. Neuen Job an der Angel?«

»Nicht wirklich.«

»Ich will ja nicht wieder anfangen, aber, wie gesagt, ich könnte dir einen Grundkurs verpassen, und dann kannst du bei mir ...«

»Nein, ich glaube nicht, dass das eine gute Idee ist.«

»Muss ja auch nicht. Wow! Dieses Lied, Butzi ...«

»Adrian, ich muss dir was sagen.«

KAI »Wenn der Tamnavulin leer ist, musst du dir auch mal eine Flasche Glenkinchie kaufen, Kai. Der schmeckt noch einen Tick dunkler.«

»Und ist wahrscheinlich so teuer, dass ich mir vier

Wochen kein Mittagessen mehr leisten kann. Übrigens, der Tamnavulin *ist* leer.«

»Nein!«

»Macht nichts, wir mixen uns noch einen Schumann-Cocktail als Absacker, und dann ist gut.«

»Okay.«

Wir fischen uns noch einmal die kleine Bar-Bibel. Wenn man dermaßen betrunken ist wie wir gerade, schafft man es sogar, zusammen in einem Buch zu blättern, ohne sich in die Quere zu kommen. Nach einigem Hin und Her entscheiden wir uns für einen Gimlet. Der braucht nur wenige Zutaten, und das kommt mir in meinem augenblicklichen Zustand sehr entgegen. Meine Hände schweben fahrig vor meinem Körper herum, wie bei einem dieser Gewalt-Computerspiele, nur dass sie im Moment absolut nicht in der Lage wären, etwas wirklich Böses zu tun, selbst, wenn ich es wollte.

Konzentration. Das ist die Feuerprobe. Wenn ich dermaßen angetütert einen guten Cocktail hinbekomme, werde ich es nüchtern selbst dann schaffen, wenn mir Lara dabei auf die Finger schaut.

»Langsam, Kai.«

»Keine Sorge ... Hups!«

»Ach, von dem Gordon's Gin kann man ruhig mal was verschütten.«

So, nun aber. Gin und Rose's Lime Juice sind im Mixglas. Noch Eis dazu. Und schütteln. Und aufpassen, dass mir dabei nicht schwindelig wird. Wenig später ist es mir tatsächlich gelungen, zwei Gläser zu füllen. Wir stoßen an und trinken.

Ja, nicht übel. Und Angelina scheint der gleichen Meinung zu sein. Na also.

»Ich glaube, ich hab es jetzt verstanden. Diese Schumann-Cocktails macht man, wenn man gerade kein Geld für die ganz teuren Whiskeys hat.«

»Genau.«

LARA »Ich muss dir wirklich was sagen, Adrian.«

»Schieß los. Wow, schau dir die Lichter da draußen an!«

»Genau, *Lichter* ist ein gutes Stichwort.«

Das ist inzwischen schon mein fünfter Anlauf. Wenn ich es jetzt nicht schaffe, kann ich es vergessen. Ich bin todmüde, und mir ist ein bisschen schlecht.

»Also, Lichter: Stell dir vor, du hast ein Zimmer, Adrian. Und in dem Zimmer hängt ein Licht.«

»Wow!«

»Und du warst immer glücklich und zufrieden mit dem Licht, weil, schon klar, sonst wäre alles dunkel und so weiter, egal, jedenfalls ...«

Was rede ich da?

»... jedenfalls, eines Tages ist auf einmal ein zweites Licht da, und das ... leuchtet auch. Ziemlich doll. Also, verstehst du, was ich meine?«

»Ganz klar, zweites Licht, leuchtet. Ist viel ausgewogeneres Raumlicht so. Je mehr Lichtquellen, umso besser. Ich habe früher mal eine Werbekampagne für einen Leuchtenhersteller aus der Schweiz gemacht, weißt du? Da haben wir die ganze Produktbroschüre neu texten lassen.«

»*Neuer Text,* genau, das ist auch ein gutes Stichwort.«

»Das haben die damals dringend gebraucht. Premium-Marke, aber die Texte waren noch die von einem längst in Rente gegangenen leitenden Ingenieur. Da fehlte die Sinnlichkeit.«

»*Sinnlichkeit*, genau, noch besseres Stichwort. Also, was ich sagen will: zweites Licht, neuer Text, Sinnlichkeit, weißt du, was ich meine?«

»Absolut. Ausgewogeneres Raumlicht, mehr Sinnlichkeit, und Texte lesen kannst du natürlich auch besser, weil alles besser ausgeleuchtet ist. Optimal wäre natürlich, wenn du eine Leselampe auf den Sofatisch ...«

»Hm, verstehe ich dich richtig, du meinst, es ist okay, wenn ich mich auch mal gleichzeitig von zwei Lichtern ... anstrahlen lasse?«

»Mindestens zwei. Aber die sollen dich nicht anstrahlen. Direktes Licht ist Mist. Es ist viel angenehmer, wenn sich das Licht vorher an etwas gebrochen hat, bevor es dich trifft.«

»Ah ja.«

Plimplam! Plimplam!

»Gibs mir, Butzi, ich erledige das für dich.«

»Aber ...«

»Pssst ... Hotel Royal, schönen guten Abend, was kann ich für Sie tun? ... Von kommendem Mittwoch bis Samstag? Wow! Ich schaue mal nach ...«

Er pflückt mir das Rezeptionsbuch aus der Handtasche. Kurze Zeit später hat er die Reservierung erledigt. Und er hat sich dabei die ganze Zeit an meinen Rücken geschmiegt. Manchmal kann er wirklich so was wie ein Licht sein.

KAI Völlig richtig, ich liege mir gerade mit jemandem in den Armen. Und bei dem Jemand handelt es sich ohne jede Frage um meine Putzfrau Angelina. Und es geht zwar nur um Abschiednehmen nach einem schönen gemeinsamen Abend, aber genau deswegen ist es ja so seltsam, dass ich gar keine Lust habe, mich wieder von ihr zu lösen. Klar, sie ist keine von diesen Putzfrauklassikern mit Kittel, Kopftuch und rauen Händen. Sie läuft, seit sie ihre Kneipe aufgegeben hat, in zeit- und alterslosen Bluejeans und blauen T-Shirts rum, und der ganze Rest von ihr wirkt auch völlig alterslos.

»So, jetzt ist aber gut, Kai.«

»Tschuldigung.«

»Schon okay.«

Ich mache die Tür hinter ihr zu, schlurfe zum nächsten Stuhl. Wenigstens die Schuhe noch versorgen. Wenn man ein Paar Schuhe nicht ohne Schuhspanner lassen darf, dann meine wunderbaren braunen Semibrogues von van Bommel. Nachdem ich drei Mal im Sitzen eingeschlafen bin, habe ich die Dinger endlich drinnen. Und eine kleine Ewigkeit später ringe ich mich endlich dazu durch, von dem Stuhl aufzustehen. Ich wanke in einer ausladenden Schlangenlinie durch mein Wohnzimmer und werfe der leergetrunkenen Tamnavulin-Flasche in der Küchenecke einen letzten zärtlichen Blick zu. Mir ist nicht wirklich schwindelig. Es ist mehr so, als ob mein Kopf gerade einer anderen Umlaufbahn folgt als der Boden unter meinen Füßen.

Ich atme schwer und schaue mein Bücherregal an. Dann mein Sofa, den Tisch, die Vorhänge und die abstrakte rote Skulptur von meinem ehemaligen Studienkollegen Wei Wang. Ich mag es hier. Und kann sein, dass ich ein paar Mal in meinem Leben noch heftigere Räusche als diesen hatte, aber dieser hier ist eindeutig der schönste.

Ich falle rückwärts in mein Bett. Ein kleiner Hauch von Laras Duft steigt aus den Decken hoch, und ich lächele. Hoffentlich ruft sie wieder an. Bitte, ich wünsche es mir so. Was mache ich, wenn sie nicht mehr anruft? Na gut, wir haben immerhin den Löwenstein-Auftrag. Ich werde mir guten Whiskey leisten können.

LARA Immer wenn ich Adrians Wohnung betrete, bleibt mein Blick als Erstes an seiner Gummiballsammlung hängen. Über 250 Stück in allen Farben, Größen und Formen liegen sauber aufgereiht in einem strahlend weißen, deckenhohen Regal aus irgendeinem futuristischen Plastikzeugs. Manche von ihnen haben nicht die Form einer Kugel, sondern die eines Rugby-Eis, eines geschliffenen Edelsteins oder eines Gehirns. Ich stand schon oft lange davor und dachte darüber nach, was hier los wäre, wenn man das Regal so kippen würde, dass alle Bälle gleichzeitig herausfallen. Ich schätze, es würde gut und gerne drei Tage dauern, bis wieder Ruhe in der Wohnung eingekehrt ist.

Heute gehe ich aber so schnell wie möglich an dem Regal vorbei. Mir ist immer noch komisch, und je länger ich mir die ganzen hüpfenden Gummibälle vorstelle, umso schlimmer wird es. Adrian erzählt gerne davon, dass die Sammlung früher doppelt so groß war. Als das Regal noch in der Werbeagentur stand, in der er früher gearbeitet hat, hat er zusammen mit seinem Kollegen Elvin gesammelt. Zu seinem Abschied durfte er das Regal mitnehmen. Aber von den Gummibällen nur die Hälfte. Und es gab einen großen Streit mit Elvin, wer welche bekommt. Wenn Adrian davon erzählt, wird er immer sehr traurig.

Wäre das Gummiballregal nicht hier, würde ich mich einfach auf dem dicken Wohnzimmer-Flauschteppich zusammenrollen und einschlafen. Aber der nächste Gegenstand, der weich und groß genug dafür ist, muss auf jeden Fall dran glauben. Adrians Bett ist zum Glück sehr weich und sehr groß. Und es sind zum Glück keine fünf Schritte mehr zur Schlafzimmertür. Er selbst trinkt in der Küche noch ein Glas Wasser. Zu was für Kraftakten er noch fähig ist. Ich werde schon eingeschlafen sein, wenn er kommt.

Noch ein Schritt. Und ja, es ist wirklich eine gute Idee, in das Schlafzimmer abzubiegen, sage ich mir noch einmal. Mein Ziel ist klar, und die Kurve ins Schlafzimmer ist einfach die logische nächste Etappe auf dem Weg dorthin. Aber etwas in mir sagt, dass es vielleicht die noch bessere Idee ist, eine Tür weiter ins Bad zu gehen. Ich verstehe die Idee zwar noch nicht ganz, aber die Stimme, von der sie stammt, ist laut und scharf. Fein. Mache ich halt ein paar Schritte mehr, was soll der Geiz.

Als ich wenige Sekunden später über der Kloschüssel hänge, verstehe ich die Idee auf einmal sehr gut. Ist doch immer schön, wenn man auf die richtigen Stimmen hört. Und auch sonst versuche ich meine Situation so positiv wie möglich zu sehen: Mein Kopf geht gerade nicht auf Tuchfühlung mit einem Einrichtungsgegenstand, der nicht für Köpfe geschaffen ist, ich habe keine Körperhaltung eingenommen, für die »im höchsten Maße demütigend« noch die harmloseste Umschreibung ist, und ich kotze mir auch gerade nicht die Seele aus dem Leib. I wo. Ich knie vor der Opferschale der allmächtigen Doppelgottheit Villeroy & Boch und bringe meine Opfergaben dar. So ist das.

»Oh nein, Butzi, du kotzt dir ja die Seele aus dem Leib!«

Harry Potter hätte bestimmt einen Adrian-in-Luftauflös-Zauber parat.

»Gehts?«

Danke der Nachfrage. Kann gerade nicht antworten. Finde aber gut, dass du wenigstens keinen Kommentar über die Farbe meines Schwalls abgibst. Noch lieber wäre es mir allerdings, du würdest einfach aus der Tür verschwinden und dich um deinen eigenen Kram kümmern.

»Das kommt bestimmt von den Zitronen. Die waren tatsächlich nicht bio. Und die Erdbeeren auch nicht. Hab nachgeschaut. Mir ist seitdem auch bisschen flau. Kann eigentlich nicht sein. Waren doch nur vier Island Queens. Oder fünf? Warte mal, wie viele Island Queens hattest du?«

Wenn er noch ein Mal *Island Queen* sagt, stecke ich seinen Kopf in meine Opferschale. Und zwar noch bevor die Götter mein Opfer angenommen haben!

Plimplam! Plimplam!

Nein!

»Warte, ich geh wieder ran, Butzi.«

Plimplam! Plimplam!

»Wo ist es denn, das Handy?«

Plimplam! Plimplam!

»Das gibts doch nicht, wo kann ...? Ha! Hier, habs gefunden. War unter deinen Tampons.«

Plimplam! Plimplam!

...

Hä, warum geht er nicht ran?

Plimplam! Plimplam!

»Tschuldigung, Butzi ... Kannst vielleicht doch ... selbst rangehen?«

»HUWÄÄÄRX ... Nein.«

»Okay, ich versuche es ... Hotel Royal, guten Abend, was kann ... kann ... HUWÄÄÄRX.«

FREITAG

KAI Nicht zu fassen. Sonntag ist schon der feierliche erste Spatenstich für die Löwenstein-Villa, aber der Einzige, dem man etwas Unruhe anmerkt, ist Jochen. Während alle anderen, einschließlich mir, in bester Freitagslaune die Hände hinter dem Kopf verschränken und das Wochenende herbeiträumen, scharrt er mit den Füßen wie ein angepiekter Stier in der Arena von Toledo. Hier ist das Scharren allerdings wesentlich lauter als in Toledo, weil wir keinen Sand auf dem Boden haben, sondern rauen Estrich. Ich habe mir schon öfter Gedanken gemacht, ob wir das auf Dauer so lassen sollen. Fabrikloft-Charme ist ja ganz nett, aber vielleicht übertreiben wir es. Ich könnte zum Beispiel wirklich Sand ausstreuen lassen. Sähe lustig aus, und die Ledersohlen von Jochens miserabel verarbeiteten Strauss-Innovation-Schuhen würden keine unangenehmen Schrappgeräusche mehr machen. Allerdings würde Joan spätestens am nächsten Tag feststellen, dass sie eine Sandallergie hat und ab dann entweder krank sein oder uns die Ohren vollniesen.

Wo war ich gerade? Erster Spatenstich. Sonntag. Das ist übermorgen. Und ich habe noch die Muße, über Sand auf dem Boden nachzudenken. Das kann nicht gut sein, oder? Ich stehe auf, gehe zur Wand, an der der große Ausdruck von Jochens Baustellenplan hängt, und mustere ihn mit zusammengekniffenen Augen. Warum unruhig werden? Jochen hat den Plan gemacht, und er ist unfehlbarer als der Papst.

Daneben hängen die vom Ingenieurbüro erstellten Fundamentpläne. Wir haben sie durchgesehen. Auch hier gibt es erst mal nichts zu tun. Klar, bald werden jede Menge Fragen auftauchen. Aber eben erst ab nächster Woche. Ist doch völlig richtig, dass ich im Moment nichts weiter mache, als noch einmal ganz ruhig durchzuatmen, bevor das Chaos losbricht.

»Kannst du aufhören, mit den Füßen zu scharren, Jochen? Ich habe Kopfschmerzen, weißt du?«

Danke, Joan.

Apropos Kopfschmerzen, ich habe komischerweise überhaupt keine. Und ich fühle mich auch sonst taufrisch. Man könnte glauben, dass ich die infernalische Whiskey- und Cocktailorgie mit Angelina gestern nur geträumt habe. Dem ist aber nicht so. Als Erstes habe ich heute Morgen die ohne jeden Zweifel leere Tamnavulin-Flasche auf meiner Küchenanrichte gesehen, als Zweites die seitenverkehrt in meine Semibrogues gesteckten Schuhspanner. Außerdem muss ich das Barbuch an eine unmögliche Stelle gelegt haben, denn ich kann es beim besten Willen nicht mehr finden. Muss wirklich ein Vollrausch höchster Güteklasse gewesen sein.

Also, Zusammenfassung: Es geht mir unverdientermaßen gut, und ich habe nicht viel zu tun. Nicht einmal einen Anruf wegen Großonkel Karl habe ich bekommen, obwohl mir die ganze Zeit schwant, dass es zu seiner Beruhigung nicht ausreicht, dass seine Hammondorgel endlich repariert ist. So riecht die Luft, die man nur vor ganz großen Stürmen atmet. Und wenn ich jetzt nicht gleich etwas zu tun kriege, rufe ich am Ende doch noch bei Lara an, und das wäre ein schwerer Fehler.

Erst 11 Uhr. Ich vertiefe mich in die neue *Detail*, die teure Architektenzeitschrift, die mal wieder seit Tagen druckfrisch und ungelesen auf meinem Sideboard liegt. Warum eigentlich? Ich bin der Chef, verflixt nochmal. Ich darf die *Detail* während meiner Arbeitszeit lesen, sogar den *Playboy*, wenn ich will. Ich muss mich endlich mal daran gewöhnen.

Eine halbe Stunde später habe ich aber den Hals schon wieder voll von den hochglanzbebilderten Supertoll-Projekten der Architektenkollegen. Dieses Blatt ist doch in Wirklichkeit nur da, um mich neidisch zu machen. Da sehe ich lieber noch einmal den Bauzeitplan durch, obwohl ich den schon fast auswendig kann. Zum Glück ist nach dem Mittagessen erst mal ein Termin mit dem Villeroy-&-Boch-Vertreter, und anschließend gehe ich mit Frank Kaffee trinken.

LARA Ich werde auf jeden Fall gleich sterben. Die Frage ist nur, versuche ich vorher noch nach Hause zu kommen, oder sterbe ich einfach hier in dem letzten Hotelzimmer, das ich gerade für Herrn Rockerer fertiggeputzt habe? Mein Körper ist klar für Letzteres, mein Geist ist allerdings unentschieden. Wenn ich mich noch nach Hause schleppe, gäbe es immerhin die kleine Chance, dass ich Kai auf der Straße treffe, bevor ich sterbe. Und vielleicht tut mir die frische Luft ja auch ganz gut. Ich lege mich zu Hause ein bisschen hin, sterbe nicht und schaffe heute Nachmittag sogar noch einen Kaffee mit Kerstin? Nein, man muss realistisch bleiben. Ich bin heute um halb fünf Uhr morgens mit fürchterlich flauem Magen aufgestanden, habe mich aus

Adrians Wohnung geschlichen, bin ins Hotel gefahren, habe Frühstück vorbereitet und danach fünf Zimmer geputzt. Das kann man nicht überleben. Aber gut, ich versuche nach Hause zu kommen. Das ist wenigstens ein halbwegs würdiger Rahmen. Ist ja immerhin mein Tod.

Nein! Falsche Entscheidung. Herr Rockerer kommt den Flur hoch. Ich wäre doch besser eben im Hotelzimmer gestorben. Oder, noch besser, bevor ich überhaupt angefangen habe zu putzen. Ich bin so blöd.

»Ja, die Lari! Du, die Jenny hat gsagt, dass ihr gestern abends noch a Party ghabt habt. Hättst wos gsogt, hätt i a anders Madl bschtellt für heit Morgen.«

Haha, das glaubt der doch wohl selber nicht. Gestern wäre die Ansage »Geht net anders, Lari, sonst kenna mir zuamacha« gewesen. Für wie blöd hält der mich eigentlich?

»Aber dofür host jetzt des ganze Wochenend frei. Da kannst heit Abend gmütlich a paar Cocktails saufa geh, haha!«

Allein sein Anblick verursacht mir schon Brechreiz wie fünf Apomorphintabletten. Warum muss er jetzt auch noch das Wort *Cocktails* in den Mund nehmen? Zum Glück ist mein Körper schlau genug, um sich zurückzuhalten. Er weiß genau, dass er die Sauerei selbst wieder wegputzen müsste.

KAI Ich mag Herrn Bielewitz, den Villeroy-&-Boch-Vertreter. Nicht nur, dass er hervorragend gepflegte, rahmengenähte Schuhe trägt, er ist auch sonst durch und durch Gentleman und keiner von den üblichen widerlichen Vertriebsheinzen. Gerade für ihn ist Toilettenschüsseln-Anpreisen natürlich ein harter Job. Seine Haltung verbietet es ihm, bei diesem Thema Standard-Vertretersätze wie »Die habe ich selbst ausgiebig getestet« zu benutzen. Seine Lösung: Er listet stattdessen Promis auf, die angeblich alle darauf kacken. Und ich stelle mir das während seiner Erzählungen gerne 1:1 vor. In meiner Phantasie sitzen dann alle von Boris Becker bis Rolf Zacher in einer langen Reihe auf ihren Töpfen und wetteifern darum, wer zuerst ... Heute gewann Otto Waalkes knapp vor Marietta Slomka. Die besten Dinge im Leben sind eben doch frei.

Fast hätten wir uns verplaudert, aber zum Glück hat Frank angerufen, dass er ein paar Minuten später kommt, so dass ich so tun konnte, als hätte ich den ganzen Tag nichts anderes als unsere Verabredung im Kopf gehabt. Ich stehe auf, streife mir mein Jackett über und winke im Rausgehen meinen Leuten zu.

»So, ihr Perlen, ich wünsche allen, die später nicht mehr hier sind, ein schönes Wochenende. Wir sehen uns am Sonntag beim ersten Spatenstich. Frühstückt nicht zu viel, ich habe mir sagen lassen, dass die kalten Buffets der Löwensteins in Kennerkreisen einen legendären Ruf genießen. Und der Champagner erst recht.«

»Was soll das eigentlich? Ersten Spatenstich für ein Privathaus feiern? Sind die Krösus?«

»Genau so ist es, lieber Jochen. Lasst es euch nicht entgehen, ihr könnt die Stärkung brauchen. Ab Montag ist die Hölle los.«

LARA   »Du siehst nicht gut aus, Lara.«
»Geht schon.«

»Das meine ich ernst.«

»Dafür, dass ich mich vor ein paar Stunden aufs Sterben vorbereitet habe, finde ich mich eigentlich ganz okay.«

»Mit deinen Augenringen könnte man Leichen erschrecken.«

»Solange die Leichen nicht sehen müssen, wie es in meinem Magen aussieht, ist alles okay. Ich werde mein ganzes Leben lang keine Mixgetränke mehr anrühren. Blödes, viel zu süßes Farbstoff-Schirmchen-Kackzeug. Na ja, vielleicht irgendwann mal wieder einen Campari Orange ... Nein, nicht mal den.«

»Aber jetzt erzähl endlich. Hast du es Adrian ...?«

»Ja, hab ich.«

»Und? Komm, rede, Mädchen!«

»Also, hm, ich habe es ihm ... nicht so richtig direkt gesagt.«

»Aber er hat es verstanden?«

»Bestimmt ... Na gut, ganz hundertprozentig sicher bin ich mir nicht, aber ...«

»Was hast du ihm denn gesagt?«

»Ach, weiß ich doch selber nicht mehr so genau.«

»Lara!«

Manno, schon allein körperlich mache ich gerade die Hölle durch. Warum muss ich mich in diesem Zustand auch noch ausgerechnet mit der einzigen Frau treffen, der ich nichts vormachen kann, und die keine Ruhe gibt, bis sie auch noch weiß, mit wem sich mein kleiner Zeh in den letzten Tagen unterhalten hat? Nichts zu machen. Ich setze ihr stöhnend in allen Details auseinander, wie ich Adrian die Sache mit Kai gebeichtet habe. Sie verschlingt jedes Wort.

»Also: *zwei Lichter, neuer Text, Sinnlichkeit*, das war es, was du zu ihm gesagt hast?«

»Genau. War doch nicht gelogen, oder?«

»Überhaupt nicht.«

»Und damit habe ich ihm doch eigentlich alles gesagt, nicht wahr?«

»Absolut.«

»Wenn er nachgefragt hätte, hätte ich ihm natürlich alles haarklein erzählt, aber hat er ja nicht.«

»Nein, hat er nicht.«

»Genau.«

»Und dafür hatte er auch sicher seine Gründe.«

»Ganz sicher.«

»Er will es eben gar nicht so genau wissen, Lara.«

»Also, ich habe es ihm gebeichtet, und gut ists, oder?«

»Kann man so sehen.«

»Beruhigt mich sehr, dass du das auch findest.«

»Und was ist jetzt mit Kai?«

KAI Franks mächtige Hornbrille hängt heute noch schiefer auf seiner Nase als sein mächtiger Körper auf dem bemitleidenswerten Stuhl. Ich mache mir Sorgen. Sollte dieses Monstrum von Sehhilfe tatsächlich einmal herunterfallen, könnte es durchaus sein, dass das eine oder andere mittelgroße Insekt davon zerquetscht wird. Aber komischerweise steht ihm das Ding gut.

»Also, verstehe ich dich richtig, Kai: Du willst Lara auf keinen Fall nochmal anrufen?«

»Genau. Auf keinen Fall. Das bringt nichts. Ich habe sie schon einmal angerufen, und sie wollte nicht, jetzt muss ich einfach warten, ob sie anruft. Manchmal braucht man eben Geduld, auch wenn es schwerfällt.«

»Ja, da ist wohl was dran.«

»Eben.«

»Und, schon Pläne für das Wochenende?«

Moment. Sind wir schon durch mit dem Thema? Er gibt mir einfach recht, und das war es? Kann doch nicht sein, damit bin ich noch nicht zufrieden.

»Also, Pläne nicht so richtig.«

»Morgen Abend ist Premiere von *Ein Bär namens Oktober*. Und anschließend Empfang im Ritz-Carlton. Irena kann leider nicht. Willst du mit?«

»Och ja, warum nicht?«

Endlich mal wieder ein Anlass, auf Hochglanz polierte schwarze Seamless Oxfords zu tragen, blitzt es kurz in meinem Kopf auf, aber dann bin ich sofort wieder bei Lara.

»Kann sogar sein, das Keira Knightley reinschaut, Kai. Die ist gerade in Berlin.«

»Hm, schön.«

»Oh ja. Ich persönlich finde, sie wird jedes Jahr noch schöner.«

»Kann sein.«

»Hast du sie in *Mein blinkender Fisch* gesehen?«

»Ja.«

»Das rote Kleid auf dem Filmplakat ist schon der Hammer, aber noch viel schöner fand ich sie in der Szene im Landhaus. Da hat sie einfach nur Jeans und T-Shirt getragen, aber das reicht bei ihr völlig. Und so kommt auch ihr Gesicht viel besser zur Geltung. Und wie sie sich dann zwischen den Sofas bewegt hat! Wie ein Tanz. Selbst wenn sie diesen wirklich großartigen Dialog ausgeblendet hätten, ich hätte stundenlang zuschauen können.«

»Also, du findest auch, dass ich sie nicht nochmal anrufen soll?«

»K… Keira Knightley?«

»Lara.«

»Oh! Nein, ich finde, du hast recht. Mal Geduld haben. Klingt sehr vernünftig. Und schließlich hast du gestern ja schon bei ihr angerufen. Alles richtig.«

»Fein.«

»Genau.«

»Aber, nur mal angenommen, sie hat jetzt gerade, genau in diesem Moment, total Lust, dass wir uns heute Abend sehen?«

»Dann würde sie sich melden, oder?«

»Kann sein.«

»Eben.«

»Aber vielleicht braucht sie einfach einen kleinen Anstupser? Du weißt schon, dass sie nochmal kurz meine Stimme hört oder so?«

Franks Brille rutscht noch ein Stückchen weiter vor. Aber Frank wäre nicht Frank, wenn er die Hände benutzen würde, um sie wieder zurechtzurücken. Stattdessen schiebt er lieber seinen Hintern noch ein Stück weiter auf der Sitzfläche nach vorne, was wiederum seinen Kopf in eine noch tiefere Position bringt, was wiederum dazu führt, dass er ihn nach hinten kippen muss, um mich anzuschauen, was wiederum dazu führt, dass die Verbindungslinie zwischen seinen und meinen Pupillen weiterhin durch die Gläser führt, die nun ganz vorne auf seiner Nasenspitze sitzen.

»Weißt du, Kai, es ist genau wie im Film. Es gibt Anruftypen, und es gibt Gentlemantypen. Anruftypen denken nicht lange nach, die rufen einfach an und quatschen los. Und die können das. Die reden und reden. Bis sie am Ziel sind. Oder eben nicht. Aber du bist eindeutig Gentlemantyp. Du wartest geduldig, bis dir das Wild von selbst vor die Flinte läuft.«

»So.«

»Oder eben nicht.«

»Und woher willst du wissen, dass ich kein Anruftyp bin?«

»Anruftypen denken nie darüber nach, ob sie anrufen sollen.«

Frank macht einen lässigen Schlenker mit seinem Kopf, und die Brille sitzt auf einmal wieder dort, wo sie bei normalen Menschen auch sitzt. Manchmal glaube ich, er ist der einzige Mensch der Welt, der so etwas kann.

»Ich muss dann langsam mal. Ich habe Irena versprochen, dass wir heute zusammen in den Sonnenuntergang joggen. Wünsch mir Glück.«

Ich bezahle, und wir schlendern los. Franks Fahrrad steht an der nächsten Straßenecke. Er schließt in aller Ruhe das riesige Kettenschloss auf, mit dem seine schwarze 50er-Jahre-Damenschaukel an das Straßenschild angeknotet ist. Einen Meter hinter ihm saust ein 30-Tonner mit Getöse vorbei, der von einer acht Mann starken Bikerhorde verfolgt wird. Der Luftzug reißt den halben Inhalt des überfüllten Mülleimers am Verkehrsschild nebenan mit. Und ich frage mich mal wieder, ob Frank so etwas nicht bemerkt oder ob er es einfach nicht so wichtig findet.

»Dann bis morgen, Kai. Wir telefonieren nochmal wegen treffen und so.«

Er nickt mir zu. Seine Haare sind durch den Schwerlastverkehr ein bisschen in Unordnung geraten.

»Okay. Und du findest wirklich, dass ich kein Anruftyp bin?«

»Definitiv nein.«

Ich schaue mir an, wie Frank auf seinem Gefährt im

Blechstrom verschwindet. Währenddessen spüre ich, dass eine Hand in meine Tasche greift und mein Handy herausholt. Meine Hand.

LARA Was ist eigentlich so schwer daran, einen Fuß vor den anderen zu setzen? Ich tue das schon mein ganzes Leben minus zwei Jahre. Aber noch nie hat es mich dermaßen genervt, dass ich nach einem Schritt gleich schon wieder den nächsten machen muss. Kann nicht wenigstens ein Mal im Leben mein Haus zu mir kommen anstatt ich zu ihm? Und sich anschließend zu mir herunterbeugen und mich sanft durch eins seiner Fenster einsaugen, so dass ich von selbst auf meine Couch purzele?

Dann würde ich sogar an mein Handy gehen, das gerade sanft in meiner Tasche »Zirrrp! Zirrrp!« schnurrt. Aber laufen und gleichzeitig telefonieren, das geht heute einfach nicht. Oder setze ich mich kurz in diesen Hauseingang mit den einladenden Treppenstufen? Ja, genau das mache ich. So, das hat mein Haus jetzt davon, dass es nie zu mir kommt. Es ist ... Oh Gott!

»Larhara Rahautenberg.«

»Hallo Lara, hier ist Kai. Wie gehts denn immer so?«

»Och, ganz okay. Und selbst, also dir?«

Kann ich ein Mal normal reden, wenn er am Telefon ist?

»Also mir gehts ganz wunderbar. Nein, stimmt nicht. Mir ginge es ganz wunderbar, wenn ich dich mal wieder sehen würde. Ich weiß nicht, du hast wahrscheinlich viel zu tun, was? Aber wenn du irgendwann mal Zeit hast, also ... Ich würde mich wirklich riesig freuen.«

Kurzer Check – ich sitze. Gut. Falls ich gleich vor Freude umfalle, wird es also nicht ganz so schlimm. Ich muss nur aufpassen. Es sind Steinstufen ... Oh, ich sollte auch noch was antworten. Klar. Schnell an Kerstin denken. Regel zwei: Mach es ihm nicht zu leicht.

»Ja, gerne. Also im Schonprinzip ja.«

Wieder verhaspelt. Aber sonst war es doch gut, oder? Mit »im Prinzip« mache ich es ihm nicht zu leicht, aber auch nicht zu schwer. Das Dumme ist nur, nach Im-Prinzip-Sätzen muss irgendwie immer noch ein zweiter Satz dazu.

»Vielleiiiiiicht ...«

...

Mist! »Vielleiiiiiicht« reicht nicht, ich brauche einen ganzen Satz. Warum habe ich überhaupt »vielleiiiiiicht« gesagt? Das war ganz verkehrt! Jetzt muss ich einen Vorschlag machen. So was Blödes!

»Vielleiiiiiicht ...«

»Kannst du zufällig heute Abend? Bisschen spontan, ich weiß schon. Es ist nur ...«

Es ist nur ...? Ja? Ja?

»Es ist nur ...«

Okay, ich habe keinen ganzen Satz rausgebracht, und er hängt jetzt auch fest. Ausgleich.

»Es ist nur ...«

»Vielleiiiiiicht ...«

...

»Also, ich glaubkann heute Abend.«

Wieso sage ich das, verflixt nochmal? Abgesehen davon, dass ich es ihm damit bestimmt wieder viel zu leicht mache, kann ich heute Abend unter keinen Umständen. Ich muss entweder schlafen oder mich für einen Zombiefilm engagieren lassen, aber ich darf mich auf keinen

Fall mit einem Mann treffen, den ich ... Na ja, eigentlich will ich ja gar nichts von ihm, also, nicht wirklich.

»Oh, schön, Lara!«

»Ja, auchschön.«

»Vielleiiiiiicht ...«

»Ja?«

»Vielleiiiiiicht ...«

Jetzt sitzt er in der Vielleiiiiiicht-Falle. Meine letzte Chance. Ich muss einfach nur sagen, dass mir gerade eingefallen ist, dass ich heute doch nicht kann. Damit mache ich nichts kaputt, oder? Komm, sag es, Lara, sag es einf...

»Vielleiiiiiicht ... Also, kennst du vielleicht das Chez Maurice?«

Nein! Kai befreit sich selbst aus der Vielleiiiiiicht-Falle! Wie hat er das gemacht?

»Das ... was?«

»Das Chez Maurice. In der Linienstraße.«

Klar kenne ich das Chez Maurice. Dieses wunderbare, kleine, gemütliche französische Restaurant, in das ich früher immer gegangen bin, wenn es mal einen besonderen Anlass gab. Gar nicht so teuer, trotzdem im Moment völlig außerhalb meines Universums.

»Ich glaube ja ich doch.«

»Hast du Lust ... vielleiiiiiicht so um acht ...?«

Okay, kein Problem. Mir muss jetzt nur plötzlich einfallen, dass ich doch nicht kann. Ich sage ihm einfach, dass es mir total leidtut, aber ich habe da eben kurz diesen Termin mit einer alten Freundin vergessen, die heute mit mir ins Kino wollte, und das wäre doch eine Riesenenttäuschung für sie und bla. Und ich treffe mich gerne morgen mit ihm.

Und hey, morgen ist sogar Samstag, der Königstag schlechthin, da kann er wirklich nicht meckern! Und selbst wenn Adrian irgendwas geplant haben sollte, das kriege ich schon geregelt … Hm, oder mache ich es ihm jetzt schon wieder zu leicht? Dauernd erscheint dieser Kerstin-Engel auf meiner Schulter und bremst. Oder ist es ein Teufel? … Aber nein, ich mache es ihm nicht zu leicht. Immerhin ruft er jetzt schon zum zweiten Mal an. Und ich gebe ihm für heute Abend auch noch einen Korb. Den Samstag hat er sich verdient. So! Ich schlage ihm das jetzt vor. Einfach morgen statt heute. Alles wird gut. Außerdem will ich ja nichts von ihm, also nicht wirklich. Komm, sag es!

»O… okay, um acht.«

»Ich versuche gleich mal einen Tisch für uns zu reservieren. Sollte eigentlich noch klappen, was meinst du, Lara?«

»Ja, sollte klappmüssen.«

»Und wenn nicht, setzen wir uns einfach noch bisschen an die Bar und warten, bis die ersten Früh-Esser gehen. Ich hab auf jeden Fall Zeit. Du auch?«

»Jede Menge.«

Nein!

KAI Ich sitze mal wieder alleine an einer Bar. Aber heute ist es okay. Ich freue mich so auf Lara, dass es mir sogar recht wäre, wenn sich die Zeit noch etwas dehnt. Gute Idee, diesmal ein Restaurant vorzuschlagen und nicht schon wieder einen DVD-Abend. Neutraler Boden, in Ruhe quatschen, einfach mal gucken. Wer weiß, vielleicht haben wir uns ja doch nicht verliebt? Obwohl, was mich betrifft, sehe ich da kaum Hoffnung.

War eigentlich klar, dass kein Tisch mehr frei ist, aber

das ist wunderbar. Sitzen wir halt ein bisschen an der Bar und trinken einen Aperitif. Und wenn sie großen Hunger hat, können wir auch schon ein kleines Amuse-Gueule bekommen, hat man mir gerade versprochen.

Nur mit den Schuhen habe ich mich auf ein Wagnis eingelassen. Braune Fullbrogue Oxfords! Einerseits: Ja, wenn ich ein Lieblingspaar Schuhe in meinem Schrank habe, dann ist es dieses. Wirklich was Besonderes. Vom Konstruktionsprinzip her sind sie Wholecuts. Dadurch fallen die verzierten Seitennähte weg und der Schuh wirkt viel weniger überladen als ein gewöhnlicher Fullbrogue. Und in einem gemütlichen französischen Restaurant mit leicht rustikalen Zügen, warum sollte man da nicht abends einen Fullbrogue tragen dürfen. Aber braun? Ich habe ewig hin und her überlegt und bin mir immer noch nicht sicher. Und solange ich hier auf dem Barhocker sitze, sind meine Schuhe auch noch so richtig schön für jeden sichtbar, wie auf dem Präsentierteller.

Mal unauffällig schauen, was die anderen Männer so tragen ... Schwarz, schwarz, schwarz ... Aber was für ein hässliches, minderwertiges Zeug die sich anzuziehen trauen! Plastiksohlen, falsche Nähte, eckige Vorderkappen. Einer hat sogar Sandalen an. Ah, hier am Nebentisch sind ein paar braune Schuhe. Fürchterlich. Ein abgewetztes Freizeitmodell mit Klettverschlüssen. Wie kommt es nur, dass ...

»Hallo Kai! Hast du was verloren?«

»Uh! Hallo Lara. Schön, dich zu sehen! Nein, mir gefällt nur ... das Parkett.«

»Schöne Schuhe sind das.«

»Och, nicht der Rede wert.«

LARA Ich weiß zwar wirklich nicht den Unterschied zwischen diesen Schuhen und all den anderen, die Kai hat, aber ich glaube, es war eine gute Idee, sie zu loben. War nicht zu übersehen, wie der sich gefreut hat. Irgendwie ... süß. Ja, süß. Hey, es ist völlig okay, Männer süß zu finden. Man darf es nur nicht in ihrer Gegenwart aussprechen.

Hoffentlich freut er sich so darüber, dass er den ganzen Abend lang nicht merkt, wie fertig ich bin. Schon allein aussehenstechnisch ist mein Zustand eine schwere Hypothek. Was hat Kerstin nochmal gesagt? Irgendwas mit Ringen unter den Augen und Leichen, nicht wahr? Noch schlimmer ist aber, dass ich so müde bin. Zu Hause ging es noch, aber nachdem ich mich die Treppe runtergequält hatte, musste ich ständig dem Drang widerstehen, mich einfach an den nächsten Baum zu lehnen und erst mal eine Runde zu ratzen. Und hier im Restaurant ist es sogar noch schlimmer. Was müssen die auch so angenehm schummeriges Licht haben? So eine freundlich gleißend hell strahlende Supermarkt-Neonbeleuchtung, unterstützt durch ein paar Flutlichtmasten, das wäre doch mal was anderes! Mit dem Funzelgeschimmer komme ich nur auf blöde Gedanken. Da in der Nische zwischen dem Garderobenständer und dem Durchgang zur Toilette zum Beispiel. Das würde doch keinem Menschen auffallen, wenn ich mich da mal kurz hinlege.

Ich habe richtig Angst, mich auf den Barhocker zu setzen. Das macht mich nur noch müder. Aber vielleicht muss ich das auch positiv sehen. Wenn ich gleich mit dem Kopf auf die Bar knalle, haben wir wenigstens Gesprächsstoff. Ein Gutes hat das Ganze auf jeden Fall: Wenn man so müde ist, kann man unmöglich aufgeregt sein. Zum Beispiel habe ich gerade, wenn ich richtig gezählt habe, zwei komplett fehlerfreie Sätze herausgebracht. Und wenn ich einfach weiterrede, kriege ich vielleicht auch das mit der Müdigkeit in den Griff. Man kann doch unmöglich mitten im Satz einschlafen, oder?

Also, reden gegen einschlafen, ich versuche das einfach mal. Nur, was redet man jetzt mit dem Mann, mit dem man vorgestern geschlafen hat, von dem man aber nichts will, also nicht wirklich, also den man ... Egal. Die Frage war, was rede ich? Ein herzerfrischendes: »Und, wie war dein Tag?« Nein, auf keinen Fall. Immerhin ist ja so einiges zwischen uns gewesen, da kann man doch nicht so scheinheilig-harmlos anfangen. Was geht sonst? »Und, sind deine Flaschen schon leer?« Und dazu grinsen? »Und, bist du verliebt?« Und dazu gucken wie die Mona Lisa? Oder wie Bette Davis in *All about Eve*? Kann ich das überhaupt? Oder sage ich: »Und, wie geht es dem niedlichen kleinen Leberfleck neben deinem Bauchnabel?« Oder sind das zu viele Worte für den ersten Satz?

Oh Mann, jetzt noch einen Moment gezögert, und wir haben die erste Verlegenheitspause. Warum sagt er eigentlich nichts? Nur so als Einstieg. Das wäre viel einfacher. Nur bitte kein Kompliment über mein Aussehen heute. Ich glaube, dann müsste ich ihn verprügeln. Oh, er macht den Mund auf. Ja, sehr gut. Gibs mir! Einfach ein Stichwort ...

»Und, wie war dein Tag?«

KAI Kann man doch erst mal fragen, oder? Okay, es ist die Frau-mit-der-ich-vorgestern-geschlafen-habe-und-in-die-ich-mich-verliebt-habe-obwohl-ich-mich-nicht-verlieben-wollte-aber-hilft-ja-nichts, trotzdem spricht doch nichts dagegen, schön dezent ins Gespräch einzusteigen.

»Oh, danke, gutgut, fein. War eine Menge los. Heute Vormittag habe ich zufällig Ronald Fahringer von Reifenfilm auf der Straße getroffen. Er hat mich ein Stück in seinem blauen Jaguar mitgenommen und mir von *Rauchende Endtöpfe* erzählt, das ist der Actionfilm, den sie gerade drehen. Hört sich nach belanglosem Krawall an, ist es aber nicht. Da geht es auch ganz viel um bunte Gefühle, die hin- und hersausen und …«

»Bunte Gefühle, die hin- und hersausen?«

»Muss man wohl gesehen haben, um es zu verstehen.«

»Ein Getränk für die Dame?«

»Ein Mineralwasser und einen doppelten, äh, vierfachen Espresso.«

»Keinen Cocktail, Lara? Die haben Campari da, ich habe schon nachgeschaut.«

»Heute nicht.«

Was war das gerade für ein Ausdruck auf ihrem Gesicht? Sah irgendwie aus wie »HUWÄÄÄRX«. Aber sonst scheint es ihr gutzugehen. Sie redet wie ein Wasserfall. Muss wohl, im Gegensatz zu mir, einen aufregenden Tag gehabt haben. Aber irgendwas ist auffällig an dem, was sie die ganze Zeit erzählt, oder? Ich komme nur nicht drauf.

LARA Mist! Es kann nur noch Sekunden dauern, bis er merkt, dass ich in Wirklichkeit gar nichts erlebt habe, sondern alles spontan erfinde, um mein Anti-Einschlaf-Redeprogramm am Rollen zu halten. Dämlicherweise leite ich meine Erfindungen von den Dingen ab, die ich durchs Fenster sehe, und leider sind das nur Autos. *Reifenfilm,* so ein Schwachsinn! Ich muss ganz schnell ein Thema finden, bei dem ich viel quasseln kann, ohne mir was auszudenken. Kalims entsetzliche Buntsüß-Cocktails von gestern Abend wären perfekt, nur dreht es mir allein beim Gedanken daran sofort den Magen um.

Aber bevor ich den Karren hier völlig gegen die Wand setze, höre ich lieber auf zu quasseln und lasse es drauf ankommen. Er soll was sagen, und ich versuche einen Punkt zu finden, an dem ich einhaken kann. Wenn ich mich zusammenreiße, müsste ich es doch schaffen, ein paar Minuten wach zu bleiben, ohne zu reden. Und wenn nicht, auch egal.

Leider muss ich noch die letzte Kurve kriegen, bevor ich mit dem Quasseln aufhören kann. Und die ist nun wirklich haarig. Gerade sind nämlich ein Linienbus und ein Schrottlaster vorbeigefahren, und ich habe mich erzählen hören, dass ich heute Nachmittag mit dem Bus zum Autofriedhof gefahren bin. Bus ist ja okay, aber was zur Hölle wollte ich auf dem Autofriedhof? Ich könnte mich ohrfeigen!

KAI Mannomann, wirklich kein schlechtes Leben, so als Filmmensch. Nicht dauernd Bürostuhl, Computer, Telefon, Kaffeemaschine. Lara hat den ganzen Nachmittag den Autofriedhof in der Gottlieb-Dunkel-Straße als Drehort für den Fernsehkrimi *Blechgasse* ausgekundschaftet. So was würde ich zur Abwechslung ja auch gerne mal tun. Apropos, ich sollte ihr vielleicht davon erzählen, was ich so mache. Hier immer nur rumsitzen und zuhören, das macht so einen dämlich passiven Eindruck, oder? Aber was sage ich dann? Dass mein Büro eine glamouröse Villa für ein schwerreiches Münchener Ehepaar baut, klingt erst mal toll, aber wenn ich dann zugeben muss, dass der Entwurf nicht von mir ist, sondern dass wir nur die Bauleitung übernehmen, sprich den Job, der der Stararchitektin zu langweilig ist, dann ...

»... jedenfalls ist dieser Schrottplatz völlig ungeeignet. Einfach zu unschrottig. Aber wir haben ja noch genug Zeit, einen anderen zu finden. Und was hast du so getrieben?«

»Oh, ich hab am Entwurf für einen Nachtclub gearbeitet.«

»Wow, echt jetzt?«

Von wegen. Das Projekt ist zwei Jahre her und der Clubbetreiber kurz nach Baubeginn wieder abgesprungen. Seitdem warten die bereits fertig verlegten Leitungen traurig im Dunkeln darauf, endlich angeschlossen zu werden. Und ich muss immer noch meinem Honorar hinterherrennen.

»Ja. Macht auch ganz schön Spaß. Im Moment ist es nur ein verlaustes, finsteres, total seltsam geschnittenes Kellerloch ...«

Das ist nicht gelogen.

»... und man kann sich überhaupt nicht vorstellen, dass sich da eines Tages von Kopf bis Fuß aufgebrezelte Glamourgestalten die Nächte um die Ohren schlagen werden.«

Das ist auch nicht gelogen.

»Das war übrigens mit ein Grund, warum ich mir neulich bei dieser Clubfeier mal die Damentoilette anschauen wollte.«

Das ist allerdings schwer gelogen.

»Tatsächlich?«

»Ja. So eine Damentoilette ist ja, ähm, durchaus auch ein ziemlich wichtiger Raum in einem Club. Wenn man überlegt, was da alles ...«

Was rede ich da?

LARA Ja! Endlich begreift es mal einer! Die Damentoilette ist wichtig!

»... aber vielleicht ist das auch nur eine sehr verschrobene Sichtweise.«

»Nein, Kai! Überhaupt nicht! Die Damentoilette ist sogar der wichtigste Raum im ganzen Club. Sag schon, wie fandest du diese Damentoilette, in der wir uns getroffen haben?«

»Nun ja, nicht übel.«

»Tatsächlich? *Nicht übel?*«

»Die grauen Fliesen, oder waren sie dunkelblau? Na ja, jedenfalls, irgendwie hatte das was ... Okay, ich hab ja auch nur kurz schauen können, dann musste ich schon verschwinden. Ähm, wie fandest du sie denn?«

»Gut. Fangen wir bei den Spiegeln an ...«

KAI Unglaublich, wie viel diese Frau am Stück reden kann. Als sie vorhin hereinkam, hatte ich noch den Eindruck, dass sie etwas erschöpft ist, aber da habe ich mich wohl sehr getäuscht.

Und sie hat ja so was von recht. Die Spiegel! In einer Club-Damentoilette braucht man natürlich eine ganze Armee davon. Warum habe ich beim Entwerfen nie daran gedacht? Und man muss sich gut unterhalten können, während man da reinschaut. Und das Licht muss so sein, dass man sich schön findet, so wunderschön, dass man sich nach dem Toilettenbesuch mit einem bis zum Platzen aufgeblähten Selbstbewusstsein wieder ins Getümmel stürzen kann. Was noch? Klar, die Akustik. Im Gegensatz zu Männern unterhalten sich Frauen auf der Toilette. Und man muss sich diskret unterhalten können. Auf keinen Fall lange Nachhallzeiten. Am besten, man fühlt sich wie in einem gehobenen Hotelrestaurant mit dickem Teppichboden. Und die räumliche Aufteilung ...

Noch bevor mir klar wird, was ich tue, habe ich eine Papierserviette auf der Bar ausgebreitet und begonnen, mit dem Stift darauf herumzumalen. Alter Architektenreflex. Macht man immer dann, wenn man auf keinen Fall eine gute Idee vergessen will. Ich merke zwar, dass mich Lara und die Bedienung komisch anschauen, aber das bin ich gewöhnt.

Ich zeichne den Grundriss des nicht gebauten Kellerclubs grob aus dem Gedächtnis auf.

»Okay, Lara, jetzt sag mal, wie würdest du in diesen Räumen die Damentoilette planen?«

»Kann ich den Stift haben?«

Ihre Blicke schießen über die Skizze, als hätte sie nie etwas anderes getan. Man kann die Denkfunken in ihrem Kopf knistern hören.

»Wie weit ist es von dieser Wand bis zu der da?«

»Drei Meter zwölf.«

»Ist das breit?«

»Etwa so breit, wie die Bar hier lang ist.«

»Viel zu klein. Warum nimmst du nicht noch den Raum daneben dazu? Muss man doch nur die dünne Wand hier wegkloppen, oder geht das nicht?«

»Schon, aber das ist der Technikraum. Ach egal, mach einfach weiter.«

»Okay, wir nehmen den Raum dazu und packen da die Toilettenkabinen rein. Die beiden Wände sind dann frei für viele Waschbecken und Spiegel. Dann hätten wir hier Platz für ein kleines Sofa und ...«

»Ein Sofa?«

»Natürlich ein Sofa. In eine perfekte Damentoilette gehört ein Sofa. Ein rotes Plüschsofa mit goldenen Troddeln an den Armlehnen, wie in *Kobolds Traum*. Da kann man warten, bis der nächste Spiegel frei wird. Wäre noch Platz für eine kleine Sektbar? Ah ja, klar, hier.«

»Lara, das ...«

»Schweig, das ist meine Damentoilette! Da muss eine Sektbar rein. Du schuldest mir eine Sektbar. Allein schon für den Schreck, den du uns eingejagt hast, als wir Sonntagnacht deine Schuhe unter der Kabinenwand gesehen haben.«

»Na gut.«

»Und hier in der Ecke brauchen wir einfach Platz, wo man rumstehen und sich ungestört unterhalten kann. Vielleicht mit Teppich an der Wand, so dass man sich anlehnen kann? Au ja, unbedingt Teppich. Was Weiches. Mit Wolle.«

LARA Es klappt! Jetzt bin ich wieder richtig wach. Und das Beste: Ich muss mich gar nicht anstrengen, um dauernd zu reden. Es fließt die ganze Zeit einfach so aus mir heraus. Wusste gar nicht, dass ich im Lauf der Zeit so viel über Damentoiletten nachgedacht habe. Was bin ich für ein Freak. Aber es macht solchen Spaß!

Auf der Serviette vor uns entsteht nach und nach eine Damentoilette, die es alleine schon wert wäre, diesen Club zu besuchen. Hoffentlich wird er bald gebaut. Ich kann es kaum erwarten, sie in echt zu sehen. Er wird sie doch so bauen lassen? Oh bitte, er muss!

KAI Mir bleibt der Mund offen stehen. Damentoiletten! Was für ein Potential da drinsteckt! Aber als armer Architektenwicht bist du ja immer bis über beide Ohren mit Fliesenplänen, zweiten Rettungswegen und Bauordnung Paragraf Hastenichgesehn beschäftigt. Man müsste sich einfach mal Zeit nehmen. Aber nicht einmal die Mitarbeiter haben da große Lust drauf. »Moha, du entwirfst die Damentoilette. Häng dich rein!« Der würde mich anschauen.

»… okay, und hier kommen Schließfächer für Handtaschen hin. Wenn man mal richtig tanzen will.«

Mannomann, sie ist Filmcutterin, und ich bin Architekt. Aber sie entwirft hier direkt vor meiner Nase in ein paar Minuten einfach so die zweifellos tollste Club-Damentoilette aller Zeiten. Kann ich mir das bieten lassen? Wie stehe ich denn jetzt da?

»Und wäre es technisch möglich, Videokameras zu installieren und Livebilder von der Bar und der Tanzfläche und den wichtigsten Rumsteh-Ecken in die Damentoilette zu übertragen? Am besten auf eine große Bildschirmwand, hier, direkt gegenüber vom roten Sofa.«

»Na klar, warum nicht.«

Die Bauherren haben das Projekt damals gekippt, weil sie am Ende kalte Füße gekriegt haben. Das Ganze sei einfach wieder nur ein Club wie jeder andere. »Die

Meute braucht schon irgendeinen Kracher vor den Latz geballert, sonst wird sie nicht heiß«, so hieß es, ich habe es noch im Ohr. Weder meine Idee, die Tanzfläche von einer überdimensionalen Kopfspiegelbirne mit Wechsellicht beleuchten zu lassen, noch ihr eigener Plan, nur brustrasierte Oben-ohne-Barmänner einzusetzen, hat sie am Ende überzeugt, und ich konnte meine Pläne in die Schublade packen. Aber Laras Damentoilette, die hier gerade vor meinen Augen auf einer Papierserviette entsteht – Junge, Junge, das wäre es gewesen! Ich bin ganz sicher.

»Sooo ... das wäre es in etwa.«

Sie wirft einen letzten kritischen Blick auf ihr Kunstwerk.

»Halt, irgendwo brauchen wir noch ein kleines Regal mit kostenlosen Creme- und Duftproben. Natürlich nur von den edelsten Edelmarken. Hier. Gleich neben dem roten Sofa.«

»Vielleicht noch ein Tisch mit Zeitschriften?«

»Wo denkst du hin? Das ist ja schließlich ein Club, kein Café.«

Schon wieder hat sie recht. Wie komme ich aus der Nummer wieder raus, ohne als Komplettversager dazustehen? Ich fürchte ... Ja, doch, ich muss es tun.

»Meinst du, das könntet ihr so bauen?«

»Bauen auf jeden Fall.«

»Echt?«

»Klar. Ich sehe da nur ein klitzekleines Problem.«

»Der fehlende Technikraum?«

»I wo. Den kriegen wir woanders unter.«

»Was dann?«

»Es gibt keine Tür.«

LARA Was für ein Arsch!
Das hat er doch mit Absicht gemacht! Lässt mich die ganze Zeit machen, guckt genüsslich zu und freut sich drauf, mich am Ende bloßstellen zu können. Aber das wollen wir doch mal sehen! So eine lächerliche Tür kriege ich auch noch rein. Hier ... Nein, dann rennt man gleich gegen das Sofa ... Aber hier, einfach ein Spiegelplatz weniger ... Nein, für so einen läppischen Toiletteneingang opfere ich doch keinen Spiegel ... Aber hier. Das passt. Ha!

»So, Problem gelöst.«

»Leider nein.«

»Was?«

»Siehst du dieses Quadrat?«

»Ja, klar. Aber wenn die Wand weg kann, kann das doofe Quadrat doch auch weg. Was ist das überhaupt?«

»Eine tragende Stütze.«

»Oh.«

»Aber wenn ich einen Vorschlag machen dürfte ...«

Spar dir dein arrogantes Gehabe! Schon allein wenn ich dieses selbstzufriedene Gesicht sehe, könnte ich sofort reinhauen!

»Es wäre nämlich überhaupt kein Problem, an dieser Stelle hier zwei Toilettenkabinen wegzunehmen. Die übrigen reichen immer noch dicke. Dann wäre hier Platz für die Tür, und wir haben eine kleine Ankommzone geschaffen und den Bereich mit dem roten Sofa schön ins Zentrum gerückt. Die Wand hier verlängern wir noch ein bisschen, dann sind die Toilettenkabinen besser von der Rumstehzone mit den Teppichwänden abgetrennt, und fertig.«

Ja, fein, hast du es dem kleinen Mädchen gezeigt! Bist ein ganz toller Hecht!

KAI Ich bin immer noch so klein mit Hut. Ob ihr klar ist, was sie da gerade für ein Kunstwerk vollbracht hat? Seltsam, eben war sie noch so begeistert bei der Sache, aber jetzt schaut sie irgendwie müde drein. Na ja, vielleicht ist sie nun doch ein wenig erschöpft. Kein Wunder, immerhin musste sie heute schon ein paar Stunden auf einem Schrottplatz herumlaufen.

»Entschuldigung, der Tisch links am Fenster ist frei geworden. Wollen Sie dort Platz nehmen? Ich bringe Ihre Getränke hin.«

»Klingt gut. Was meinst du, Lara?«

»Von mir aus.«

Ich kenne das. Wenn man eine gute Idee hat, will die einfach raus. Da verausgabt man sich völlig. Und danach fühlt man sich so leer. Genau der richtige Moment für gutes Essen mit feinem Wein. Das wird sie wieder hochziehen. Ich nehme die Serviettenskizze in die Hand wie ein rohes Ei. Wir gehen zu unserem Tisch und setzen uns. Die Bedienung reicht uns die Karten.

»Kann ich die Skizze behalten, Lara?«

LARA »Von mir aus.«

Jetzt tut er auch noch so, als ob es ihm wichtig wäre. Hat genau gemerkt, dass er sich danebenbenommen hat, und versucht gutes Wetter zu machen. Erbärmlicher Klugscheißerwicht! Wenigstens bin ich jetzt so sauer, dass ich überhaupt nicht mehr müde bin.

Ein Glück, dass man sich so gut hinter den riesigen Speisekarten verstecken kann. *Gebratene Jakobsmuschel an Kohlrabi und Aprikose.* Was war das? Hochinteressante Empfindung. Wusste gar nicht, dass ich die noch haben kann, aber doch, ja, kein Zweifel, es ist Appetit! Wer hätte das gedacht. Oho, und meine Laune wird auch gleich besser. Vielleicht tue ich ihm ja unrecht. Okay, ich habe die Tür vergessen. Und die braucht man halt. Hat er sich nur ein bisschen im Ton vergriffen. Irgendwie mag ich ihn trotzdem. Ich will zwar nicht wirklich was von ihm, aber es ist einfach schön, mit ihm hier zu sitzen und ganz viel Zeit zu haben. Unglaublich, wie unverkrampft das mit ihm geht, obwohl wir zwar voneinander wissen, wie wir klingen, wenn wir einen Orgasmus haben, uns aber sonst noch kaum kennen.

»Ich hoffe, da ist etwas für dich dabei?«

»Ich schwanke gerade zwischen dem Tatar vom argentinischen Rinderfilet mit Bratkartoffeln und der Lausitzer Taube mit Maronen, Kirsche und Steinpilzschupfnudeln. Und du?«

»Als Vorspeise auf jeden Fall Topinamburemulsion auf Perigord-Trüffel und Preiselbeere. Und das Tatar habe ich auch schon im Visier gehabt. Ach, ich nehm das jetzt einfach. Kannst gerne heimlich probieren.«

»Okay, dann nehme ich die Lausitzer Taube. Und … einfach Salade de la mer als Vorspeise.«

Karte zugeklappt. Freies Blickfeld. Ja, schon gut, ich finde ihn immer noch sexy. Auf eine bestimmte Art halt. Und er hat netterweise wieder die Bartstoppeln. Wenn ich nicht aufpasse, ist mein Ärger gleich ganz verflogen. Da muss ich echt aufpassen. Erstens brauche ich den, um wach zu bleiben, zweitens soll der Kerl erst mal zeigen, dass er sich wirklich benehmen kann. Ich bin bereit, ihm zu verzeihen. Aber mehr nicht.

»Sie haben gewählt?«

»Oh ja.«

Er lässt mir den Vortritt beim Bestellen. Reizend. Adrian bestellt immer für uns beide, bevor ich überhaupt den Mund aufmachen kann. Und wenn französische Gerichte dabei sind, spricht er sie so falsch aus, dass ich rot werde. Bin ich immer froh, wenn das vorbei ist.

Ja, doch, Kai kriegt gerade die Kurve bei mir. Ich fürchte es jedenfalls.

Tiritt-tiritt-tiritt!

KAI Ich habe den Taxifahrer angeschrien, er soll Gas geben. War wahrscheinlich überflüssig. So wie der dreinschaut, fährt er rund um die Uhr ohne jede Rücksicht auf Verluste. Und ich sollte auch endlich meine Versuche beenden, die Fahrt zu beschleunigen, indem ich mit beiden Händen von hinten gegen die Beifahrerlehne drücke. Viel besser, wenn ich die Zeit nutze, um noch einmal ganz ruhig die Fakten zu ordnen, die mein Handy vor ein paar Minuten ausgespuckt hat.

Also:

Großonkel Karl hat sich mit seinen Greisenkollegen Herrn Andrischek und Herrn Hurzenberger sowie einem Zivi im Heizungskeller des Altenheims eingeschlossen.

Gut.

Und sie machen dort Musik.

Fein.

Und sie machen »eine Musik, so wat Seltsames ham Se noch nie jehört«, Zitat Altenheim-Hausmeister Herr Frickel.

Bestens.

Und sie machen das seit geschlagenen acht Stunden. Anscheinend haben sie Essensvorräte mitgenommen.

Wunderbar.

Der Haken an der Sache:

Der Hauptsicherungskasten des Altenheims ist im Heizungskeller angebracht. Und ausgerechnet heute Abend hat eine Sicherung den Geist aufgegeben. Und dann auch noch ausgerechnet die Sicherung, die die Regelmodule der Heizung mit Strom versorgt. Und deswegen droht ausgerechnet heute Abend eine infernalische Gasexplosion, die Großonkel Karl plus Band samt dem ganzen Altenheim in die Erdumlaufbahn schießen würde. Und Großonkel Karl und Konsorten machen die Tür nicht auf, weil sie dafür ja die Musik unterbrechen müssten. Und das würde dem Konzept ihrer Protestaktion widersprechen. Und so weiter.

Ich bin zuversichtlich, dass ich das irgendwie regeln kann, ich hoffe nur, ich komme rechtzeitig ... Hm. Toll fand Lara es bestimmt nicht, dass ich sie von einer Minute auf die andere habe sitzen lassen. Und »Ich muss ganz schnell weg, ich erkläre es dir, bin sofort wieder da« waren sicher nicht die besten Worte, um mich zu rechtfertigen. Ich rufe sie besser nochmal an. Sie soll einfach in Ruhe das Essen genießen. Vielleicht bin ich wirklich schon zum Hauptgang wieder zurück.

...

Oh, ihr Handy ist aus. Aber vielleicht sollte ich mir auch nicht so viele Gedanken machen.

LARA Ich habe es geschafft! Ich bin im Bett. Ich liebe es. Es ist so schön ... weich! Aaaaaah! Und Kai kann sich gehackt legen. Er ist wirklich einfach nur ein blöder Ar... chrrrrrrrrr ...

KAI »Eine Musik, so wat Seltsames ham Se noch nie jehört.« Ich muss sagen, das war untertrieben. Großonkel Karls Hammondorgel tönt so laut und fies wie noch nie. Und das, obwohl ich sie nur durch das Kellergitter höre. Die Leute, die das Monstrum repariert haben, haben es wirklich gut gemeint. Und er spielt Sachen, die er noch nie gespielt hat ... Warte mal, das kenne ich doch. Ist das nicht dieser Superhit von Nirvana, na, wie hieß er noch mal? Genau, *Smells like Teen Spirit*. Dazu eine trockene Elektrogitarre, ein kräftiger Bass und ein treibendes Schlagzeug. Abgefahren. *Smells like Teen Spirit* auf der Hammondorgel.

Ich schüttele den Kopf und gehe zum Eingang. Keine Minute später stehe ich zusammen mit Hausmeister Frickel vor der Heizungskellertür und versuche Kontakt mit der merkwürdigen Band dahinter aufzunehmen.

»OOOOONKEL KAAAAAARL!!! ICH BINS, KAI! KANNST DU MICH HÖÖÖÖÖREN?!!!«

»JA. BRAUCHST NICHT SO ZU SCHREIEN.«

Verständigen können wir uns schon mal. Ein Glück. Aber sie spielen einfach weiter. Klar. Gehört ja zum Konzept. Jetzt nur nicht mit der Tür ins Haus fallen. Lieber Schritt für Schritt annähern. Und dabei nicht an die Sache mit dem Gas denken.

»WARUM SPIELT IHR *SMELLS LIKE TEEN SPIRIT*?«

»ICH WOLLTE WIEDER DIE NATIONALHYMNE IN MOLL SPIELEN, ABER DEM LIEBEN HERRN ZIVI AM BASS WAR DAS JA AUF DIE DAUER ZU LANGWEILIG.«

»VERSTEHE.«

»ABER INZWISCHEN GEFÄLLT MIR *SMELLS LIKE TEEN SPIRIT* EHRLICH GESAGT SOGAR GANZ GUT.«

»MIR AUCH. *SMELLS LIKE TEEN SPIRIT* AUF DER HAMMONDORGEL, DAS MUSS MAN ERST MAL BRINGEN.«

»DANKE. IST SONST NOCH WAS?«

»NA JA, DU WEISST SCHON, HERR FRICKEL MUSS AN DEN SICHERUNGSKASTEN, WEIL, NUN, DU KENNST DAS PROBLEM. KÖNNTET IHR NICHT ...«

»NEIN, WIR KÖNNEN NICHT AUFMACHEN.«

»WEIL IHR DANN UNTERBRECHEN MÜSSTET?«

»GENAU. EINE STARKE POLITISCHE AUSSAGE BRAUCHT AUCH EINE STARKE STIMME.«

»MAL GANZ EHRLICH, ONKEL KARL, WAS GLAUBST DU, WIE VIELE LEUTE SICH DAS JETZT GERADE IM INTERNET ANSEHEN? HABT IHR PRESSEARBEIT GEMACHT? WEISS ÜBERHAUPT JEMAND DAVON? UND SELBST WENN, WAS GLAUBST DU, WIE VIELE LEUTE IN DER LAGE SIND, WWW.HOLTDIEJUNGSAUSAFGHANISTANZURUECK.DE FEHLERFREI EINZUTIPPEN, HM?«

»UND WENN ES NUR EINER IST, DER ERZÄHLT DANN SEINEN FREUNDEN DAVON UND SO WEITER. AUCH EIN KLEINER STEIN KANN EINE LAWINE AUSLÖSEN.«

»OKAY, VERSTANDEN. ANDERER VORSCHLAG: BEI *SMELLS LIKE TEEN SPIRIT* KOMMT DOCH AM ANFANG DER STROPHE IMMER DIESES VORSPIEL, BEI DEM DIE GITARRE NUR *DA DIM* MACHT UND DIE ORGEL AUSSETZT.«

»JA.«

»KÖNNT IHR DIESEN TEIL NICHT EINMAL EIN BISSCHEN LÄNGER SPIELEN? DANN HÄTTEST DU GENUG ZEIT, AUFZUSTEHEN UND HERRN FRICKEL REINZULASSEN.«

»DAS IST EINE WIRKLICH GUTE IDEE, KAI. WÜRDE AUCH MUSIKALISCH ETWAS ABWECHSLUNG IN DIE AKTION BRINGEN.«

»IHR DÜRFT AUCH DIE GANZE NACHT WEITERMACHEN, WENN IHR WOLLT.«

Ich sehe Herrn Frickel an, er nickt. Die nächste Strophe beginnt, die Gitarre macht »da dim«, die Orgel setzt aus, und wenige Augenblicke später höre ich, wie sich ein Schlüssel im Türschloss dreht. Die Tür öffnet sich, und Großonkel Karl winkt Herrn Frickel herein. Wenn doch immer alles so einfach wäre.

Noch bevor die Orgel wieder einsetzt, ist der gute Mann auch schon zurück.

»Oh, das ging ja schnell mit der Sicherung, Herr Frickel.«

»Ach wat, Sicherung. Der Sicherungskasten is janz woanders.«

»Wie? Aber die Heizung ... das Gas ...?«

»War nur'n Vorwand.«

»Aber warum ...?«

»Weil ick heut Morgen dit Jerät hier drin verjessen hatte.«

»Ihre Lesebrille?«

»Jenau. Freitag brauch ick die. Da hab ick immer meen Majazin mit die künstlerisch wertvollen Fotos im Briefkasten.«

»Also wirklich, Herr Frickel, deswegen bin ich jetzt ...«

»Soll ick nächstes Mal lieber die Heimleitung rausklingeln?«

»Ähm, nein.«

Samstag

KAI Samstag elf Uhr ist eine großartige Zeit. Ich habe gefrühstückt, die Zeitung gelesen und genieße das atemberaubende Gefühl, dass alle nennenswerten Schuhgeschäfte der Stadt jetzt offen haben. Alle paar Wochen breche ich zu dieser Stunde auf, um zwei oder drei von ihnen zu besuchen. Schon die Zeit, die ich damit verbringe, um den Savignyplatz herumzukurven und einen Parkplatz zu suchen, ist ein einziges Fest der Vorfreude. Ganz zu schweigen vom anschließenden Spaziergang Richtung Bleibtreustraße und Ku'damm, bei dem ich meine Füße so langsam voreinander setze, dass die Leute mich manchmal für einen Aktionskünstler halten.

Heute ist es natürlich anders. Ich brauche ein Paar neue cognacbraune Fullbrogue Oxfords. Die, die ich gestern getragen habe, möchte ich nicht mehr anziehen. Es können noch so erlesene Schmuckstücke sein, sie erinnern mich viel zu sehr an Lara und den furchtbaren Abend. Nicht nur, dass sie sich in Luft aufgelöst hatte, als ich zurückkam, sie hatte mir auch keine Nachricht hinterlassen, nicht einmal eine SMS. Der Restaurantchef berichtete mir, dass sie gleich nach meinem Verschwinden am Tisch eingeschlafen sei. Nachdem die Bedienung sie vorsichtig aufgeweckt hatte, hat sie sich nur kurz die Augen gerieben und ist dann sofort gegangen. Da war nichts mehr zu machen. Ich bin auch nach

Hause, habe mir aufs Geratewohl zwei kräftige Drinks gemixt und konnte dann schlafen.

Was bin ich für ein Trottel. Zwei, drei kurze Sätze, dass ein Verwandter in Schwierigkeiten steckt und so weiter, hätten doch gereicht, und Lara hätte es verstanden. Aber ich muss natürlich gleich in Panik geraten. Warum eigentlich? Ich bin sonst nicht so. Selbst damals, als ich abends den Anruf gekriegt habe, dass auf der Baustelle Katzbachstraße die Geschossdeckenschalung eingestürzt ist, habe ich noch in Ruhe zu Ende gegessen, bevor ich hingefahren bin.

Andererseits, wenn es um Menschen geht, ist es natürlich was anderes ... Oder war es am Ende keine Panik? War es mir peinlich, über Großonkel Karl zu reden? Das sollte es nicht sein. Jeder, dem man die ganze Geschichte von Großonkel Karl erzählt, und den man am besten anschließend zur Untermalung ins Museum für Verkehr und Technik führt, versteht es.

Okay, dafür war gestern natürlich keine Zeit.

»Kann ich Ihnen helfen, oder gucken Sie bloß?«

Wer ist denn das? Ich habe ja kein Problem damit, dass sie bei Scholenbach Klassisches Schuhwerk neue Mitarbeiterinnen beschäftigen, aber bei ihr hier habe ich sofort ein komisches Gefühl. Ich sehe mich ängstlich um, doch von Frau Scholenbach oder Herrn von Kannstadt, die mich sonst immer bedienen, ist nichts zu sehen. Und das ausgerechnet heute.

»Ich suche ein paar cognacfarbene Fullbrogue Oxfords, möglichst mit ...«

»Also, da muss ich gleich mal einhaken. Wollen Sie einen Fullbrogue oder einen Oxford? Da müssen Sie sich schon entscheiden.«

»Wie bitte?«

»Ich zeige es Ihnen.«

Dieses beflissene Lächeln. So schaut man einfältige Großväter an, denen man über die Straße hilft.

»Hier, sehen Sie? Daaas ist ein Brogue. Der hat Lochverzierungen, die sogenannten Brogues. Deswegen heißt er auch Brooogue, nicht wahr?«

Hilfe!

»Und das hier ist ein Oooxford. Ein Oxford ist iiimmer ganz glatt.«

Wie ist diese uneingeweihte, völlig ahnungslose Person hier hereingeraten? Ich will raus!

»Aber wenn Sie nicht gerade in einer Bank oder was Ähnlichem arbeiten, sollten Sie ruhig einen Brogue nehmen. Der passt dann auch zu weniger förmlichen Anlässen, sag ich immer. Wie wäre der hier zum Beispiel? Das ist ein sehr schöner Brogue, finde ich.«

Sie hält mir einen bordeauxfarbenen Semibrogue Oxford vor die Nase. Um diese Kreatur über die korrekte Klassifizierung von Herrenschuhen aufzuklären, bräuchte man eine geschlagene Stunde oder mehr.

Ich piepse, halb in Wut, halb in Panik: »Das ist ein Semibrogue. Ich möchte einen Fullbrogue.«

»Meinen Sie vielleicht sooo einen hier?«

»Nein! Das ist ein Monk!«

Für einen kurzen Moment schaut sie ratlos drein, aber dann scheint ihr ein Licht aufzugehen.

»Ah, jetzt weiß ich, Sie meinen einen Buuudapester. Schauen Sie mal deeen hier. Der hat so richtig schön viele Broguen. Zählen Sie nach, da werden Sie bis morgen nicht fertig, haha!«

Ich starre den ledernen Lastkahn an. Zu einem Trachtenanzug würde er vielleicht passen, schießt es mir spontan durch den Kopf. Aber nein, reden wir die Sache nicht schön, in Wahrheit ist dieser Derbtreter selbst für einen Gewichthebeweltmeister noch zu grobschlächtig.

»Ist irgendwas, Sie schauen so?«

»Migräneanfall. Ich komme wann anders wieder.«

»Möchten Sie sich vielleicht setzen?«

»Nein.«

LARA

1. Man kann die Augen noch ganz lange zulassen, selbst wenn man schon längst weiß, dass man wach ist.
2. Man muss mit geschlossenen Augen merken, dass es schon richtig hell ist und die Sonne durch die Vorhänge knallt.
3. Die Bettdecke muss sich anfühlen wie eine zweite Haut. Man braucht das gute Stück keinen Zentimeter verrücken, um irgendeinen Körperteil freizulegen oder zu bedecken.
4. Man muss nicht aufs Klo.
5. Man kann sich an seinen Traum erinnern, aber nur ein bisschen. Und er war schön. Aber nicht schön genug, dass man sich ärgern muss, weil man aufgewacht ist.
6. Man hat ein bisschen Hunger. Nicht so viel, dass es einen aus dem Bett treibt, aber genug, um sich unbändig auf das Frühstück zu freuen.
7. Es gibt keinen Zweifel, dass man noch nie in seinem Leben so ausgeschlafen war wie genau in diesem Moment.

So und nicht anders muss es sein, das perfekte Aufwachen. Und genau das erlebe ich gerade. Wunderschön! Ich könnte wirklich sehr glücklich sein, wenn nicht

8. sofort wieder die Erinnerung an den blöd-seltsam-empörenden Abend mit Kai gestern über mich herfallen würde.

Aber lassen wir fünfe gerade sein, der ganze Rest ist wirklich sehr okay. Ich halte noch ein paar Augenblicke still und atme tief ein und aus. Anschließend beginne ich mich zu entrollen, ganz langsam, Windung für Windung. Nachdem das geschafft ist, drehe ich mich vorsichtig auf den Rücken. Dabei seufze ich so laut auf, dass die Nachbarn sicher vermuten, ich hätte gerade den Orgasmus meines Lebens. Dann strecke ich die Arme und Beine so weit von mir, dass meine Hände und Füße alle vier Zimmerwände gleichzeitig anstupsen. Dabei stoße ich wieder die Luft aus, und wenn die Nachbarn eben an den Orgasmus meines Lebens geglaubt haben, müssen sie jetzt denken, dass ich endgültig den Lusttod gestorben bin.

Ich lasse das linke Bein vorsichtig aus der sicheren Deckenhöhle hervorschlüpfen. Es schaut sich um. Nein, keine Gefahr. Es winkt, und sein Freund rechtes Bein folgt ihm nach. Ich setze mich langsam auf. Meine Fußsohlen berühren den weichen Teppichboden. Ich strecke mich noch einmal, und die Nachbarn können anhand des Geräuschs beruhigt feststellen, dass ich erstens noch lebe und zweitens die Orgasmusorgie langsam dem Ende entgegengeht.

Ich ziehe den Vorhang zur Seite und öffne das Fenster. Die leichten Wind-Streicheleinheiten für mein Gesicht lassen nicht lange auf sich warten. Die Wärme auf meinen geschlossenen Augen fühlt sich genau so an wie das Sonnenorange, das sie durch die Lider sehen, und ich kann am Geruch der Luft erkennen, dass dieser Tag es gut mit mir meint.

Bad und Spiegel lasse ich links liegen. Ich schlüpfe lieber in meine Ikea-Puschen und sehe zu, dass ich schnell an Kaffee komme. Ob Kai auch Ikea-Puschen hat? Nein, bestimmt nicht. Der doch nicht. Blöder komischer Kauz. Was sollte das gestern? Der hat doch einen an der Waffel.

Mist. Kann ich es nicht noch ein bisschen rauszögern, an ihn zu denken? Wenigstens bis nach dem Frühstück ... Nein, klappt nicht. Entweder ich zwicke mir jetzt eine Wäscheklammer, und zwar eine richtig schön große, alte aus Holz mit starker Stahlfeder, in den Oberarm und konzentriere mich auf den Schmerz, oder ich lasse zu, dass Kai mich beim Frühstück stört. Das Einzige, was gegen die Wäscheklammer spricht, ist, dass ich dafür aufstehen müsste. Das ist allerdings ein sehr gewichtiger Grund.

Okay, ich war sauer auf ihn. Klar. Ich hatte allen Grund dazu. Und ich habe immer noch allen Grund dazu, oder? ... Ah, ich verstehe. Das ist es, warum ich nicht an ihn denken will. Ich habe immer noch allen Grund sauer zu sein, bin aber gar nicht mehr sauer. Ich habe viel zu gute Laune, um sauer zu sein, finde das aber ungerecht, weil ich eigentlich sauer auf ihn sein müsste, und deswegen wollte ich noch nicht an ihn denken, damit er wenigstens noch ein bisschen länger ... Was bin ich eigentlich für ein Freak?

Mal ehrlich, irgendwas Heftiges muss bei ihm gestern Abend passiert sein, das hätte selbst ein Blinder gemerkt. Wenn, dann hätte ich noch eher Grund, wegen seiner Klugscheißer-Nummer mit der vergessenen Damentoilettentür sauer zu sein. Na ja, und dass er sich noch nicht gemeldet hat, um mir alles zu erklären. Aber eigentlich kann das nur eines heißen: Der Schlamassel, was auch immer es ist, ist für ihn noch nicht vorbei.

Ich beiße zu, das Toastbrot zerbirst laut krachend zwischen meinen Zähnen, und die lauschenden Nachbarn wundern sich sicher, wie man so kurz nach dem Sex schon wieder Hunger haben kann.

KAI Es müsste mir bessergehen. Tut es aber nicht. Fast gar nicht. Kaum zu glauben. Ich bin nach dem furchtbaren Erlebnis mit der neuen Verkäuferin bei Scholenbach Klassisches Schuhwerk zu meinem anderen Stammladen, von Truschinsky Herrenschuhe, getaumelt und habe dort zum ersten Mal in meinem Leben einen Edward-Green-Schuh anprobiert. Ganze zehn Minuten bin ich damit hin- und hergelaufen. Das weiche Kalbsleder schmiegte sich an meinen Fuß und streichelte ihn. Ich habe geradezu gespürt, wie der Geist vollendeter Schuhmacherkunst in mich gefahren ist. Trotzdem geht es mir nicht besser.

Wahrscheinlich hätte ich sie doch kaufen müssen. 820 Euro. Nein, geht nicht. Beim besten Willen. Frühestens wenn das Löwenstein-Projekt fertig ist. Wobei, eigentlich hatte ich die ersten Edward-Green-Schuhe als Selbstgeschenk für meinen vierzigsten Geburtstag eingeplant. Was, wenn ich jetzt schon vorgreife? Soll ich mir dann zum Vierzigsten die Maßgefertigten von John Lobb aus London leisten, die eigentlich für den Fünfzigsten vorgesehen waren? Und was dann zum Fünfzigsten? Eine Steigerung ist nicht mehr möglich. Vielleicht zum Vierzigsten ein Paar Maßgefertigte von Berluti und die von John Lobb doch wie geplant erst zum Fünfzigsten?

Oder hat das alles gar nichts mit meinem Problem zu tun? Kann es sein, dass ich mich auch schlecht fühlen würde, wenn ich genau in diesem Moment zwei auf Glanz polierte, perfekt eingelaufene Maßgefertigte von John Lobb an meinen Füßen hätte? So unglaublich das auch klingen mag, ich fürchte, die Antwort heißt ja. Manche tanzen um den heißen Brei herum, ich gehe in Schuhgeschäfte. Warum rufe ich nicht einfach bei Lara an? Weil ich auf einmal doch glaube, dass ich kein Anruftyp bin? Weil ich Angst habe, alles noch schlimmer zu machen? Pah! Schlimmer als jetzt geht es sowieso nicht. Und der Anruftyp in mir ist gestern zum Leben erwacht und hat gezeigt, was er kann.

Ich mache es jetzt einfach. Ich rufe sie an und erzähle ihr die ganze Geschichte von Großonkel Karl. Schade, ich hätte gestern mal ein paar Takte seiner abenteuerlichen *Smells like Teen Spirit*-Version mit dem Handy mitschneiden sollen. Wäre noch anschaulicher gewesen. Aber vielleicht kommt sie ja mit ins Museum für Verkehr und Technik?

Los jetzt! Da ist die Nummer. Kurz draufgetippt. Gleich sage ich »Hallo Lara«, und der Rest läuft von alleine. So arbeiten Anruftypen. Man muss sich nur trauen.

LARA Ich mache es einfach so: Ich laufe ein bisschen in der Stadt herum und warte, dass er anruft. Und wenn bis drei Uhr nichts kommt, rufe ich ihn an. Kerstin würde zwar nein sagen, aber ich will ja nur wissen, was passiert ist. Heißt noch lange nicht, dass ich ihm verzeihe oder so was. Wenn gestern nicht mindestens sein Haus eingestürzt ist, kann er mich ab sofort kreuzweise. Außerdem will ich ja sowieso nichts von ihm. Also nicht wirklich.

Aha. Sein Haus ist schon mal nicht eingestürzt. Ist natürlich nur Zufall, dass ich in diesem Moment vor seinem Eingang vorbeispaziere. Ich hätte jeden anderen Weg nehmen können, und ich werde auf keinen Fall mit Absicht irgendwo rumlaufen, wo ich ihn vielleicht treffen könnte. Wie albern wäre das denn. Ich könnte zum Beispiel ohne weiteres mit der U-Bahn nach Charlottenburg fahren, um dort zu bummeln, ist nur im Moment einfach viel zu schönes Wetter für die U-Bahn. Bummel ich halt durch Mitte. Ist ganz normal, hat nichts mit Kai zu tun.

Und abgesehen von seinem Haus kenne ich sowieso keine Orte, von denen ich weiß, dass er da öfter ist. Was weiß ich überhaupt schon? Okay, außer dem Restaurant von gestern. Da bin ich vorhin vorbeigekommen. Auch zufällig. Und sonst gibt es keinen Ort mehr, den ich ... Na ja, ich könnte, also nur theoretisch ...

Es ist schon wirklich doof, dass er sich nicht meldet! Hoffentlich steckt er in Riesenschwierigkeiten! Sonst ist er ein Ober-doppel-mega-Superarsch! Aber ich sollte jetzt wirklich an was anderes denken. Um drei Uhr rufe ich an und Schluss.

Nein, ich bin nicht in den Riesenbuchladen gegangen, weil ich hoffe, dass ich ihm da über den Weg laufe wie neulich. Das wäre totaler Quatsch. Schon allein wenn man das wahrscheinlichkeitsmathematisch durchchecken würde. Wenn man mal zufällig jemanden an einem Ort getroffen hat, wird es doch automatisch unwahrscheinlicher, dass man ihn ein zweites Mal ausgerechnet dort trifft, oder? Na also. Ich bin einfach nur gern in dem

Riesenbuchladen, weil man hier prima lesen kann. Und zwar nagelneue Bücher, nicht so abgegrabbelte wie in der Bibliothek. Und sie haben in jedem Geschoss bequeme Sessel mit Blick ins Foyer, auf denen man sich, wenn man will, stundenlang rumfläzen darf.

Genau das tue ich jetzt. Ich habe vor einer Stunde feierlich mein viertes Mal *Per Anhalter durch die Galaxis* eingeläutet. Höchste Zeit, das letzte Mal ist schon über fünf Jahre her. Natürlich habe ich die Bände auch zu Hause, aber hier macht es einfach mehr Spaß zu lesen. Und beim *Anhalter* kann ich sicher sein, dass ich alles um mich herum vergesse.

Manno, immer noch nicht drei Uhr! Eine halbe Stunde noch. Vielleicht gehe ich mal runter ins Café, eine Kleinigkeit essen? Ist ja zum Glück nicht so teuer hier. Hoffentlich ist mein Sessel nachher nicht weg. Wenn ich einfach das Buch drauflege? Ein bisschen unverschämt ist das ja schon. Am Ende ärgert sich einer darüber und verräumt es mit Absicht so, dass ich es nicht mehr finde. Nein, ich hole lieber irgendein anderes Buch und lege es als Besetztzeichen dahin, und der *Anhalter* kommt mit. Nächstes Mal nehme ich ein Handtuch, wie auf Mallorca.

Fein. Dann los. Ich liebe diesen Laden. Ist sicher nicht im Sinne des Erfinders, dass ich mich hier die ganze Zeit umsonst vergnüge, aber ich mach es wieder gut. Wenn ich irgendwann wieder Geld habe, kaufe ich sofort fünf Meter Bücher. Außerdem ist meine Anwesenheit ja auch ein Beitrag, um ein gutes Verkaufsumfeld zu schaffen. Ein voller Buchladen regt doch viel mehr zum Kaufen an.

Jaaa, ich gebe es ja zu, ich habe gerade auf der Rolltreppe herumgeschielt, ob ich Kai irgendwo sehe. Muss mich mal zusammenreißen. Noch eine halbe Stunde bis drei, das halte ich durch. Das ist nur der Endspurt. Jetzt erst mal was Feines aussuchen. Kaffee ist gesetzt. Und dazu nehme ich ... eine Gemüsequiche. Bin ja allein, da kann man ruhig mal Kaffee zur Gemüsequiche trinken. Ein schöner Tisch mit Blick auf das Menschengewusel ist auch frei. Na bitte.

Nach Murphys Gesetz hätte Kai jetzt eigentlich doch noch zufällig vorbeikommen müssen. Erstens hätte er mich dabei ertappt, wie ich Kaffee zur Gemüsequiche trinke (was übrigens ganz hervorragend schmeckt, aber das darf man ja keinem erzählen), zweitens habe ich gerade auf der Toilette bemerkt, dass mir eine *Per-Anhalter-durch-die-Galaxis*-Lachträne mein Make-up komplett ruiniert hat. Seltsame Welt, in der man sich nicht einmal mehr auf Murphys Gesetz verlassen kann.

Gleich drei. Es wird ernst. Entweder Katastrophe, oder Kai ist ein Arschloch. Beides traurige Optionen eigentlich. Trotzdem, im Moment bin ich einfach nur aufgeregt. Ich rufe schnell nochmal Kerstin an ... Hä? Nein!

MEIN HANDY! ES WAR DIE GANZE ZEIT AUS!

Klar, jetzt fällt es mir wieder ein! Ich schalte es sonst nie aus, aber gestern Nacht war mein letzter Gedanke vor dem Einschlafen, dass er bestimmt noch anrufen wird. Und ich war so erbärmlichelendiglich müde, dass ich mich nicht mehr in der Lage sah, das Ding über irgendwelche komplizierten Menüs auf stumm zu schalten, also hatte ich es kurzerhand ... Jetzt aber schnell an damit ... Ja!!! Eine SMS von Kai.

liebe lara, es tut mir fürchterlich leid! ich habe einen großonkel, der im altersheim wohnt und der von zeit zu zeit probleme hat. ich würde es dir gerne in ruhe erzählen, aber ich hoffe vor allem, dass du nicht sauer bist. ich versuche es später nochmal.
ganz liebe grüße und nochmal entschuldigung,
kai

Jetzt muss ich Kerstin erst recht anrufen! Hoffentlich ist sie ...
»Hallo Laraschatz!«
»Hallo Kerstin, hör zu.«
»Okay.«
Ich sabbele Kerstin voll mit allem, was ich seit gestern Nachmittag erlebt habe. Schallendes Gelächter, als ich ihr von Reifenfilm und Blechgasse erzähle, Riesenempörung, als sie hört, dass er einfach abgehauen ist, und versöhnlichere Töne, als ich ihr seine SMS vorlese.
»Und, soll ich ihn jetzt anrufen?«
»Lara!«
»Ja, schon gut.«
»Das will ich auch meinen.«
»Okay.«
»Und bevor du die SMS gesehen hast, wolltest du wirklich *genau* bis drei Uhr warten, bis du ihn anrufst?«
»Na ja, ich bin wahrscheinlich ein Zeitfreak. Weißt ja, wenn ich eingeladen bin, versuche ich auch immer exakt zehn Minuten zu spät zu kommen. Zwanghaftes Timing. Ist bestimmt so eine Cutterinnen-Berufskrankheit.«
»Wobei ich ja finde, dass zwölf Minuten zu spät das ideale Timing ist.«

»Vielleicht wärst du auch eine gute Cutterin.«

»Jetzt ist es eine Minute vor drei. Wahrscheinlich kommt er zufällig genau um drei vorbei, hihi.«

»Eine gute Drehbuchschreiberin wärst du eher nicht.«

»Wieso?«

»Na ja, so ein Zufall wäre einfach zu … Oh!«

»Was ist passiert? Er ist gekommen. Los, sag es!«

»Nein.«

»Ja, die Lari! Ja da schau her!«

»Hallo Herr Rockerer.«

»Lassens Eana ned störn, i hol mir zerst amal an Kaffee.«

Sein etwas zu dickes Hinterteil wackelt mitsamt dem Kerl zum Tresen. Ich wünsche mir, dass er sich lange Zeit nimmt, mit der Bedienung zu flirten, auch wenn sie dieses harte Schicksal sicher nicht verdient hat.

»Wahnsinn, hat der gerade gejodelt, Lara?«

»Nein. *Ja, die Lari* ist Herrn Rockerers normale Begrüßung.«

»ER NENNT DICH LARI?«

»Erzähl es keinem. Er macht aus allen Frauennamen so ein I-am-Ende-Ding.«

»Falls du mich ihm irgendwann mal vorstellst, erzähl ihm bitte, ich heiße Fara. Dann begrüßt er uns immer mit *Lari und F…*«

»Uaaa! Er kommt schon zurück!«

»Sag einfach, dass du los musst.«

»Geht nicht. Mein Kaffee ist noch fast voll, wie sieht denn das aus?«

»Als ob du ihn nicht ausstehen kannst.«

»Genau.«

»So, Lari, i sitz mi nur do hi. Redens ruhig weida. Des stört mi ned.«

Ich könnte ihm schnell den Stuhl unter dem Hintern wegkicken, aber mein Verstand hat leider viel zu viele Ausreden parat, es nicht zu tun.

»Na gut, Lara, wir haben ja eh alles besprochen. Also, du entspannst dich, wirst den Rockerer los und wartest in aller Ruhe, bis Kai dich anruft. Hast du verstanden?«

»Okay.«

»Und danach sagst du mir sofort Bescheid.«

»Mach ich.«

»Na dann, *servus*.«

»Dir auch noch einen schönen Tag, *Kersti*.«

Ich stecke mein Handy weg. Herr Rockerer grinst mir ins Gesicht, als hätte ich gerade einen sehr, sehr unanständigen Witz gemacht.

»Ja, die Lari.«

»Tja, so siehts einfach mal aus.«

»Ja is des schee, dass wir uns auch amal quasi privat sehen, ha? Ham Sie sich a Buch kafft? Lassens amal sehen. *Per Anhoiter durch de Galoxis*? Des kenn i ned. I kumm ja fast goarned zum Lesn, wissns ... Oha! Wos suchens jetzat auf einmal do unterm Tisch? Is Eana wos nuntergfoin?«

»Ja, äh ... meine Schlüsselbundhandykreditkarten.«

Es ist sowieso zu spät. Kai hat mich sofort gesehen. Na ja, macht nichts. Ich stehe die jetzt folgenden Minuten möglichst würdevoll durch, und danach suche ich mir in Ruhe einen Platz zum Sterben.

»Hallo Lara! Mensch, so ein Zufall! Du bist wohl öfter hier?«

»Hm, manchmal schon, ja.«

»Ich will jetzt aber nicht stören. Ich ...«

»A wos, Sie störn goarned. Rockerer mein Name. Eduard Rockerer.«

Neuer Plan. Ich will doch lieber sofort sterben. Ich habe es meinem Körper auch schon mitgeteilt, aber die Sau zögert noch. Warum kann der nicht einfach sterben? Andere tun es doch auch.

»Ähm, ja, Findling. Kai Findling, sehr angenehm.«

»A schener Name.«

»Und Sie beide kennen sich von …?«

»Des is so: I hab a Hotel, und die La… Oha!«

Wenigstens den Befehl zum überlauten Hustenanfall-Simulieren hat mein Körper sofort befolgt. Vielleicht ist er doch gar nicht so übel.

»Hams Eana verschluckt, Lari?«

»Köff … köff … Geht schon wieder.«

»Oh mei, jetzt hat die Lari auf Eanane Bücher draufghustet, Herr Findling. Wartens, nehmens mei Servietten … Oha, wos is des? *Das Abstandflächenrecht nach § 6 Bauordnung Berlin*. Sogns amal, san Sie ebba Architekt?«

»Stimmt genau. Da haben Sie mich jetzt eiskalt erwischt.«

»Wos bauan Sie aso, wenn i frogn derf?«

»Im Moment macht mein Büro vor allem die Bauleitung für ein sehr großes Villenprojekt im Berliner Südwesten. Ein Entwurf von Amélie Bleudkinon, kennen Sie vielleicht … Oh, und wir planen auch noch einen Nachtclub in Mitte. Sehr interessantes Projekt. Äußerst aufwendige Damentoilette.«

Awww! Er hat mir zugezwinkert. Jetzt kann ich wirklich sterben. Dieser Moment reicht als Lebenszweck, oder? Dabei will ich doch gar nichts von ihm. Also nicht wi…

»Des hoaßt, Sie ham scho Erfahrung mit Planung für Gastronomie?«

»Oh ja. Gaststättenverordnung, Arbeitsstättenverordnung, Lärmschutz, Brandschutz, Immissionsschutz, Fluchtwege, ein entzückendes Kuddelmuddel aus Vorschriften. Und das Beste: Sie widersprechen sich allesamt. Aber irgendwann haben die Behörden keine Lust mehr und winken das Projekt doch durch, man braucht nur Geduld.«

»Ja pfundig! I brauch no an Architektn für den Erweiterungsbau vo meim Hotel. Wär des wos für Sie?«

»Man soll nie nein sagen. Hier ist meine Karte.«

»I meld mi bei Eana. Und jetzat bin i doch neugierig, wer baut denn da a so a große Villa in Berlin?«

»Eine sehr reiche Münchener Familie.«

»I kimm a vo München! Könnens mir sagen, wie de Familie hoaßt?«

»Kann ich. Es stand sowieso schon in der Zeitung. Die Löwensteins.«

»De Löwensteins?! Die kenn i! Die san oft Kunden vo meine Eltern in München. Catering für dene ihre Partys und so Sacha.«

»Wenn die Löwensteins im gleichen Stil essen, wie sie bauen, sind Ihre Eltern gemachte Leute.«

»Es lafft ned schlecht. Wissens wos? Kummans doch glei mid, wenns Zeit ham, i zoag Eana mei Hotel.«

»Und er ist tatsächlich mit dem bayerischen Breitpopo mitgegangen und hat dich einfach sitzen gelassen?«

»Ja. Darf man aber vielleicht nicht so eng sehen, Kerstin. Es könnte schließlich ein großer Auftrag für ihn werden.«

»Hallo? Er hat dich schon wieder sitzen gelassen. Wenn

man das nicht eng sieht, was soll man dann überhaupt eng sehen?«

»Aber der Blick, den er mir zum Abschied zugeworfen hat. Das war pure Verzweiflung. Ich bin fast geschmolzen.«

»Hmmm, ich weiß nicht.«

»Außerdem ist das gar nicht mein größtes Problem. Viel schlimmer ist doch, dass der Rockerer ihm wahrscheinlich genau jetzt gerade erzählt, womit ich mein Geld verdiene.«

»Na und?«

»Ich schäme mich so.«

»So? Das sehe ich anders. Wenn er dich doof findet, nur weil du im Moment nicht Cutterin, sondern Sklavin dieses zu dick geratenen Florian Silbereisens bist, dann ist er es nicht mal wert, die Luft der Straße, in der du wohnst, zu atmen.«

»Aber ich fühle mich, seitdem ich diesen Job mache, so … billig.«

»Dann sollte er dir das Gefühl geben, dass du genau das nicht bist.«

»Okay, du hast ja recht.«

»Achte genau drauf, wie er dich anschaut, wenn ihr euch das nächste Mal seht. Das sagt dir alles.«

»Eigentlich will ich ja gar nichts von ihm. Also, nicht wirklich.«

»Wirklich nicht?«

»Ach, was weiß ich.«

KAI Ein Hotelbesitzer. Und sogar einer mit Geld. Kaum zu glauben, was für Freunde Lara so hat. Aber solche Kerle lernt man wohl zwangsläufig kennen, wenn man im Filmgeschäft steckt.

Er meint es tatsächlich ernst. Zwei Etagen Aufstockung und ein neues Restaurant im Souterrain. Ein Millionenbudget. Und er ist nach nur einem Nachmittag schon fast so weit, es mir anzuvertrauen. Meine Nase gefällt anscheinend nicht nur Frau Klapphorst. Wenn das klappt, muss ich neue Leute einstellen. Und Lara in ein Drölfzig-Sterne-Restaurant auf einer Wolke einladen.

Ach, Lara ... Lari ... *Lari* ... Ich muss sie gleich anrufen.

LARA »Na, was habe ich gesagt, Lara? Er wird dich anrufen!«

»Stimmt.«

»Und er wollte sich wirklich gleich mit dir treffen?«

»Na ja, er hat ganz lieb und vorsichtig gefragt, ob es geht.«

»Und du hast gleich ja gesagt?«

»Hab ich.«

»Och Larchen, du lernst es einfach nie! Wo trefft ihr euch denn?«

»Im Museum für Verkehr und Technik.«

»*Wie bitte?*«

»Im Museum für Verkehr und Technik, du hast dich nicht verhört.«

»Bleib, wo du bist! Ich komme sofort!«

»Wieso denn?«

»Ich muss dich fesseln. Ich kann doch nicht zulassen, dass du dich mit diesem Irren triffst!«

KAI Ob das wirklich eine gute Idee war? Egal, ich sollte nicht mehr rumgrübeln. Jetzt ist es nicht mehr zu ändern.

LARA Ich kann es selbst noch nicht glauben, aber ich bewege mich wirklich gerade auf das Museum für Verkehr und Technik zu. Seit sieben Jahren lebe ich jetzt in Berlin, aber ich bin noch nie auf die Idee gekommen, in diesen merkwürdigen Riesenbau mit dem alten Flugzeug, das hoch oben keck über die Dachkante ragt, zu gehen. Warum auch? Ich würde doch nur den ganzen kleinen Jungs mit ihren nerdigen Papas im Weg herumstehen.

Je näher ich komme, umso mehr sehe ich, dass ich recht hatte. Unter den vielen Männern vor dem Eingang gibt es nur einen einzigen, der ohne Kinder unterwegs ist. Er trägt ein hellblaues Hemd, dazu ein leicht verbeultes Jackett, eine etwas ramponierte Jeans und makellos gepflegte, dunkelbraune Schuhe. Mit anderen Worten:

»Hallo Kai.«

»Hallo Lara. Alles gut?«

Hey. Ich stehe nicht nur zum ersten Mal in meinem Leben vor dem Museum für Verkehr und Technik, ich werde auch gleich zum ersten Mal in meinem Leben vor dem Museum für Verkehr und Technik umarmt.

»Tut mir wirklich leid, dass ich vorhin mit dem Herrn Rockerer einfach so von dannen gezogen bin. Eigentlich wollte ich dir ja von Großonkel Karl ...«

»Schon in Ordnung. Aber meinst du wirklich, ich muss in dieses Dieselmotorenmuseum rein, um zu kapieren, was mit deinem Großonkel los ist?«

»Wenn du es wirklich verstehen willst, ja.«

»Na gut, wenn du das sagst.«

Kai lächelt, nickt und geht vor, um Eintrittskarten zu kaufen. Ich schaue mich im Foyer um. Links geht es zu den Maschinen, halblinks zu den Eisenbahnen, geradeaus zu den Raketen, rechts zu den Computern und nach unten zur Fototechnik. Wenn ich mir was aussuchen dürfte, dann am ehesten noch das Letztere.

»Wir müssen ganz nach oben.«

Na schön. Wir nehmen eine Treppe, durchqueren ein paar Ausstellungsflächen, schlüpfen ins nächste Treppenhaus, um nach zwei Stockwerken erneut in die Welt der Dinge, die fahren, schwimmen, fliegen, einen Motor haben oder irgendwie elektrisch sind, einzutauchen. Ich sehe ein uraltes Segelschiff, dessen Mast etliche Stockwerke emporreicht, Autos, die so seltsam aussehen, dass ich kichern muss, und Maschinen, von denen ich nie kapieren werde, wozu sie gebaut wurden. Besonders gruselig finde ich die vergilbten alten Astronautenanzüge. Zusammen mit den Helmen obendrauf sehen sie aus wie Monster, und die Vitrinen, in denen sie ausgestellt sind, wie senkrecht aufgestellte Särge. Wahrscheinlich öffnen sie sich nachts und die Raumanzüge wandeln im Mondlicht durch die Hallen und ... Brrr, ich will es gar nicht wissen.

Kai prescht voran. Anscheinend ist er den Weg schon oft gegangen. Hoffentlich findet er ihn auch genauso gut zurück. Ich wäre damit heillos überfordert. Wehe, der Kerl zeigt mir nichts, weswegen es sich gelohnt hat, hierherzukommen. Dann rufe ich Kerstin an, und wir sperren ihn in den formschönen, riesigen Kolbenhubfederzylinder von 1928, an dem wir gerade vorbeikommen, oder, noch besser, in die hydraulische Packpresse von 1952 in der Ecke da drüben.

Noch eine Treppe. Spätestens jetzt bin ich mir sicher, dass ich bis zum nächsten Tag brauchen würde, um hier wieder herauszufinden. Wahrscheinlich würde ich das aber gar nicht versuchen, sondern mich nachts zitternd in irgendeinen Winkel verkriechen und Angst davor haben, dass die vergilbten Raumanzüge mich fangen und anschließend in dem gruseligen zusammengesetzten Flugzeugwrack mit den Einschusslöchern aus dem Zweiten Weltkrieg da drüben grillen.

»Okay, Lara, wir sind da. Sieh dir das an.«

Aha.

...

Wie bitte? Ich schaue zu Kai, aber er zeigt immer noch in die gleiche Richtung. Was soll das? Das ist doch nur ein Modell von einem U-Boot.

»Das ist doch nur ein Modell von einem U-Boot.«

»Das ist kein Modell von einem U-Boot, das *ist* ein U-Boot.«

»Ach so, ferngesteuert. Na super. Und das hat dein Großonkel Karl erfunden, oder was?«

War doch klar, dass es hier nichts Besonderes zu sehen gibt. Ich bin so enttäuscht, ich habe einen richtigen Kloß im Hals.

»Nein, nicht ferngesteuert. Bemannt. Ein Biber-Kleinst-U-Boot aus dem Zweiten Weltkrieg.«

»So ein Quatsch! Wie soll denn ein ausgewachsener Mann da reinpassen?«

»Schau mal hier.«

Kai zeigt auf ein kleines Fenster aus dickem Glas, das ich vorher gar nicht gesehen habe. Ich gehe vor und gucke durch. Einen Moment später höre ich einen Schrei, als hätte einer von den vergilbten Raumanzügen sein erstes Opfer für heute geschnappt. In Wirklichkeit war es aber meine Stimme, und mich hat kein Raumanzug im Würgegriff, sondern ich habe etwas gesehen, das so schlimm ist, dass ich es nicht fassen kann.

»DA HABEN SIE EINEN MENSCHEN REINGESETZT?!«

»Ja. Onkel Karl.«

»Aber das ist so eng, da wird man ja wahnsinnig!«

»Das ist nicht nur eng, da bekam man auch keine Luft mehr, weil die Trennwand zum Motor nicht richtig konstruiert war und Abgase ins Cockpit drangen.«

Schon wieder höre ich mich einen seltsamen Laut machen.

»Aber das war nicht der einzige Konstruktionsfehler. Die Nazi-Schiffsschrauber haben das Ding kurz vor Kriegsende so schnell zusammengedengelt, dass es einem Wunder gleichkam, dass es überhaupt wasserdicht war. Und Großonkel Karl lag als Siebzehnjähriger mit diesem Ding mehrere Stunden auf dem Meeresgrund und kam nicht vom Fleck. Motorschaden.«

»Nein!«

Ich will mir das nicht vorstellen!

»Und die Luft wurde immer giftiger.«

Das will ich mir erst recht nicht vorstellen.

»Ach ja, und der Biber lag auch noch auf den beiden scharfen Torpedos unter seinem Bauch, die bei der kleinsten Erschütterung hochgehen konnten.«

Kann er jetzt bitte aufhören?

»Aber am Ende hatte er Glück. Durch irgendein Wunder sprang der Motor doch noch ein letztes Mal an, und er kam wieder an die Oberfläche. Halb erstickt, aber lebendig. Wenn man bedenkt, dass nur dreißig Prozent der Leute, die je mit so einem Ding aufgebrochen sind, überlebt haben, konnte er froh sein.«

Schweine. Was für Schweine.

»Seitdem ist Großonkel Karl ein etwas seltsamer Kauz, aber ich kann es ihm nicht verdenken. Und er geht immer auf die Barrikaden, wenn es irgendwas mit Krieg gibt oder junge deutsche Soldaten mies behandelt werden.«

»Kein Wunder. Würde ich auch an seiner Stelle.«

»Sagt dir die Starfighter-Affäre etwas?«

»Die was?«

»Die Starfighter-Affäre. Übler Bestechungsskandal aus den sechziger Jahren. Franz Josef Strauß hat als Verteidigungsminister Kampfflugzeuge aus den USA gekauft, von denen klar war, dass sie technisch nicht ausgereift waren. Junge Piloten stürzten reihenweise damit ab. 269 von 916 Flugzeugen. 116 Tote. Irgendwann hat Großonkel Karl versucht, Strauß während einer Veranstaltung mit einem ferngesteuerten Spielzeugflugzeug zu rammen.«

»Hat er es geschafft?«

»Fast. Der Flieger ist am Mikrofonständer hängengeblieben.«

»Schade.«

»Natürlich hatte er Schaumgummi vorne ans Flugzeug gebunden. Er wollte ja niemanden verletzen.«

»Hätte er mal lieber einen Beutel Katzenkacke vorne dranbinden sollen.«

»Zu schwer.«

»Manno.«

»Und als ich gestern aus dem Restaurant losgerannt bin, hatte mich das Altenheim angerufen, weil Großonkel Karl sich mit zwei anderen Senioren und einem Zivi im Heizungskeller eingesperrt hatte, um mit Dauermusik gegen den Bundeswehreinsatz in Afghanistan zu protestieren.«

»Warum haben sie ihn denn nicht einfach gelassen?«

»Haben sie auch, es gab nur eine kleine Komplikation, aber die konnte ich lösen, ohne dass sie die Musik unterbrechen mussten.«

»Und spielen sie jetzt immer noch?«

»Wer weiß, Karl trau ich alles zu.«

»Ich mag deinen Onkel.«

»Gehen wir noch einen Kaffee trinken?«

Hä? Was? Einen Kaffee? Was hat jetzt Kaffee mit Afghanistan zu tun? Und damit, dass sie den armen Großonkel Karl in einem viel zu kleinen, abgasgefüllten Blechsarg im Meer versenkt haben? Und dass der blöde Mikrofonständer im Weg stand? Das ist doch ... Ach so. Langsam. Ich verstehe, Kai will einen Kaffee mit mir trinken gehen. Das heißt ... Kai will einen Kaffee mit mir trinken gehen! Dieser komische Kauz mit den viel zu gepflegten Schuhen und den Hammercocktails will ... Oh, mir ist, als würde ich aus einer viel zu bösen Welt zurück in eine gute geholt. In eine sehr, sehr gute sogar.

»Oh ja, gerne! Hier gibts doch bestimmt ein Museumscafé?«

»Gibt es, aber lass uns lieber zurück nach Mitte fahren. Ich mag es hier nicht so. Nicht nur wegen des Mini-U-Boots, auch wegen des ganzen anderen Krams.«

Wie schön! Irgendwie ticken wir ganz ähnlich. Es kommt jetzt immer mehr heraus. Kai ruft ein Taxi, und ich strahle derweil so sehr den Landwehrkanal an, dass er für die nächsten Stunden mindestens zwei Grad wärmer ist.

KAI Das Leben. So seltsam. Die Sonne steht tief und der Himmel und die Häuser und die Menschen und irgendwie alles. Mit anderen Worten: Ich bin verwirrt.

Eben saß Lara mir noch gegenüber. Oder war es vor einer Stunde? Ich weiß es wirklich nicht. Wie ich sie angelächelt habe, muss sie geglaubt haben, ich will sie auffressen. Vielleicht war das zu viel? Oder lag es an der *Grün wie die Liebe*-DVD, die ich ihr zurückgeben wollte? Vielleicht war es dumm von mir, dass ich sie die ganze Zeit nur auf dem Cafétisch liegen gelassen habe? Vielleicht hat sie das als Signal gewertet, dass ich notgeil bin und sie heute unbedingt gleich wieder vernaschen will, so wie das letzte Mal, als wir diese DVD gucken wollten? Oder lag es am Ende doch an meinen Schuhen? Waren die unverzierten Captoes zu streng? Vielleicht wäre ein heller Ton besser gewesen? ... Aber nein. Sie hat definitiv nicht auf meine Schuhe geschaut, bevor sie plötzlich meinte, dass sie jetzt gehen muss. Sie hat mir direkt in die Augen gestarrt. Und in ihrem Blick war was von ... von ... Auf jeden Fall nichts Gutes. Ganz und gar nichts Gutes. Habe ich was Falsches gesagt? Kann nicht sein. Ich habe doch fast gar nichts gesagt. Nur ein bisschen geplaudert und sie angestrahlt. Und ihre Gegenwart mit jeder Faser meines Körpers genossen. Es gibt einfach nichts, was ein Grund gewesen wäre, so plötzlich aufzustehen und sich so knapp zu verabschieden.

Das kann doch eigentlich nur heißen ... Okay, ich muss vorsichtig sein, so was redet man sich viel zu schnell ein, weil Wunschdenken und so ... Aber es könnte doch immerhin sein, dass sie einfach nur verlegen war? Dass das Zusammensein mit mir solche Wallungen in ihr ausgelöst hat, dass sie es einfach nicht mehr aushalten konnte?

Ja, stimmt, so was kann man sich ganz leicht einreden. Und ich mache das jetzt einfach mal. Ich weiß nicht, wie ich den Tag sonst überstehen soll.

LARA »ER HAT DICH *LARI* GENANNT?«
»Ja.«
»Spinnt der?«
»Ich fürchte nein. Er ist einfach nur ein Arsch. Du hättest mal sehen sollen, wie der mich die ganze Zeit angefeixt hat. Ich denke mir noch: *Red dir nichts ein, der lacht dich nicht aus, der strahlt dich einfach an, weil er dich mag,* und so. Und dann, auf einmal, genau in dem Moment, als es am fiesesten ist: LARI! Diese Ratte von Rockerer hat ihm natürlich alles über mich erzählt. Der konnte sich wahrscheinlich die ganze Zeit kaum noch zurückhalten, nicht gleich laut loszuprusten.«
»Wie? Hat er losgeprustet, nachdem er *Lari* gesagt hat? Gib mir seine Adresse! Ich töte ihn!«
»Nein, hat er nicht. Und du brauchst ihn nicht zu töten. Er stirbt gerade an dem Blick, den ich ihm zugeworfen habe, als ich aufgestanden und weggegangen bin.«
»Gut gemacht, Lara.«
»Ich wollte sowieso nie was von ihm.«

KAI Nach so einer Pleite fallen mir nur wenige Möglichkeiten ein, den Abend erträglich zu gestalten. Und alle haben mit Alkohol zu tun. Die angenehmste Version wäre, dass Angelina spontan vorbeikommt, Schumanns Barbuch wiederfindet und wir damit anfangen, uns von der ersten bis zur letzten Seite durchzutrinken. Und Frank könnte sich gerne auch noch dazugesellen.

Das Schöne: Genau das passiert gerade. Der einzige Unterschied zu meiner Wunschvorstellung ist, dass Angelina das Barbuch nicht wiedergefunden, sondern mitgebracht hat. Sie hatte es nämlich vorgestern im Suff heimlich mitgenommen und kam vorbei, um es zurückzugeben.

Ihr Leben sei nun ein anderes, verkündete sie. Hatte sie vorher dem Kneipiersleben felsenfest abgeschworen, um sich künftig der Stille, dem gelegentlichen Lärm eines Staubsaugers und ab und zu einem guten Whiskey zu widmen, so scheint dieser Fels nun zu bröckeln. »Dieses Buch«, sagte sie und hielt es dabei hoch, »könnte sogar mir Lust machen, eines Tages wieder Gäste zu bedienen.« Und der dankbare erste Gast war gleich ich. Nach einem Abbey Cocktail und einem Acapulco rief ich noch Frank an, der ebenfalls Lust hatte, spontan vorbeizukommen. Und auch wenn Frank nun immer noch einen Abbey Cocktail und einen Acapulco im Rückstand ist, sind wir doch alle drei einigermaßen gleich betrunken.

»Als Nächstes einen Angel Face?«

»Angelina geht alphabetisch vor, Frank.«

»Ja, Angel Face hört sich großartig an.«

»Pah! Schau gefälligst nicht so romantisch, Frank. Nur weil der Cocktail Angel Face heißt.«

»Ich werde doch wohl noch romantisch schauen dürfen.«

»Weißt du, Frank ist in einer festen Beziehung, Angelina.«

»Aha, wie heißt sie denn?«

»Irena.«

»Eine Frage, Frank: Wie oft hast du dich in den letzten zwölf Monaten mit Irena gestritten? Und gleich noch eine zweite Frage: War es das wirklich wert? Und meine Erwiderung auf deine zweite Antwort: Na also.«

»Lass den Frank, Angelina.«

»Ich habe doch noch gar nicht geantwortet.«

»Brauchst du auch nicht, Frank. Es würde mich eh nur deprimieren. Hier, Männer, der Angel Face. Oder lasst ihn uns lieber Hells Angels Face nennen.«

»Ganz schön hart, Angelina.«

»Ich muss es wissen, ich habe schon sechs sogenannte ewige Lieben hinter mir. Wollt ihr meine Tattoos dazu sehen?«

»Ich hatte neun.«

»Neun? Wo?«

»Ohne Tattoos.«

»Kai weiß jedenfalls, wovon ich rede.«

»Beinahe wären es zehn geworden, aber ich habe es im letzten Moment geschafft, mich nicht zu verlieben. Ihr habt mir sehr dabei geholfen. Danke und zum Wohl.«

»Heißt das, Lara und du ...?«

»Frag nicht, Frank.«

»Trink lieber. Du bist im Rückstand.«

»Schade. Ich hab erfahren, Lara geht es gerade nicht so gut.«

»Wieso das denn?«

»Sie hat wegen einer bestimmten Sache Riesenärger bekommen. Seitdem kriegt sie keine Jobs als Cutterin mehr und muss für irgendeinen bayerischen Hoteltypen als Mädchen für alles arbeiten, um sich über Wasser zu halten.«

»Moment, sagtest du bayerischer Hoteltyp?«

»Genau das. Wieso?«

»Ich habe ihn heute kennengelernt.«

»Schlimm?«

»Man soll ja nicht schlecht über Leute reden, die dir demnächst einen riesigen Bauauftrag geben wollen, aber, unter uns, wenn es je einen Menschen gegeben hat, auf den die Bezeichnung *distanzloser Trampel* zutrifft, dann ist er es. Weswegen hat Lara denn Ärger gekriegt? Kann man das nicht wieder geradebiegen?«

»Hm, lass es dir lieber von ihr selber erzählen.«

LARA Ach, irgendwie hab ich dem Kerl unrecht getan. Irgendwie habe ich uns ja keine Chance mehr gegeben. Nicht nach allem, was war. Aber dieser Mann hat ein Talent: Er schafft es, immer genau zur richtigen Zeit am richtigen Ort zu sein. Und für mich gibt es gerade bestimmt auf der ganzen Welt keinen schöneren Ort als in seinen Armen, und kein schöneres Gefühl, als dass er meinen Kopf streichelt. Meine doofe Wohnung sehe ich gar nicht mehr. Nur sein Gesicht. Und ab und zu die Rosen auf dem Tisch. Ich fühle sein Herz leise durch sein Hemd schlagen und höre ihn reden. Es ist gar nicht wichtig, was er sagt, sondern nur, dass er spricht. Dass er einfach so gekommen ist, ausgerechnet heute, das werde ich ihm nie vergessen.

»Weißt du, Butzi, heute waren wir zum ersten Mal auf der Hürzelspitze. Endgeil, sag ich dir. Ein Orgasmus in Berggipfelform. Wobei, du musst wissen, die Hürzelspitze besteht aus zwei Gipfeln. Aber der niedrigere von den beiden ist lustigerweise noch tausendmal schöner. Nur ist der halt viel schwieriger zu erklettern, das ist der Gag. Unter Kletterern nennt man die beiden Spitzen

Niederhürzel und Oberhürzel. Aber nur wer den Niederhürzel geschafft hat, der gehört wirklich dazu. Und ich habe es geschafft! Also, beinahe. Die letzten fünf Meter waren mir für diesmal noch zu tough. Aber nachher haben die mich einfach vom Oberhürzel auf den Niederhürzel abgeseilt. Die Stimmung, wenn man nur so zu dritt oder zu viert da rumsitzt und die Nachmittagssonne langsam runterkommen sieht, das muss man irgendwann mal erlebt haben, das sag ich dir, Butzi.«

»Adrian?«

»Ja?«

»Ich weiß wirklich nicht, ob ich jemals in der Lage sein werde, mit dir Bergspitzen zu erklimmen, aber eins kann ich dir sagen: Genau in diesem Moment ist dieses Sofa mein ganz persönlicher Niederhürzel.«

»Hä? … … … Ach sooo!«

Mein kleines Riesenbaby. Ich habe mich viel zu wenig um ihn gekümmert.

Sonntag

KAI Was ich am Ersten-Spatenstich-Feiern so schätze, ist, dass man nicht lange über das passende Schuhwerk nachzudenken braucht. Ich muss etwas kichern, als ich an der matschigen Wiese, auf der die feudale Löwenstein-Residenz entstehen wird, ankomme und sehe, wie schwer es sich die anderen gemacht haben. Die durchweg zu dick geratenen Männer von den Baufirmen kombinieren schwarze Anzüge mit Bauhelmen und balancieren in ihren schwarzen Brogue Derbys, die sie selbst wahrscheinlich für todschick halten, zwischen den Schlammpfützen herum. Einer von ihnen verteilt Spaten an die wichtigsten Leute. Dazu gehören die Bauherren Herr und Frau Löwenstein, die sich mit ihrem kostbaren Wildlederschuhwerk (Ludwig Reiter, München, jede Wette) auf dem einzigen halbwegs befestigten Weg halten. Das Gleiche tun ihr auf Tokio Hotel gestylter Sohn und ihre blonde Backfisch-Tochter, aber sie müssen trotzdem immer wieder mit Tempotaschentüchern an ihren bunten Sneakern herumreiben. Am schlimmsten erwischt hat es meine Auftraggeberin, die Stararchitektin Amélie Bleudkinon, die höchstpersönlich aus Paris eingeflogen ist, um hier süß-säuerlich lächelnd mit Highheels durch den Matsch zu staksen. Auch Frau Klapphorst trägt ein Paar Schuhe der edleren Art, aber wenigstens mit flachen Absätzen. Herr Rockerer, der über seine Eltern im letzten Moment noch den Cateringjob für diese

Veranstaltung an sich gerissen hat, schießt in puncto Hässlichkeit eindeutig den Vogel ab: Er hat blaue Schutzhüllen aus Plastik über seine Schuhe gezogen. Auch meine Büromitstreiter, die inzwischen alle eingetroffen sind, waren weder schlau noch stilsicher bei der Schuhwahl, und das Gleiche gilt für die Bleudkinon-Mitarbeiter. Jeder versucht auf seine Art, den Schaden halbwegs in Grenzen zu halten, und es ist keiner dabei, der nicht ab und zu neidvoll auf die gelben Baugummistiefel schaut, die ich trage und die das einzige in Stil, Form und Funktion passende Schuhwerk für einen ersten Spatenstich sind. Manchmal frage ich mich wirklich, was die Leute im Kopf haben.

Ein paar Meter neben mir steht das prachtvolle, auf einer blauen Samttischdecke hingebreitete Buffet, flankiert von einer Batterie gut gekühlter Champagnerflaschen, üppigem Blumenschmuck und zwei Buffetdamen in knapp geschnittenen schwarz-weißen Kostümen. Schon als ich es von weitem gesehen habe, lief mir das Wasser im Mund zusammen, denn ich habe extra deswegen nicht gefrühstückt.

Um mich abzulenken, unterhalte ich mich ein wenig mit Herrn Bielewitz von Villeroy & Boch, einer der wenigen hier, der ebenfalls Baugummistiefel zum Anzug trägt, wie es der Anlass erfordert. Ich erzähle ihm von meiner unglaublichen Begegnung bei Scholenbach Klassisches Schuhwerk gestern.

»Ich kann es nicht glauben! Die Dame war wirklich der Meinung, dass es keine Oxfords mit Broguings gibt?«

»Vielleicht war es auch nur ein böser Traum.«

»Wollen wir es hoffen. Eine andere Frage, Herr Findling, wird es nicht Zeit, dass nun jemand eine Rede hält? Die Spaten sind alle verteilt, soweit ich das sehen kann.«

»Da haben Sie völlig recht.«

Ich sehe mich um. Keiner macht Anstalten, die Stimme zu erheben. Das Buffet wird nicht eröffnet, solange keiner eine Rede gehalten hat, so viel ist klar. Der Champagner wird warm und wärmer, und den Kellnern schlafen die Füße ein. Warum legt keiner los? Wen auch immer ich anschaue, die Löwensteins, die Bleudkinon, Frau Klapphorst, irgendwie gucken alle nur unzufrieden drein. Je mehr ich darüber nachdenke, umso mehr wird klar, was für ein Desaster hier gerade passiert: Niemand hat festgelegt, wer die Spatenstichrede halten soll. War auch fast abzusehen. Normalerweise gibt es erste Spatenstiche nur bei Riesenprojekten. Dann spricht der Bürgermeister, macht ein bisschen Wahlkampf, und danach knallen die Korken. Aber wer schlüpft bei uns in die Rolle des Bürgermeisters? Den Löwensteins ist anzusehen, dass sie sich zu fein dafür sind, der Bleudkinon ist anzusehen, dass sie kein Deutsch kann, und den anderen steht ins Gesicht geschrieben, dass sie sich nicht berufen fühlen. Ich schaue Frau Klapphorst an. Warum macht sie es nicht? Die deutsche Büroleiterin von Amélie Bleudkinon, das wäre doch aller Ehren wert. Komm schon, Mädchen, es ist nur eine Formsache!

Im gleichen Moment sehe ich aber etwas in ihren Augen, was ich noch nie bei ihr gesehen habe: Panik. Interessant. Die knallharte Erika Klapphorst, die ein 50-Mann-Büro führt und dem Vernehmen nach schon gestandene Bauingenieure bei lebendigem Leib verspeist hat, hat also Angst davor, öffentlich zu reden. Wer hätte das gedacht.

Oh, jetzt bedeutet sie mir, ich solle ans Mikrofon gehen. Ich? Moment. Erstens bin ich eine viel zu kleine Nummer in dem ganzen Projekt, und zweitens ... habe ich jetzt auch Panik! Nein! Herr Bielewitz soll die Rede halten! Oder Jochen! Oder ... Nein, ich jedenfalls nicht! Auf keinen Fall! Warum bin ich nicht zu Hause geblieben? Ich schaue jetzt einfach woanders hin und warte. Der Himmel dort drüben ist auch wirklich besonders schön. Die Sekunden dehnen sich ins Unendliche. Aber ich bin nicht schuld an der Misere, oder? Nein, auf keinen Fall. Ich habe nichts damit zu tun.

Da! Endlich! Ein Knacken. Das typische Geräusch eines Mikrofons, das gerade eingeschaltet wird. Ich höre eine helle Stimme.

»Wir fangen jetzt an, das coolste Haus von ganz Berlin zu bauen. Auf gehts! Haut die Spaten in die Erde, und dann wird gespachtelt! Juchu!«

Was war das? Während erleichterte Klatscher durch die Luft schwirren, drehe ich mich um, gerade noch rechtzeitig, um zu sehen, wie die Löwensteintochter das Mikro zurücklegt. Ihr Vater schaut sie zufrieden an, ihre Mutter schaut sie vorwurfsvoll an. Dann sieht die Löwensteinmutter, dass ihr Mann ihre Tochter zufrieden anschaut, und schaut ihn ebenfalls vorwurfsvoll an, woraufhin er beginnt, seine Tochter ebenfalls vorwurfsvoll anzuschauen, die inzwischen aber schon längst abgedreht hat, um den Kellner erwartungsvoll anzuschauen, der gerade die erste Champagnerflasche entkorkt hat.

Ich hingegen werde kleinlaut angeschaut. Von Frau Klapphorst, die nun vor mir steht. Ich schaue kurz kleinlaut zurück. Schon klar, wir sind beide Drückeberger. Andererseits, eine bessere Rede als die Löwensteintochter hätte keiner von uns halten können. Ich sollte also wirklich aufhören, mit gesenktem Kopf dazustehen und die Schlammspritzer auf Frau Klapphorsts Schuhen zu ...

»Hören Sie auf, die Schlammspritzer auf meinen Schuhen zu zählen, Herr Findling. Ich hätte ja auch lieber Gummistiefel angezogen, wie Sie, aber Amélie Bleudkinon hält das nicht für angemessen.«

»Sie sollten die Schuhe zu Hause zunächst gut durchtrocknen lassen. Danach erst abbürsten. Und beim Trocknen auf keinen Fall auf die Sohlen stellen. Lieber auf die Seite kippen.«

»Weiß ich doch, Herr Findling. Was denken Sie eigentlich von mir?«

»Entschuldigung. Scheint tatsächlich so, als ob wir die gleiche Religion hätten.«

»Die Löwensteintochter müsste man sein. Die hat vorhin, gleich nachdem Sie mit Ihren Stiefeln angekommen sind, den Chauffeur losgeschickt, damit er ihr auch *so coole gelbe Gummistiefel* besorgt.«

»Ich wüsste nicht, wo der arme Kerl am Sonntag gelbe Gummistiefel herbekommen könnte.«

»Nicht unser Problem. Lassen Sie uns auf dieses Glück anstoßen, bevor hier die tausend Probleme losgehen, die dann wirklich unsere sein werden.«

Wir bewegen uns zum Buffet. Frau Klapphorst setzt ihre Füße sehr vorsichtig voreinander. Ich tue das auch, obwohl es mit Gummistiefeln eigentlich nicht nötig ist, aber so passe ich mich ihrem Tempo an. Kaum halten wir unsere Gläser in der Hand, bekommen wir auch schon Gesellschaft.

»Ja, der Herr Findling, des hab i mir schon denkt, des i Sie hier treff.«

»Guten Tag. Darf ich vorstellen, Frau Klapphorst? Eduard Rockerer, Hotelbesitzer und Freund der Familie Löwenstein.«

Und nicht der Mann, der heute in der Lage ist, meine

Laune zu heben. Kaum sehe ich sein Gesicht, fühle ich einen Stich in der Brust. Den ganzen Vormittag über habe ich es geschafft, nicht an Lara zu denken, aber nun ist von einem Moment auf den anderen alles wieder da. Mein Herz sackt langsam tiefer, weiter und weiter, ohne Aussicht darauf, dass es jemals wieder anhält.

»Des Buffet, des wo Sie da sehen, des is vo meine Leit.«

»Was Sie nicht sagen. Sie scheinen ja ein hochklassiges Hotel zu führen, Herr Rockerer.«

»Mei Hotel hod nur vier Sterna, aber i hob a no an erstklassigen Cäjtering-Service. Zum Wohl. Ah, da schau her, da kummt ja a no die Caroli.«

»Hi! Ihr könnt Caro zu mir sagen. Ist cooler.«

»Hallo Caro.«

Unglaublich. Die Löwensteintochter ist jetzt tatsächlich mit gelben Gummistiefeln ausgestattet. Der Löwensteinchauffeur muss einen Pakt mit dem Teufel haben. Ich habe schon oft versucht, mir auszumalen, wie die richtig reichen Leute leben, aber anscheinend reicht meine Vorstellungskraft dazu nicht aus. Dieses kleine blonde Mädchen mit der kecken Stupsnase kommt aus einer anderen Galaxis. Schön, dass wir trotzdem miteinander reden können.

»Der Eduard hat mir gesagt, Sie sind Architekt und Sie haben schon mal einen Club geplant?«

»Ja, ähm, das stimmt.«

»Cool.«

Sie schaut sich um und senkt dann ihre Stimme.

»Mein Vater hat am Mittwoch Geburtstag, und ich will eine Überraschungsparty ausrichten. Und zwar in Berlin. So als Einstimmung für unser neues Haus. Und ich will das so richtig cool berlinmäßig aufziehen, in einem abgerockten Keller irgendwo mitten in der Szene und so. Kennen Sie den Knusperclub in Kreuzberg?«

»Ich war zufällig letzten Sonntag drin.«

»Bombe, oder?«

»Ja, vor allem die Damentoilette. Bist du überhaupt schon volljährig?«

»Na ja, schon fast. Und für die Zeit bis dahin hab ich nen gefälschten Ausweis, hihi. Aber nicht verraten. Jedenfalls, genau so wie im Knusperclub soll das auf der Party für Papa sein. Nur noch abgerockter. Papa war in den Achtzigern Student in Berlin. Das soll ihn daran erinnern, verstehen Sie? Oder kann ich du sagen?«

»Ähm, klar, ich bin Kai.«

»Ähm, Erika.«

»Wo war ich stehengeblieben? Ach ja, abgerockt. Das muss richtig nach Siff riechen und so. Nur die Toiletten müssen picobello sein, sonst rastet Mama aus. Wobei, eigentlich reicht die Damentoilette, hihi. Und das Catering muss natürlich auch erste Sahne sein, aber das macht ja der Eduard.«

Irgendwie schafft sie es, Herrn Rockerer den Arm um die Schultern zu legen, obwohl ich vorher hätte schwören können, dass sie zu klein dafür ist.

»Und nach der Party soll das dann ein richtiger Club werden. *Caroclub.* Oder nein, lieber *Papaclub.* Also, Kai, kannst du das machen? So einen Keller suchen und einrichten, mit coolem Licht, Bar, Bühne und allem? DJs hab ich übrigens auch schon. Die bringen ihr eigenes Zeug mit. Und eine Agentur ist gerade dabei, noch eine Band zu suchen, die passt.«

»Ähm, nun ...«

»Ich hab auch schon Amélie Bleudkinon gefragt, aber die blö... Also, sie hat gesagt, sie hat keine Zeit.«

Herr Rockerer feuert die ganze Zeit Blicke auf mich ab, die mir so etwas sagen sollen wie: »Das Mädchen schmeißt mit Geld nur so um sich, wenn sie will. Sei nicht blöd und raff an dich, was du nur raffen kannst!« Bis Mittwoch wäre unter normalen Umständen natürlich ausgeschlossen, aber ich denke schon seit Caros ersten Sätzen an den nicht fertig gebauten Club, den wir geplant haben, an die Leitungen, die nur noch angeschlossen werden müssten, an die Damentoilette und vor allem an ...

»Nein, tut mir leid, Caro, aber ich fürchte, ich habe auch keine Zeit.«

»Schade. Na ja, aber wenn du einen richtig coolen Architekten weißt, dann wärs echt nett, wenn du mich anrufst. Oder, noch besser, Skype.«

Sie zieht eine Visitenkarte aus ihrer Handtasche und reicht sie mir.

CAROLA »CARO« LÖWENSTEIN
MULTITALENT ;-)

Glänzende silberne Buchstaben auf mattgoldenem Grund. Ich stecke die Karte ein und kippe den Rest in meinem Champagnerglas in einem Zug herunter.

»Deine Gummistiefel sind übrigens richtig cool, Kai. Ich hab sie mir gleich mal nachgekauft. Ich hoffe, du bist mir nicht böse?«

»I wo.«

LARA »Sonntagsshopping.« Ein Wort, das so viele Kilometer von dem Wort »Hürzelspitze« entfernt ist, dass man sich kaum vorstellen kann, dass es ein Herz gibt, in dem beide Wörter die gleiche Begeisterung auslösen. Dass Adrian so ein Herz hat, ist eine seiner vielen geheimen Superkräfte.

Ich selbst habe eben auch eine geheime Superkraft in mir entdeckt: Ich kann auf einmal das Wort »Butzi« ausblenden, wenn Adrian spricht. Es ist gar nicht schwer:

»Kannst du dir das vorstellen, (...)? Vor zehn Jahren war genau hier, wo wir jetzt stehen, sonntags shoppingtechnisch absofuckinglutely gar nichts zu reißen. Nicht mal in Roaring Berlin waren die Geschäfte offen, (...), nicht mal in Roaring Berlin, das muss man sich mal reinziehen. Bier und Chips an der Tanke, sonst nichts. Aber sich Kulturhauptstadt nennen. Okay, aber lassen wir die finsteren Zeiten. Was sagst du zu dem hier, (...)? Der ist doch göttlich, oder?«

Adrian schwenkt seinen rechten Fuß, auf dem ein bunter Sneaker mit einem irrwitzigen Preisschild steckt, vor meiner Nase hin und her (was nur geht, weil ich gerade tief in einem der Sitzsäcke versunken bin, die in Adrians Lieblings-Sneakerladen Jumpfreaks herumstehen).

»Ich finde, er riecht ganz okay, Adrian, aber wenn ich sein Aussehen beurteilen soll, müsstest du ihn etwas weiter von mir weghalten.«

»Ups, sorry, (...). So besser im Fokus?«

»Ja.«

»Und?«

»Hmwas?«

»Kaufen?«

Mist. Ich kann mich nicht konzentrieren. Warum müssen wir ausgerechnet Schuhe shoppen? Wenn es etwas gibt, das mich sofort an Kai erinnert, dann Schuhe. Argh!

Vielleicht bringe ich es mal fertig, mich endlich zusammenzureißen?

»Zeig nochmal.«

Ich greife mir Adrians Fuß.

»Na ja, ein bisschen bunt, aber warum nicht. Hundertneunundzwanzigneunzig ist natürlich ein wenig teuer für einen Schuh, der nicht mal aus Leder ist ...«

Nein! Jetzt höre ich mich auch schon an wie Kai!

»... aber kann man ja mal machen. Ach was, das sollte man sogar unbedingt mal machen! Wer zur Hölle sagt eigentlich, dass ein Schuh unbedingt aus Leder sein muss? Wow, und guck mal hier, der hat eine Computertastatur als Sohlenmuster.«

Adrian guckt nicht, sondern fällt mit einem Schmerzensschrei zu Boden. Muss ich mir auch mal merken, dass man einen Schuh, in dem ein Fuß mit Bein und Mensch dran drinsteckt, nicht einfach hin- und herdrehen darf.

»Hupsa. Tschuldigung, Adrian.«

Er rappelt sich hoch. Ich versuche mich zu erinnern, wie ich das gerade gemacht habe. Kann man ja vielleicht mal brauchen, Selbstverteidigungssituation und so.

»Gehts wieder?«

»Kein Problem. OH MEIN GOTT! DA IST WIRKLICH EINE COMPUTERTASTATUR AUF DER SOHLE! ICH MUSS IHN HABEN!«

Eine Stunde später sitzen wir in einem Café in einer Seitenstraße. Um uns herum Volk aus allen Altersgruppen, vereint durch eine gemeinsame Eigenschaft: Kaufkraft. Stehfähige Einkaufstüten aus Hochglanzpapier mit Henkeln aus farbiger Samtkordel lagern um die Stuhl- und Tischbeine herum und geben ein prächtiges Zeugnis davon ab. Ich schaue immer wieder auf die Sneaker, die Adrian mir gerade gekauft hat. Seine neuen Lieblinge mit der Computertastatur-Sohle haben ihn dermaßen in Kaufeuphorie versetzt, dass er auch unbedingt welche für mich aussuchen wollte.

Ich drehe meinen rechten Fuß hin und her und weiß immer noch nicht, ob mir die Dinger gefallen. Wahrscheinlich würde ich sie wunderschön finden, wenn ich wochenlang um sie herumgeschlichen wäre und zigmal überlegt hätte, ob ich sie mir wirklich leisten soll. Aber diese Sneaker hat er mir einfach von hinten übergestülpt. Ich kenne sie nicht und bin mir überhaupt nicht sicher, ob ich ihnen etwas so Wertvolles wie meine Füße überhaupt anvertrauen will. Sie hätten sich wenigstens mal anständig bewerben können, so wie es meine anderen Schuhe auch getan haben.

Andererseits ist es schon sehr nett von Adrian, dass er mich hier nicht ganz ohne Glanztüte rumlaufen lässt, auch wenn sie nur mit meinen alten Schuhen, meiner noch älteren Jacke und meinem äußerst schlanken Portemonnaie gefüllt ist. Aber der Sekt, den er für uns bestellt hat, ist ein guter Ausgleich für dieses kleine Glamour-Handicap.

»Heute Abend müssen wir unbedingt in den Strandpirat, (...). Ich will meine Tastaturspuren im Sand sehen. Da ist heute *Occupy! Neukölln¡*-Party. Was hast du eigentlich für eine Sohle? Zeig mal.«

»Finger weg von meinem Fuß, Adrian! Du willst dich nur für vorhin rächen, oder?«

»Hey! Absolut smashing, die Idee, (...)! Komm her, ich zeig dir den Hulk-Hogan-Figure-Four-Leglock, huahuahua!«

»Kannst du gerne mal versuchen, aber dann setzt es Laras Hürzel-spezial-Knockout.«

»Hürzel-spezial-Knockout! Oh Mann, (...)! Hab ich dir eigentlich schon jemals richtig von der Hürzelspitze erzählt? Da war ich ja neulich. Und wenn du da oben stehst ...«

»Ja, hast du.«

»Der Gipfel besteht übrigens aus zwei Spitzen, dem Oberhü...«

»Das auch.«

»Echt jetzt? Tschuldigung, Butzi, Telefon ... Ja, Mama?«

Butzi! Nein! Meine geheime Superkraft lässt nach. Wie kann das sein?

KAI Herr Rockerer fährt Auto, als hätte er gerade nicht vier Gläser Sekt, sondern nur Orangensaft getrunken. Ob das bei allen Leuten so ist, die in München aufgewachsen sind? Wenn man so viele Oktoberfeste überlebt hat wie er, hat man wohl zwangsläufig eine Leber aus Stahl. Vielleicht komme ich irgendwann auf meine alten Tage auch noch dahin, aber herumgefahren zu werden ist ebenfalls nicht schlecht. Vor allem, wenn man genug Champagner getrunken hat, dass es einem nichts mehr ausmacht, statt in einem Taxi in Herrn Rockerers BMW Active Hybrid X6 zu sitzen, der so hässlich ist, dass ich normalerweise schreiend weggelaufen wäre.

»I an Eana Stelle würd den Auftrag von der Caroli ja annehma, Herr Findling. Überlegens Eana des noch amal. Da kennans an Haufen Geld verdiena.«

»Das wird nichts, Herr Rockerer. Wir haben kaum noch Kapazitäten, und wenn ich daran denke, dass Sie uns auch noch mit Ihrer Hotelerweiterung bedrohen, wird mir fast schlecht.«

»Do hams a wieder recht, Herr Findling. I sog immer: *Liaba a Taubn in der Hand, ois wia an Spotz in der Hand,* hahaha!«

»Sie sind ein Philosoph, Herr Rockerer. Würden Sie mich da vorne an der Ecke rauslassen?«

»Ja freilich. A andermal fahr i Eana gern noch Haus, aber i hob glei an Termin in Reinickendorf, wo i ned zspät kemma derf.«

»Kein Problem. Vielen Dank!«

»Pfiad Eana God, Herr Findling.«

»Ganz meinerseits, Herr Rockerer.«

LARA Eins muss man Adrian lassen: Es gibt nicht viele Männer, die mit dem Taxi zum Shoppen kommen, weil sie wissen, dass sie danach zu betrunken zum Fahren sind. Und es macht mir auch nicht wirklich was aus, deswegen jetzt mit der Straßenbahn auf dem Heimweg sein zu müssen. Nachdem ich das »Butzi« auf einmal doch nicht mehr ausblenden konnte, hatte ich bald genug. Oder es lag am Sekt, keine Ahnung. Ich habe es mir jedenfalls noch offengehalten, ob ich heute Abend mit ihm zur großen *Occupy! Neukölln*₁-Party in den Strandpirat gehe. Die Werbeagentur seines Exkollegen Elvin veranstaltet das Ganze, und Adrian ist nervös, weil er Elvin zum ersten Mal seit langer Zeit wieder sieht. Aber irgendwie ist das mehr so sein Problem, finde ich.

Ich brauche jetzt erst mal meine Ruhe. Ein bisschen in den neuen Sneakern rumlaufen, ein bisschen ein Buch lesen, ein bisschen … Ja, schon gut, es hilft nichts, ich denke dauernd an Kai. Immer wieder sehe ich ihn vor mir. Er sagt »Lari« und grinst mich unverschämt an. Weil er es total komisch findet, dass ich einen miesen Hoteljob habe. Jetzt mal ganz ehrlich: Na und? Die Frau, die sich ihm als größte Film-Bescheidwisserin von ganz Berlin und Brandenburg vorgestellt hat, ist in Wirklichkeit ein Hotelbüttel. Das *ist* doch auch irgendwie komisch. Ich kann mir zwar nicht vorstellen, dass ich mich an seiner Stelle genauso blöd angegrinst hätte, aber Männer sind da einfach anders, weiß man doch. Unkomplizierter, direkter, trampeliger. Muss man sich nicht gleich auf den Schlips getreten fühlen. Hätte er mit seinem besten Kumpel auch gemacht. So *Hey, alte Schlackwurst! Hab gehört, du putzt jetzt Klos?* *grins* *Na klar, Hammerjob! Jedenfalls solange ich nicht dein Klo putzen muss!* *doppelgrins* *Apropos Klo – lass uns mal was essen gehen ...*

Ich bin einfach zu dünnhäutig, seit ich meinen Job los bin. Und überhaupt, wo bleibt die blöde Straßenbahn? ... Schon wieder. Ich habe es überhaupt nicht eilig. Im Gegenteil, ist doch gut, einfach hier zu sitzen und nachzudenken. Also. Was würde Kerstin tun? Ja, klar, ihn nicht anrufen. So gern ich sie mag, manchmal frage ich mich, ob sie in Männersachen überhaupt noch eine andere Strategie parat hat als *ihn nicht anrufen*. Kann man ja an ihr sehen, wohin das führt. Wer ist seit über einem Jahr Single? Warum habe ich noch nie darüber nachgedacht? Ich rufe ihn jetzt an, Schluss, aus! Ich kann ihm ja erzählen, dass ich in dem Café so plötzlich aufgestanden bin, weil ... ich auch einen Verwandten habe, der plötzlich Probleme hat. Und dass ich Kai böse angeschaut habe, kam nur daher ... dass es mir urplötzlich als telepathische Eingebung im Kopf erschienen ist, dass mein

Verwandter auf einmal Probleme hat. Mist, ich muss mir wirklich was einfallen lassen. Warum bin ich aufgesprungen und weg? Herdplatte angelassen? Bügeleisen? Die Richtung stimmt, nur noch ein bisschen ungewöhnlicher ...

Wenn wir uns nochmal treffen, vielleicht entschuldigt er sich ja sogar für das »Lari« und sein Gegrinse? Dann wäre wirklich wieder alles in Ordnung. Oder ich sage ihm einfach, dass ich total gekränkt war, dass er gleich so auf meinem Rockerer-Sklaventum rumgeritten ist. Oder ist das dumm? *Wenn du Schwäche zeigst, gerätst du nur an Männer, die schwache Frauen mögen*, würde Kerstin jetzt wieder sagen. Andererseits muss man doch auch mal von diesem Rumgelüge wegkommen, oder? Auch wenn ich nicht wirklich was von ihm will, wie sollen wir denn, ähm, gute Freunde werden, wenn wir nicht ehrlich sind?

Je mehr ich darüber nachdenke, umso besser finde ich die Idee. Es liegt so nah. Warum bin ich nicht gleich darauf gekommen? Ich mach das jetzt. Ich ruf ihn an und frage, ob wir uns nochmal treffen, und dann sage ich ihm klipp und klar, dass er mich gekränkt hat. Und dann muss er auch klipp und klar damit rausrücken, was er sich dabei gedacht hat. Und nur wenige Augenblicke später weiß ich klipp und klar, ob er ein Arsch ist oder der Mann, der ... der ...

Das gibts doch nicht!

Oh Gott, ich traue mich kaum, nochmal hinzuschauen ... Kai kommt genau in diesem Moment direkt auf meine Haltestelle zu! Es ist nur noch eine Frage von Sekunden, bis er mich sieht. Wahnsinn! Gerade jetzt, als ich endlich genau weiß, was ich ihm sagen will. Schicksal, du bist eine alte Kitschtante, aber trotzdem danke.

Das einzig Blöde: Jetzt sieht er mich in diesen Sneakern-von-denen-ich-selbst-noch-gar-nicht-weiß-ob-ich-sie-gut-finde. Wäre vielleicht besser, wenn ich schnell noch entscheide, ob sie mir gefallen. Falls nein, ob ich sie noch ausziehen ...? Oh Mann, hör endlich auf! Der soll mich gefälligst genau so nehmen, wie ich jetzt gerade im Moment bin! Und wenn ich zwei tote Thunfische an den Füßen hätte! Und überhaupt, wie sieht der denn aus? Mitten in der Stadt in Gummistiefeln? Ist der verrückt geworden? Ach, mir doch egal. Ich sag ihm jetzt erst mal, dass er sich danebenbenommen hat. Danach können wir meinetwegen noch den ganzen Tag über Gummistiefel und alles andere reden.

Ich muss ruhig bleiben. Gleich sieht er mich. Gleich!

KAI Schon klar, das Laufgefühl ist in Gummistiefeln eher bescheiden. Man hat keinen richtigen Halt, und wenn man genau hinhört, macht es beim Gehen die ganze Zeit »gamulk, gamulk«. Aber soll ich jetzt wirklich wegen der zwei Stationen Fußweg auf die Straßenbahn warten? Wir haben tolles Wetter, und die Verdauung will auch angeregt werden. Nein, mir ist mehr nach Laufen. Kehrtwende.

LARA »Er hat *was*?«

»Sag ich doch, sobald er mich gesehen hat, hat er sich einfach umgedreht und ist wieder gegangen!«

»Das gibts nicht! Was glaubt der eigentlich, wer er ist?«

»Was er glaubt, weiß ich nicht, aber ich weiß jetzt wenigstens, wer er ist.«

»Aber hallo weißt du es jetzt! Er ist der letzte ...«

»Alleroberhinterletzte ...«

»Alleroberhinterletztesuperdoppel ...«

»Riesenarsch!«

Genau in dem Moment, als mir zwei Tränen herauskullern, die kein Mann weniger verdient hat als dieser elitäre Scheißtyp, dessen Namen ich nie wieder hören will, drückt mich Kerstin ganz fest an sich. Die kleinen Rinnsale versickern in ihrem T-Shirt, und ich versuche mir vorzustellen, dass es sie nie gegeben hat.

»Ärger dich nicht, Lara. Ich weiß schon, was wir jetzt machen.«

»Was denn?«

»Wir gehen ins schönste Wellnessbad der Stadt.«

»Hm.«

»Und ich schaffe dir den bestaussehendsten Masseur ran und lasse dich von ihm von oben bis unten durchkneten.«

»Mhm.«

»Und danach gehen wir essen.«

»Mhmm!«

»Und überlegen uns, wie wir uns an Kai rächen.«

»Mhmmmmmmmm!«

»Und lass ja dein Geld zu Hause. Ich bezahle alles.«

»Du bist so ein Schatz, Kerstin, lass dich drücken. Und nochmal drücken.«

Und wieder kommen zwei Tränen raus. Aber ich erkläre hiermit feierlich, dass diese Tränen nichts, aber auch gar nichts mit diesem dahergelaufenen Gummistiefelträger von der Straßenbahnhaltestelle zu tun haben. Es sind Freudentränen. Punkt.

»Komisch.«

»Was denn?«

»Jetzt, wo meine Laune besser ist, bin ich mir auf einmal gar nicht mehr ganz sicher, ob er mich wirklich gesehen hat.«

»Wie?«

»Na ja, er war zwar nur noch ein paar Meter weg, aber er war ja schließlich gar nicht darauf vorbereitet, mich zu sehen. Und ich habe mehr so auf den Boden geschaut. Ganz vielleicht hat er ...«

»Und warum hat er sich dann auf dem Absatz umgedreht? Vielleicht, weil ihm urplötzlich eingefallen ist, dass er doch lieber zu Fuß gehen will?«

»Hm.«

»Na also.«

»Du hast ja recht. Außerdem habe ich sowieso noch nie was von ihm gewollt.«

KAI Ich weiß schon seit über zwanzig Jahren, warum man am Vormittag keinen Sekt trinken sollte: Weil man am Nachmittag wieder nüchtern ist, und dann fühlt sich selbst der schönste Sonntag auf einmal an wie Montag um sieben Uhr morgens. Und jedes Mal, wenn ich daran denke, dass Lara es nicht für nötig hält, sich zu melden und mir zu sagen, was das gestern sollte, wird es noch eine Stunde früher. Das kann so nicht weitergehen. Ich nehme mein Handy, suche die Nummer heraus, halte noch einmal kurz inne, doch es muss sein, es gibt keine Alternative.

»Hallo, Angelina.«

LARA Wir liegen in weißen Bademänteln auf diesen Liegen, von denen man nie wieder aufstehen will. Jedes Mal frage ich mich, warum ich so etwas nicht im Wohnzimmer habe, aber es wäre einfach nicht dasselbe. So eine Liege muss in einem Wellnesstempel stehen. Der Bademantel und die Handtücher dürfen nicht die eigenen sein, es muss nach Luxus duften, und man muss das leise Plätschern der Schwimmzüge hören, die die unermüdlichen Bahnenschwimmer im Becken nebenan produzieren. Vielleicht geselle ich mich nachher auch nochmal kurz zu denen. Aber wirklich nur ganz kurz, nur, um alles hier mal ausprobiert zu haben.

»Wie war die Massage, Lara?«

»Um das zu beschreiben, müsste ich bis morgen früh *mmh* machen.«

»Sehr gut.«

»Komm, Kerstin, das musst du dir auch gönnen.«

»Guido hat heute keine Termine mehr frei. Außerdem wäre ich sowieso nicht entspannt genug.«

»Wieso denn?«

»Ich glaube, ich finde keine Ruhe, bis du dich irgendwie an diesem, wie heißt er nochmal?«

»Habs vergessen.«

»Sehr gut. Also, bis du dich an diesem Irgendwem von Niemand gerächt hast.«

Ich mache die Augen auf und gucke nach oben. Im üppigen Deckenstuck sind Tausende kleiner Lämpchen versteckt, deren Licht sich in goldfarbenen Wandflächen bricht. Griechische Halbsäulen streben entlang der Wände nach oben, und von links ragt Bambuszeug mit feinen grünen Blättern in mein Gesichtsfeld, während im Hintergrund irgendwas mit Geigen und Klavier ganz leise dazu dudelt. Keine Frage, dieser Gummistiefelheinz würde das alles fürchterlich kitschig finden. Wahrscheinlich gefällt es mir deswegen so gut.

»Weißt du, Kerstin, ich glaube, da ist gar keine Rache mehr nötig. Der hat sich selbst genug bestraft. Wenn der mich nicht will, dann will ich ihn auch nicht, Punkt.«

»Lass dich küssen, Lara, du bist toll! Bei meiner letzten Freundin mit Liebeskummer habe ich ein geschlagenes halbes Jahr gebraucht, bis sie so weit war.«

»Hey! Ich habe keinen Liebeskummer. Als ob ich je was von ihm gewollt hätte.«

»Eben.«

Eine etwas ältere Frau in weißem Badeanzug kommt aus dem Wasser, wickelt sich in ihren Bademantel, schlüpft in ihre goldenen Latschen und schwebt davon.

»Genau genommen hab ich ihn sogar ausgenutzt. Er war nur wichtig für mich, weil er mich angeregt hat, meine Beziehung mit Adrian neu zu überdenken.«

»Stimmt, so siehts nämlich aus. Und, was ist dabei rausgekommen?«

»Ach, keine Ahnung.«

Ich versinke noch einen halben Meter tiefer in meiner Liege. Wann habe ich zuletzt von Adrian gehört? Wenn ich ehrlich bin, ist es genau umgekehrt. Seitdem ich Gummistiefelchen kennengelernt habe, habe ich aufgehört, über mich und Adrian nachzudenken. Und jetzt werde ich wohl wieder damit anfangen müssen. Aber ich werde es diesmal wirklich neu überdenken. *Dazu* hat er mich gebracht. Ich habe ihn also doch ausgenutzt. Ha.

»Hast du was gesagt, Lara?«

»Nö, nur wohlig geseufzt.«

»Hm, also, ganz ehrlich, ich finde es vorbildlich von dir, wie du das einfach so abschüttelst. Leider hab ich selbst viel größere Schwierigkeiten damit.«

»Wie jetzt?«

»Ich sehe es einfach nicht ein, warum er ungeschoren davonkommen soll.«

»Ach, und wenn schon, was willst du groß machen?«

»Na, hör mal, du kennst mich doch. Weißt du noch ...?«

»Wie du Armins Lieblingsfußballkneipe für den Abend des großen Lokalderbys gemietet und bis auf den letzten Platz mit gegnerischen Fans gefüllt hast? Ja, das weiß ich noch sehr gut.«

»Und wie ...?«

»... du den Automechaniker vom armen Udo bestochen hast, damit er den Motor seines Autos so manipuliert, dass er langsam kaputtgeht? Das war wirklich hinterhältig.«

»Es war ein Ford Kuga. Sondermodell mit Rallyestreifen. In Atommüllfassgelb.«

»Zugegeben, die Stadt sieht jetzt schöner aus.«

»Komm, bitte, sag mir, wo der Typ wohnt.«

»Denk an was anderes, Kerstin.«

KAI Volltreffer. Angelina steuert weiter auf ihren zweiten Frühling als Tresenkraft zu und brennt darauf, mich mit neuen Cocktails abzufüllen. Ich soll bleiben, wo ich bin, und ein gutes Buch lesen, hat sie gesagt. Sie kommt spätestens um sieben. Zur Cocktailstunde.

Das mit dem Gutes-Buch-Lesen konnte ich natürlich knicken. Wenn man traurig und wütend ist, gibt es keine guten Bücher. Dann ist alles riesiger Mist, sogar Max Goldt und der prächtige Herrenschuh-Bildband von Helge Sternke. Die weitaus bessere Lösung war, meine komplette Schuhsammlung durchzuputzen. Nun bin ich durchgeschwitzt, und die Wohnung duftet angenehm nach Leder und Schuhwachs und Sohlenöl. Nicht dass ich jetzt viel fröhlicher wäre, aber immerhin ist die Ankunft meiner Rettung schon bis auf zwei Stunden herangenaht.

Nehme ich jetzt noch ein Bad? Oder gönne ich mir schon mal einen kleinen Aperitif? Oder, besser, gönne ich mir schon mal einen kleinen Aperitif und rufe noch ein paar Freunde an, ob sie auch kommen möchten? Und besorge ich noch ein paar Flaschen mehr? Und gönne mir anschließend noch ein Bad? Und empfange sie dann nackt? Ja, das klingt alles nach einem guten Plan. Bis auf die Kleinigkeit, dass ich mich gerade dunkel daran erinnere, dass ich nach der Trennung von Connie damals auch ein paar Tage lang wild gefeiert habe, um den Schmerz zu betäuben, und dass es am Ende überhaupt nichts geholfen hat, klingt das wirklich wie ein sehr guter Plan.

LARA Kaum zu glauben, aber es ist wirklich schon Abend. Wie schnell die Zeit beim Nichtstun vergehen kann, wenn man sie in Kerstins Lieblingswellnesstempel verbringt.

»Okay, Lara, ich geh jetzt noch mit Irena Badminton spielen. Wie gesagt, du kannst echt gerne mitkommen.«

»Ganz lieb von dir, Kerstin, aber ich habe Adrian gesagt, dass ich mit ihm zu dieser *Occupy! Neukölln!*-Party gehe, und davor mache ich lieber noch was Ruhiges. Endlich mal wieder einen Film gucken oder so. Außerdem ist Badminton zu dritt ja wohl eher schwierig.«

»Ach, kein Problem, wir können zwei gegen eins spielen. Irena ist eh viel besser als ich.«

»Ein andermal gerne. Machs gut, wir können ja später nochmal telefonieren.«

»Haaalt, nicht so schnell! Ich hab noch was für dich. Oder besser gesagt, für uns. Hier, guck mal.«

»Nein! Das sind Karten für Tim Bendzko am Mittwoch!!! Wo hast du die her? Das Konzert ist seit Monaten ausverkauft!«

»Frag einfach nicht ... Und drück mich nicht ganz so doll, sonst hilft keine Massage der Welt mehr bei mir.«

»Ich liebe dich!«

»Ja, ich dich auch, Larchen. Und jetzt mach dir einen schönen Abend und fang nicht an, doch noch nachzudenken.«

»Ich doch nicht.«

»Weißt du was? Du bist die Einzige, der ich das glaube.«

KAI Irgendwie habe ich den Überblick verloren. Bei den ersten acht Freunden, die zugesagt haben, habe ich noch mitgezählt, aber dann kam der zweite Aperitif und viele weitere Telefonate, und inzwischen habe ich keine Ahnung mehr, ob insgesamt eher so 15 Leute kommen werden oder eher so 30. Am besten, ich geize mal nicht mit der Anzahl der Flaschen. Auto fahren kann ich jetzt zwar nicht mehr, aber die nette Kassiererin des einzigen Getränkemarkts, der am Sonntag offen hat, stellt mir einen Handwagen zur Verfügung. Ich sammele also nochmal alles ein, was ich damals auch für den Abend mit dieser durchgeknallten Frau (an die ich mich schon gar nicht mehr erinnern kann, echt nicht) besorgt habe. Aber alles in sechsfacher Ausführung. Sicher ist sicher.

Als ich mit meinem vollgeladenen Einkaufswagen zur Kasse komme, schaut mich die Dame kurz misstrauisch an, aber ich sage einfach »Junggesellenabschied«, und sofort ist der Bann gebrochen. Sie hilft mir sogar beim Handwagen-Beladen und flicht kunstvoll eine alte Decke um die Flaschen herum, so dass sie nicht aneinanderklackern. Gelernt ist gelernt.

Zum Glück führt mein Heimweg nicht an Alkoholiker-Treffpunkten vorbei. Ich glaube nicht, dass ich gerade in der Lage wäre, meine Beute zu verteidigen. Und nochmal zum Glück passt der Handwagen in den Fahrstuhl. So kriege ich die Flaschen nicht nur bequem in die Wohnung, sondern auch heil. Und zwar alle. Ich schaue mir die stolze Sammlung auf dem Küchenbuffet kurz an. Doch, das sollte reichen.

Nach einem weiteren Aperitif mache ich mich schweren Herzens noch einmal auf den Weg, um den Handwagen zurückzubringen und danach die Früchte-Einkaufsliste abzuarbeiten, die mir Angelina durchgegeben hat. Nachdem das geschafft ist, schlendere ich nach Hause. Den Inhalt meiner prall gefüllten Einkaufstasche drapiere ich um die Flaschen herum, anschließend lasse ich endlich das Badewasser einlaufen und gönne mir einen weiteren klitzekleinen Aperitif.

Vielleicht sollte ich noch ein paar Leute mehr einladen? Die Flaschenanzahl würde es hergeben. Na ja, kann ich mich gleich noch drum kümmern. Wichtig ist jetzt, dass ich erst mal in die Wanne komme. Ich kann zwar nicht genau erklären warum, aber ich habe immer noch das Gefühl, dass es bei der Art Party, die ich heute feiern will, extrem darauf ankommt, die Gäste nackt zu empfangen. Oder wenigstens im Bademantel. Übrigens, wo ist mein Bademantel eigentlich? Egal, erst mal raus aus den ... Oh Mist, die Klingel. Angelina. Warum ist es nur so schwer, sich schnell den Hosenstall wieder zuzuknöpfen? ... Geschafft. Keine Sekunde zu früh.

»Hallo und herzlich willkommen!«

»Hallo Kai. Falls es dich interessiert, hier riecht es wie in einem Schuhgeschäft.«

»Gibt Schlimmeres.«

»Besser gesagt, wie in einem Schuhgeschäft mit betrunkenem Verkäufer. Wie siehst du eigentlich aus? Hemd hängt raus, nur eine Socke an, so würde ich dich auf keinen Fall in meine Bar reinlassen.«

»Du hast eine Bar?«

»Noch nicht. Aber hoffentlich bald.«

»Und wenn ich im Bademantel käme?«

»Vielleicht. Jede Bar braucht ein paar Spinner. Apropos Spinner, was zum Henker hast du denn da alles eingekauft? Damit kann man ein ganzes Regiment abfüllen.«

»Gut so.«

Angelina hat mir erlaubt, noch mein Bad zu nehmen, aber ich musste ihr versprechen, den Gästen nicht im Bademantel die Tür zu öffnen, sondern mich schick zu machen. Auch wenn das hier nicht ihre richtige Bar sei, bestünde sie doch auf ein gewisses Niveau. Dieses Asikneipen-Trauma sitzt wohl wirklich sehr tief bei ihr.

Ich lehne mich zurück, spiele mit dem Schaum und überlege, welche Schuhe ich nachher anziehe. Normalerweise besiegen diese Gedanken alle anderen. Wenn ich mich entscheiden muss, ob es heute Abend ein Oxford wird oder, ganz salopp, ein Pennyloafer oder, etwas gewagt, ein modisch-schlanker Vier-Loch-Derby mit leicht angedeuteter Karree-Spitze, dann kommt nichts anderes an mich heran. Normalerweise. Heute drängt sich aber dauernd eine Frau mit wunderbaren langen braunen Haaren zwischen die Schuhpaare, die an meinem inneren Auge vorbeiziehen. Und jedes Mal, wenn sie diese wunderbaren langen braunen Haare nach hinten wirft, werden die Schuhe einfach vom Luftzug weggepustet, und ich muss sie wieder neu ordnen.

Warum? Warum ist sie einfach abgehauen? Was ging ihr durch den Kopf? Was habe ich falsch gemacht? Warum redet sie nicht mit mir? Immer wieder die gleichen Fragen. Und je länger ich in der Wanne liege, umso mehr bedrängen sie mich. Mit anderen Worten, ich bin reif für den nächsten Drink. Nachdem ich kurz überlegt habe, dass es keine gute Idee ist, Angelina zu bitten, mir ein Getränk an die Wanne zu bringen, steige ich seufzend aus und trockne mich ab. Dann schlurfe ich im Bademantel an der stirnrunzelnden Angelina vorbei in mein Schlafzimmer. Dort hole ich ohne lang zu überlegen eine weiße Hose, ein gelbes Hemd, ein grau-weiß kariertes Jackett und rote Socken aus dem Schrank und schlüpfe hinein. Damit ziehe ich erneut an der nun noch mehr stirnrunzelnden Angelina vorbei zu meinem Schuhregal und ziehe mit einem gezielten Handgriff meine schwarz-weißen Spectators heraus, die ich mir eigentlich nur für den 30er-Jahre-Tanzkurs gekauft hatte, den Connie damals mit mir machen wollte. Dazu setze ich mir noch den Trilby-Strohhut auf, den mir meine Bürocrew zum letzten Geburtstag geschenkt hat. Auch wenn Angelina, die selber ganz unauffällig mit weißer

Bluse, Weste und dunkler Hose unterwegs ist, inzwischen vom Stirnrunzeln zum Räuspern übergegangen ist, bin ich sehr zufrieden mit mir. Dieses Outfit ist noch entschieden besser, als nackt die Tür aufzumachen. Da fällt mir ein ...

»Momentchen, bin gleich zurück. Wenns genehm ist, leg doch schon mal Musik auf, Angelina. Und falls dir danach ist, ein erster Drink käme mir sehr gelegen.«

Ihr »Red endlich wieder normal, sonst kriegst du nur Limo« höre ich nur noch gedämpft, denn ich stecke bereits tief in meiner Abstellkammer und wühle. Hier müssen doch noch irgendwo künstliche Blumen sein. Ich weiß es ganz genau. Irgendwelche von den unzähligen Geschenk-mitbring-Gästen, die man im Lauf der Zeit so hat, hatten die mal hiergelassen, und ich habe es nicht übers Herz gebracht, sie wegzuwerfen. Ich brauche geschlagene fünf Minuten, um die Schachtel zu finden, aber es hat sich gelohnt. Ich überlege kurz, nehme mir dann eine fliederfarbene Aster heraus und stecke sie in mein Knopfloch. Erst jetzt bin ich wirklich komplett.

Und nun raus auf die Piste. Wenn mich nicht alles täuscht, hat es vorhin geklingelt. Und tatsächlich sehe ich, als ich zurückkomme, den ersten Gast in der Küche stehen und mit meiner Barkeeperin über das Flaschengebirge im Hintergrund quatschen.

»Ah, sieh an, der Mohamadou. Oh!«

»Alles klar, Kai, Mann? Oh!«

Nicht nur, dass Moha exakt die gleiche fliederfarbene Aster im Knopfloch stecken hat wie ich, wir merken es auch exakt im gleichen Augenblick. Natürlich könnte man an diesen Zufall ein wunderbares Gespräch anknüpfen, aber wir ziehen es beide vor, uns einfach schallend kaputtzulachen. Die Schachteln mit den künstlichen Blumen müssen wohl irgendwann mal auf einem Sonderangebotstapel in einer hiesigen Supermarktkette gelegen haben.

»Wenn die Herren sich ausgekichert haben, könnte ich mir überlegen, einen ersten Drink zu mixen.«

»Oh ja, bitte!«

»Wie wäre es mit einem Negroni?«

Ich halte kurz den Atem an, aber dann fällt mir wieder ein, dass das ein klassischer Cocktailname und keine rassistische Anspielung ist. Außerdem nimmt Moha, was rassistische Anspielungen betrifft, das Heft sofort selbst in die Hand.

»Sehr gut, Angelina, ich fühle mich 'eute durch und durch negroni, hahaha!«

»Also, drei Negroni. Bitte mal kurz leise sein, ich muss mich konzentrieren, den habe ich erst ein Mal gemacht.«

»'eute sind wir alle negroni!«

»Ruhe!«

LARA Ist ja wirklich ganz nett, so Spreeufer, Sand, Sommernacht, Musik, Wasser, Drinks und schöne Menschen, aber das Blöde ist, dass Adrian dauernd Leute trifft. Und je weniger er sich mit mir unterhält, umso mehr ... Nein, ich spreche es gar nicht erst aus. Ich habe Kerstin mein Wort gegeben, nicht nachzugrübeln. Und ich bin auch überhaupt nicht wütend. Und da kommt Adrian auch schon mit zwei frischen Bieren. Alles in Butter. Warum denke ich an den Gummistiefel? Der spielt doch gar keine Rolle mehr.

»Hier, Butzi. Nastrowje.«

»Danke.«

Adrian starrt seine Flasche versonnen an. Manchmal hat er schon sehr seltsame Momente.

»Ist was?«

»Pinklbräu.«

»Ja, das steht da drauf.«

»War früher mal unser Kunde, als ich noch in der Werbeagentur gearbeitet habe. Guck mal, das hier ist ein neues Produkt. *Pinklbräu Fete.* Ich habe schon damals immer gesagt, dass sie endlich ...«

»Verstehe. Sag mal, warum heißt das hier eigentlich *Occupy! Neukölln¡*-Party? Wir sind doch gar nicht in Neukölln, sondern in Kreuzberg.«

»Das hat sich ein Typ namens Rüdiger Rodeo ausgedacht. Oberfuckingmegamäßig abgespaceter Star aus der Social-Media-Szene. Hab früher mal ein Projekt mit ihm gemacht. Faust 2.0. War der Burner.«

»Und warum jetzt *Occupy! Neukölln¡*?«

»Er hat es mir erklärt, aber ich habs schon wieder vergessen. Der redet immer sehr kompliziert. OH MEIN GOTT, GUCK MAL! MEINE SNEAKER MACHEN TATSÄCHLICH EINEN COMPUTERTASTATUR-ABDRUCK IN DEN SAND!«

Adrian ist von einem Moment auf den anderen mit der Nase auf Bodenhöhe gehechtet und schaut sich das Wunderwerk von allen Seiten an. Ich kauere mich seufzend daneben, stelle meine Flasche ab und tippe mit Zwei-Finger-System »Kai ist ein Arschloch« auf die Sandtasten. Und obwohl ich dadurch kaum Spuren hinterlassen habe, ist es in meinem Kopf auf einmal so, als stünde überall in Riesenlettern »KAI KAI KAI« in den Sand geschrieben.

»Smashing, Butzi! Was hältst du von der Idee? Fuß

macht Tastaturabdruck im Sand, Schnitt, Finger tippen auf Sandtastatur, Schnitt, Riesenscreen erscheint, auf dem in Großbuchstaben *PINKLBRÄU FETE* steht, Schnitt, und dann ... Ach egal, tschuldigung, ist nicht mehr meine Welt.«

»Sicher?«

»Absolutely ... Oh, ganz vergessen, ich habe gute Nachrichten. Es gibt einen Job für dich.«

»Was? Wirklich?«

»Hab gerade vorhin per Handschlag einen Auftrag bekommen. Hat Jenny mal wieder organisiert. Und das ist was, wo du auch mitmachen kannst, Butzi.«

»Wirklich lieb von dir, Adrian, aber ich sags nochmal, dieser ganze Hürzel-Gewürzel-Kletterkram ist nichts für mich. Ich bin weder schwindelfrei, noch habe ich Lust, stundenlang irgendwohin zu fahren, um dann dort irgendwas rumzuhampeln. Ich bin mehr so der Typ, der gerne ganz konzentriert in seinem stillen Kämmerlein ...«

»Aber dafür müsstest du nicht klettern und auch nirgends hinfahren, Butzi. Das ist ein Event. In Berlin. Irgendein Reichenmädchen will eine Riesenparty für ihren Papa schmeißen. Und der ist in seiner Jugendzeit mal geklettert. Deswegen braucht sie, ganz logisch, ein paar Menschen in Kletteroutfit auf seiner Party. Also, du setzt dir einen Helm auf, schlingst dir ein Seil um die Hüfte, wir studieren ein paar zünftige Moves für die Tanzfläche ein, und ...«

»Ich weiß nicht.«

»200 Euro für jeden Kletter-Tänzer.«

»Okay, wann muss ich wo sein?«

»Am Mittwoch ab 22 Uhr. Ort wird noch gesucht.«

»Nein! Ausgerechnet dann! Da ist das Tim-Bendzko-

Konzert. Kerstin hat mich eingeladen, da will ich unbedingt hin.«

Und nicht nur wegen Tim Bendzko, das ist vor allem auch ein wichtiger Teil meines Vergiss-den-Gummistiefelschnösel-Therapieprogramms.

»200 Euro sind 200 Euro, Butzi.«

»Ich weiß. Kann man die Party nicht verlegen?«

»Ich glaube eher nicht.«

»Mist. Aber wenn sie das nächste Mal Tänzerinnen mit Bergseil braucht, bin ich auf jeden Fall dabei.«

»Okay, musst du wissen ... Ou, dahinten ist Elvin!«

»Der mit der Seiten-kurz-oben-lang-und-verwuschelt-Frisur?«

»Genau. Woher wusstest du das?«

»Hab ihn mir immer genau so vorgestellt.«

»Er kommt rüber! Oh Mann, Butzi, bin ich nervös. Wir haben uns so gestritten damals. Nur wegen der blöden Gummiballsammlung. Ich ...«

»☺ Hi Adrian. ☺«

»Hi ... ☺ Hi Elvin! Oh Gott, es ist so massiv smashing, dich zu sehen! ☺«

Zirrrp! Zirrrp!

»Tschuldigung.«

Scheint ohnehin so, als ob ich hier gerade überflüssig bin. Sie liegen sich in den Armen und kriegen überhaupt nichts mehr mit. Ich gehe ein paar Schritte Richtung Ufer. Kurz durchatmen.

»Hotel Royal. Guten Abend, was ka... Ach Quatsch, hallo Kerstin! Ich komm dauernd durcheinander.«

»Hallo Lara, sag, stör ich dich gerade?«

»Überhaupt nicht. Adrian hüpft dauernd von Grüppchen zu Grüppchen und hat jetzt auch noch den alten Arbeitskollegen getroffen, von dem er immer erzählt hat, und ich kriege immer schlechtere Laune. Und, ich trau es mich gar nicht zu sagen, ich fange sogar an, mich wieder über den Mann mit dem Gummistiefelfetisch zu ärgern.«

»Dann rate mal, wo ich jetzt gerade bin.«

»Na, wo denn?«

»In seiner Wohnung.«

»WAS?«

»Pass auf, du kennst doch Irinas Freund, den dicken Frank Neumann.«

»Ja.«

»Und, tadaaa, der ist wiederum der beste Freund von Kai. Wusste ich nur die ganze Zeit nicht.«

»Nein!«

»Und Kai schmeißt heute Abend eine Spontanparty.«

»Arsch!«

»Und er hat Frank und Irina eingeladen. Ich habs mitbekommen, weil sich die beiden nach dem Badminton am Handy darüber unterhalten haben. Und schwupps, hab ich mich einfach drangehängt. Tolle Wohnung, wirklich, muss man sagen. Ich bin nur nicht sicher, ob davon morgen noch was übrig ist. Hörst du das hier?«

»Hm, ja, mächtig was los.«

»Und er ist schon wieder total spinnert angezogen. Kariertes Jackett und Strohhut. Heute Nachmittag die Gummistiefel, jetzt das, wer weiß, vielleicht hat er einfach eins auf den Kopf gekriegt und benimmt sich seitdem komisch?«

»Nein, er ist ein Arsch.«

»Natürlich ist er ein Arsch, war nur ein Witz. Trotzdem, eine Bar hat der Arsch hier aufgefahren, Respekt. Sogar mit Profi-Barkeeperin. Irgendwie hieß es, das wäre in Wirklichkeit seine Putzfrau, aber das muss wohl ein Insiderwitz sein. Jedenfalls mixt die uns hier alle in Grund und Boden.«

»Können wir bitte nicht über Cocktails reden. Mir wird davon immer noch übel.«

»Sorry, ist auch nicht so wichtig. Jedenfalls bin ich jetzt hier und wollte dich fragen, ob es dir eventuell vielleicht doch recht ist, wenn ich mich für dich räche. Nur ein ganz kleines bisschen?«

»Freies Schussfeld, Kerstin.«

»Fein!«

»Kleiner Tipp: Das, woran sein Herz am meisten hängt, sind seine Schuhe.«

»Ich weiß.«

KAI Kann man sagen, was man will, aber so eine Frau hab ich noch nicht erlebt. Wollte meine Schuhe sehen. Freiwillig! Hat sogar zugehört, als ich ihr was zu den einzelnen Stücken erzählt habe. Und ich glaube ehrlich gesagt, dass ich ganz schön viel erzählt habe. Und sie wollte ganz genau wissen, welches denn meine Lieblingsschuhe seien und so weiter. Nicht mal die Klapphorst könnte so lange bei dem Thema bleiben, und das will was heißen. Wenn ich wieder nüchtern bin, muss ich mir überlegen, ob ich sie heirate. Wie hieß sie nochmal? Irgendwas mit »i« ... Gerstine? Egal, der Name kommt mit dem nächsten Drink bestimmt wieder. Gibt gerade andere Prioritäten.

»Frank, wo ist die Toilette, bitte?«

»Konfuzius sagt: *Wenn du in der eigenen Wohnung die Toilette nicht mehr finden kannst, dann höre auf zu trinken.*«

»Ich habe noch nicht einmal angefangen zu trinken.«

»Okay, die Tür da drüben. Ist aber gerade besetzt. Und Konstantin, Jochen, Waltrude und ich sind noch vor dir dran.«

»Dann hol ich uns erst mal noch einen Drink. Angelina, fünf Drinks! Am besten was, was gut ist gegen lange Wartezeiten.«

Das hätte ich nicht sagen sollen. Der Drink, der daraufhin kommt, lässt einen sogar vergessen, auf was man überhaupt wartet. Erst als mich die Schlange hinter mir ins Klo schubst, erinnere ich mich wieder. Ich bringe mein Geschäft halbwegs unfallfrei über die Bühne und schwanke zurück zur Bar. Dieser Weg hat sich mir, im Gegensatz zum Weg zur Toilette, sehr gut eingeprägt.

»Ich muss wissen, was in dem Wartezeit-verkürz-Drink drin war, Angelina. Der funktioniert.«

»Alle meine Cocktails funktionieren.«

»War es wieder was mit Whiskey?«

»Angelinas Bar-Regel Nummer eins: Whiskey ist entweder so gut, dass er zu schade zum Mixen ist, oder so schlecht, dass man ihn wegkippen sollte. Mit anderen Worten: Vergiss alle Whiskey-Cocktails.«

»Oha.«

»Da muss ich widersprechen. Ich zum Beispiel trinke gerne ...«

»Leg dich nicht mit Angelina an, Konstantin!«

»Genau, ihr bekommt jetzt beide einen Drink zum Klappehalten, und dann macht ihr gefälligst Platz für die anderen.«

Kurze Zeit später starren Konstantin und ich uns stumm an und staunen. Auch dieser Drink funktioniert. Angelina wird das Nachtleben der gesamten Stadt revolutionieren, so viel ist schon mal sicher.

»Kai, können wir das Fenster schließen? Ich bekomme Zug.«

»Angelina, darf ich vorstellen? Das ist Joan, meine Büromanagerin. Machst du ihr bitte einen Drink gegen Zug?«

»Gegen Zug? Mitten im Sommer?«

»Ja. Mach am besten eine Runde für die ganze Party. Schnell! Wir werden sonst alle krank, weißt du? Und wir müssen sofort noch mehr Maßnahmen gegen den Zug ergreifen. Irgendjemand eine Idee? Nein, wartet, ich habs schon! Wir laden einfach noch mehr Leute ein, so lange, bis es es so voll ist, dass keine Zugluft mehr durchkommt. Kommt, raus mit den Handys! Ich guck auch noch mal, ob da noch irgendwer in meinem Adressbuch ist, den ich noch nicht eingeladen habe.«

»Ich könnte meine Schwester einladen, aber die neigt dazu, sich über religiöse Themen zu unterhalten.«

»Genau das, was uns hier noch fehlt, Frank. Her mit ihr! Und was ist mit euch? Ich sehe immer noch Leute ohne Handy am Ohr. Wer nicht noch mindestens einen weiteren Gast beisteuert, kriegt nichts mehr zu trinken!«

Das wirkt. Die Musik wird für einen Moment leiser gedreht, und hochkonzentriertes Tippen und Brabbeln beginnt. Ich lasse mich auch nicht lumpen und rufe Großonkel Karl an, aber der geht natürlich nicht ran. Immer das Gerede von Schlaflosigkeit im Alter, aber nun so was. Okay, dann eben wer anderes. Mal sehen, hier ist noch eine Visitenkarte in meiner Tasche. Ah. *Caro Löwenstein, Multitalent ;-)* Wie konnte ich sie nur vergessen!

»Hallo?«

»Hallo Caro, die Party ist in der Veteranenstraße 98b.«

»Ähm, okay, aber ...«

»Einfach bei *Findling* im Dachgeschoss klingeln und dann zur Bar durchfragen.«

»Ach so, du bist der Architekt, der ...«

»Bis gleich.«

Famos. Betrunken bringe ich die Dinge immer viel besser auf den Punkt. Ist auch höchste Zeit, das Gespräch zu beenden, sonst verpasse ich Angelinas Drink gegen Zug. Sie hat nämlich nur zehn Gläser gemacht, und die Leute, die schon mit dem Telefonieren fertig sind, haben sich alle schon eins geschnappt, Joan sogar zwei.

»Wie heißt der, Angelina?«

»Olympic Slam.«

»Aha.«

»Entschuldigung, Olympic Slam kommt mir so bekannt vor. Ist das nicht auch eine Wrestling-Kampftechnik?«

»Genau.«

Diesmal bin ich nicht sicher, ob der Drink wirklich gegen Zug wirkt, aber ich vermute, dass das Sausen in meinen Ohren nicht davon kommt, sondern weil ... irgendwas in meinem Kopf saust. Und, zur Hölle, das ist auch gut so! Ein Mann, bei dem es im Kopf saust, kann alles. Sogar tanzen. Und zwar richtig gut. Das mit dem Moonwalk ist ganz einfach, wenn deine Umgebung ganz von selbst dauernd an dir vorbeizieht. Und aufrecht bleiben ist auch kein Problem, wenn man nicht zu schüchtern ist, sich an anderen festzuhalten. Ich schiebe mir den Hut auf den Hinterkopf und mache ein paar verwegene Drehungen auf meinen blankgewienerten Ledersohlen. Die Leute in meiner Nähe spalten sich spontan in zwei Lager: Die einen lachen, die anderen fallen um. Hat wohl beides was mit mir zu tun, aber was ist schon sicher an einem Abend wie diesem? Außer dass die Musik viel zu leise ist. Echt hey. Da ist ja das Sausen auf meinen Ohren lauter. Oder gehört das etwa zur Musik? Ich muss mal an einen stillen Ort und nachsehen, was ich da höre. Oder umgekehrt. Andererseits, auch wieder völlig egal. Ich bin der Gastgeber, ich muss mich mit meinen Gästen unterhalten. Viel wichtiger.

»Und? Immer noch Probleme mit Zug, Joan?«

»Nnnein.«

»Winkewinke. Und Sie, Herr Rockerer? Fühlen Sie sich wohl?«

»Des wor wirklich nett von Eana, dass Sie mi ogrufen ham. A so a Party hob i scho lang nimmer erlebt. Und Eanene Barkeeperin is pfundig. A so jemand bräuchat i no für mein Catering-Service.«

»Fragen Sie doch. Sie heißt Angelina. Sie wissen schon, Harry Belafonte, ♪ *Angelina, Angelina* ♪ ... Aber ich glaube, sie ist schon ziemlich ausgebucht.«

»I frogs trotzdem. Wissens, i hab immer Glück.«

Und die nächste Drehung. Oder hatte ich schon eine gemacht?

»Konstantin! Du stehst auf meinem Fuß.«

»Stimmt doch gar nicht.«

»Ich wollte nur Konversation treiben.«

Im Hintergrund höre ich im Zehn-Sekunden-Takt Angelinas Shaker klackern. Zwischendrin predigt sie jedem, der die falschen Fragen stellt, ihre Bar-Regeln. Mann! Die sieht das viel zu dogmatisch. Muss ich mal mit ihr drüber reden bei einem guten Drink. Noch eine Drehung.

»Hupsa! Potztausend, Frau Klapphorst, was machen Sie denn hier?«

»Wir sind seit zwei Stunden per du. Und wir hatten das auch mit einem Drink besiegelt.«

»Wenn du das sagst, ähm ...«

»Erika. Ich werde es noch bereuen, dass ich jemandem wie dir die Löwenstein-Villa anvertraut habe. Schöne Schuhe übrigens.«

»Oh ja, in denen fühlt man sich wie Fred Astaire. Willst du sie mal anprobieren? Komm, wir tauschen.«

»Nein! Ich habe mir meine Santoni-Pumps drei Jahre vom Mund abgespart. Wenn du mit deinen Riesenflossen auch nur in ihre Nähe kommst, setzts was!«

»Angelina, mach bitte einen Angel Face für Erika und mich!«

»So was Kitschiges mixe ich nicht mehr. Einen Halts Maul und verzieh dich! könnt ihr haben.«

»Ich will einen. Heißt der wirklich so?«

»Fast. Er heißt Halts Maul und trink!«

»Ich will trotzdem einen.«

»Ich auch.«

»Ich nicht, ich geh jetzt.«

»Jochen! Das kannst du nicht machen. Wir haben noch gar nicht angefangen.«

»Und wer löst die tausend Baustelleneinrichtungsprobleme, die morgen ab acht Uhr auf uns reinprasseln werden, und zwar im Minutentakt, mmh? Joan ist nicht mehr ansprechbar, Jeffrey balanciert auf deinem Balkongeländer, Alyssa liegt seit zwei Stunden in deiner Badewanne und kichert, und Moha sagt, er fühlt sich nicht mehr negroni, sondern infernali. Oh, und jetzt fängt er auch noch an, jemanden zu küssen.«

»Nur noch ein letzter Drink. Schau, selbst Frau Klapphorst ist noch hier. Du kannst unsere Auftraggeberin nicht brüskieren.«

»Hmpf, na gut.«

Ich flüstere Angelina etwas ins Ohr. Eine Minute später hat Jochen einen Cocktail in der Hand. Zwei Minuten später zieht er sich mit einem Ruck seine Jacke wieder aus und springt in hohem Bogen mitten unter die Tänzer. Frau Klapphorst/Erika schaut mich an.

»Ich sehe, du hast deine Angestellten besser im Griff als ich meine, Kai.«

»Manchmal. Apropos, wo sind deine Angestellten?«
»Keine Ahnung. Zu Hause?«
»Hatte ich dir nicht gesagt, dass du sie mitbringen sollst?«
»Nein.«
»Mist! Ruf sie schnell an! Alle! Nein, austrinken kannst du später.«

Vielleicht sollte ich mal nach Alyssa in der Badewanne sehen? Jochen hat mir weder was über den Wasserstand gesagt noch mit wie vielen Leuten sie den Ort teilt. Oder sollte ich Jeffrey, der auf dem Balkongeländer balanciert, Priorität einräumen? Nein, am wichtigsten ist, dass ich Mohas sich anbahnende Liebesaffäre unterbinde. Echt jetzt. Das steht doch bestimmt in seinem Arbeitsvertrag, dass er keine Affären haben darf, während sein Chef gerade Liebeskummer hat. *Liebeskummer!* Nur wegen dir auf einmal dieses Wort in meinem Kopf, Moha, du Arsch!

»Angelina! Ich ...«
»Ah, da bist du ja!«

LARA Ich finde, Alkohol hat einen viel schlechteren Ruf, als er verdient. Einerseits macht er mutiger. Aber er macht auch, und darüber wird viel zu wenig geredet, dass man sich weniger ärgert. Und mutiger sein und sich gleichzeitig weniger ärgern, ist eine großartige Mischung. Damit kann man auch mal ein größeres Problem ganz schwupps, eins, zwei, drei lösen. Manchmal entdeckt man sogar ganz neue Seiten an sich. Geduld zum Beispiel. Und auf einmal macht es sogar Spaß, Konflikte zu diskutieren, die einen nüchtern dazu bringen würden, den anderen mit Schimpfwörtern zu überschütten.

»Adrianchen, kann es sein, dass deine neuen Sneaker bei uns im Bett liegen?«

»Ich hab sie wirklich total gut ausgeklopft, Butzi.«

»Mit anderen Worten, deine neuen Sneaker liegen wirklich bei uns im Bett, ja?«

»Genau genommen, ja.«

»Würdest du sie bitte nehmen und vor das Bett stellen? Wärst du so nett?«

Ich kann gar nicht glauben, was ich da sage, aber es macht Spaß.

»Wäre es vielleicht okay, wenn ich nur den linken drin lasse, Butzi?«

»Nein, du, ehrlich gesagt, aus meiner Sicht ist es nicht so richtig okay. Weißt du, das ist ein Gegenstand von der Spezies Schuh, und der hat hier nichts verloren. Und falls dir das nicht einleuchtet, versuch dir einfach vorzustellen, in was du heute Abend möglicherweise alles deine Computertastaturabdrücke hinterlassen hast, mmh?«

»Och, das war doch fast nur schöner weißer Sand, wo wir rumgelatscht sind.«

»Schöner weißer Sand.«

Nicht dass ich jetzt auch nur einen Funken mehr Lust auf Sneaker im Bett hätte, aber irgendwie ... Ach, zur Hölle, ich finde es einfach schön, wie der sich noch freuen kann.

»Also gut, ganz ausnahmsweise. Du darfst den linken drin lassen. Aber nur heute. Und am Fußende.«

»Super, Butzi!«

»Schon okay.«

»Darfst auch einen von deinen mitnehmen, wenn du willst.«

»Danke, nein.«

...

»Oh, und was *das* betrifft, sorry, aber ich kann nicht, wenn ein Schuh zuschaut. Gute Nacht.«

KAI Die Stimme, die »Ah, da bist du ja!« gesagt hat, war nicht unangenehm. Aber wenn man eine Menge getrunken hat und von jemandem mit »Ah, da bist du ja!« angesprochen wird und derjenige kein Kellner mit einem vollen Tablett ist, dann sagt einem die Erfahrung, dass man besser in Deckung gehen sollte.

Ich könnte es natürlich ebenso gut bleiben lassen. Erstens wäre mein halbherziger Versuch, mich hinter Frau Klapphorst/Erika zu verstecken, auch bei vollherziger Herangehensweise gescheitert, zweitens ist Caro Löwenstein niemand, von dem ich etwas wirklich Schlimmes erwarte. Oder macht mich der Alkohol leichtsinnig?

»Hallo Caro! Wer hat dich denn eingeladen?«

»Na hör mal. Du! Gerade eben.«

»Oh! Okay, herzlich willkommen im Hasenstall. Ich kann dir zwar nicht erklären, warum ich gerade Hasenstall gesagt habe, aber willst du vielleicht einen Drink?«

»Klar.«

»Angelina! Einen Halts Maul und trink! für Caro!«

»Du bist ganz schön besoffen, was?«

»Etwas. Aber der Drink heißt wirklich so.«

»Sag mal, kann es sein, dass du viel zu viele Leute eingeladen hast? Ich habe zehn Minuten gebraucht, um mich von der Tür bis zur Bar zu drängeln. Und auf der Tanzfläche haben sie angefangen, sich gegenseitig auf den Schultern zu tragen.«

»Das ist Absicht. Wegen der Zugluft.«

»Zugluft. Mitten im Sommer?«

»Du hast ja keine Ahnung.«

»Hihi, ich mag dich. Sag mal, kannst du es dir nicht vielleicht doch noch überlegen, ob du den Auftrag mit dem Party-Club annehmen willst, Kai? Ich habe heute schon mit ganz vielen anderen Architekten gesprochen, aber das waren alles Pappnasen, hatten keine Ahnung davon, was ich will, und haben rumgezickt, weil ja heute ihr ach so heiliger Sonntag ist.«

»Schande.«

»Weißt du, bei dir hab ich einfach ein gutes Gefühl. Und ich hab schließlich auch noch was anderes zu tun, als Architekten zu casten.«

»Natürlich. Ich bin ja auch wirklich genau der Richtige für dich. Ich weiß einen Hauseigentümer, der einen Clubbetreiber für seinen versifften Keller in Kreuzberg sucht. Alle Leitungen sind schon gelegt. Und ich weiß auch genau, in welchem Schrank ich die fertigen Pläne für diesen Club habe. Sie sind großartig. Mit einer Damentoilette, wie sie die Welt noch nicht gesehen hat.«

»Das sagst du nur, weil du besoffen bist.«

»Ich glaube nicht.«

»Also, wirklich alles schon fertig?«

»Yep.«

»Und ... wieso ist das nicht gebaut worden?«

»So weit ich mich im Moment erinnern kann, ist der, der den Club eröffnen wollte, im letzten Moment abgesprungen. Und er hat natürlich auch meine Rechnung nicht bezahlt. Ja, ich glaube, so war es.«

»Okay, und warum lässt du dich nicht von mir damit beauftragen, wenn du doch nur die fertigen Pläne aus deinem Schrank holen musst?«

»Hab ich gesagt, dass ich nicht will?«

»Ja.«

»Gute Frage. Ja, stimmt, da war irgendwas.«

Wirklich? War da was? Pah! Gar nichts war da!

»Coole Schuhe übrigens schon wieder. Wie nennt man die nochmal?«

»Spectators. Zum Wohl.«

»Prost ... He! Da ist ja fast kein Alkohol drin.«

»Das Besondere beim Halts Maul und trink! ist, dass man weder nachfragen noch meckern darf.«

»Echt? Na, von mir aus. Aber jetzt sag endlich, machst du es? Bitte! Ich wäre so froh.«

»Natürlich mache ich es. Hand drauf, Caro.«

»Halt, wir müssen erst noch über Geld sprechen.«

»So?«

»Pass auf, du schreibst jetzt auf einen Zettel, was du für den Auftrag haben willst, und ich schreibe auf einen Zettel, was ich dir zahlen würde.«

Ah, die Standard-Szene, die sie in Filmen immer nehmen, wenn es um Geld geht. Ich habe noch nie kapiert, was das mit den Zetteln soll. Wahrscheinlich machen sie es immer ganz falsch.

»Das geht anders. Ich schreibe auf meinen Zettel meine Kontonummer, und du schreibst auf deinen Zettel dein Geburtsdatum.«

»Hä?«

»Dann teilen wir meine Kontonummer durch deinen Geburtstag, und das Ergebnis ist mein Honorar.«

Ob das stimmt? Irgendwie habe ich das Gefühl, dass ich da einen Wurm reingebracht habe.

»Okay. Dann sag mal deine Kontonummer.«

Caro zückt ihr Handy und ruft die Taschenrechnerfunktion auf. Ich versuche mich an meine Kontonummer zu erinnern. Kann aber auch sein, dass es Natalie Portmans Telefonnummer oder der Geheimcode für das Tor von Fort Knox ist, was ich da aufsage.

»Und jetzt mein Geburtsdatum. Mit oder ohne Nullen vor Monat und Tag?«

»Ganz wie du willst.«

Caro tippt. Mist, ich glaube, ich habe einen Fehler gemacht.

»Fertig. Okay so?«

Sie zeigt mir das Ergebnis. Ich kann die Zahl nicht lesen. Kein Mensch kann zu dieser Tageszeit fünfstellige Zahlen lesen. Aber ich finde, sie sieht sehr ästhetisch aus.

Montag

LARA Heute Morgen hatte ich kurz überlegt, ob ich lieber gar nichts von Kais Party hören will, aber nachdem Adrian weg war, wurde ich mit jeder Minute hibbeliger, und als mein Handy endlich klingelte und Kerstins Name auf dem Display erschien, habe ich laut gejuchzt. Nun sitze ich auf meiner Fensterbank, und mein rechtes Ohr saugt ihre Worte aus dem Hörer.

»Es lief wie von selbst, Lara.«

»Er hat dir also sofort sein Schuhregal gezeigt?«

»Bereitwilligst hat er seinen Sesam geöffnet und die Schätze vor meinen Augen hingebreitet. Schien so, als wäre das für ihn der Höhepunkt des Abends.«

»Wie leichtsinnig aber auch von ihm. Hätte ja schließlich sein können, dass ...«

Plimplam! Plimplam!

»Mist, ich muss kurz ans Hoteltelefon. Aber bleib dran! Nutze die Zeit, um dir zu überlegen, wie du mir die Fortsetzung deiner schlimmen Taten so erzählst, dass ich sie am besten genießen kann. Das ist sehr wichtig für mich ... Hotel Royal, guten Morgen, was kann ich für Sie tun? ... Kleinen Moment, ich seh mal nach ... Ja, da wäre noch ein wunderbares Zimmer für Sie frei ... Einen Dackel? ... Verstehe ... Ein Einzelzimmer für den Dackel? Na ja ... Ach so ... Ja, kein Problem ... Gut, ich schreibe es auf. Einzelzimmer für den Gatten, Doppelzimmer für Sie und den Dackel ... Ja, Haartrockner ... Zimmer zur

Hofseite ... Und Wassernapf ... Bestens, auf Wiederhören ... Okay, Kerstin, leg los. Was hast du angestellt?«

»Einiges, das kann ich dir versprechen.«

»Na los, hopp.«

»Also, hm, nur um es gleich vorweg zu sagen ...«

»Was? Was?«

»Ich ... ich habe nichts mit seinen Schuhen gemacht.«

»Wie jetzt?«

»Ich konnte nicht, Lara! Das sind nicht irgendwelche Treter, das sind echte Schätze!«

»So.«

»Hör mal, ich bin Modejournalistin. Ich kann einem Paar Lottusse-Stiefletten aus Cordovanleder kein Haar krümmen, nicht mal, wenn sie Silvio Berlusconi persönlich gehören würden.«

»Verstehe.«

»Hat er dir eigentlich schon mal seine wunderbaren Heschung-Captoes mit der verzierten Ferse gezeigt?«

Das kann ja wohl nicht wahr sein!

»Du, wir sind da nie so sehr ins Detail gegangen.«

»Perlen reinsten Wassers, sag ich dir! Und dann noch die herrlichen schwarz-weißen Spectators, die er an dem Abend getragen hat. Ein Gedicht! Der schönste Herrenschuh, den ich in diesem Jahr gesehen habe! Ich muss unbedingt was darüber schreiben. Nächste Saison wird ein neuer Spectators-Trend rollen. Und zwar für Männer und Frauen, so wahr ich Kerstin heiße.«

»Okay, okay, so viel dazu. Aber jetzt sag endlich, was hast du angestellt?«

»Ach, Larchen, ich ... ich ...«

»Na los!«

»Ich ... hab mich bis über beide Ohren verliebt!«

Plimplam! Plimplam!

»Bleib dran! Bin sofort wieder da! ... Hier ist der automatische Anrufbeantworter des Hotel Royal, im Moment sind leider alle Leitungen belegt, bitte rufen Sie später noch einmal an. Vielen Dank und auf Wiederhören ... Wie jetzt? Hast du dich etwa auch in Kai verliebt? ... Nein! Natürlich nicht *auch* in Kai, ich meine, hast du dich etwa in Kai verliebt?«

Darf man seine beste Freundin töten? Nur weil sie sich in irgendeinen Deppen mit schwarz-weißen Spektakels verliebt, von dem man definitiv überhaupt nichts will? Mist. Irgendwas tief in mir sagt, dass ich es tun werde. Musste es so weit kommen? Schicksal, ich hasse dich!

»Er heißt Mohamadou.«

...

»Oder Moha. Ich finde beides total süß ... Lara? Alles okay?«

»Tschuldigung, ich bin von der Fensterbank gefallen. Alles okay. So, und jetzt erzähl.«

»Ich weiß auch nicht, er war auf einmal da, und ich fand sofort sein Lachen so schön. Und er hatte so eine völlig bescheuerte Plastikblume im Knopfloch, und da hab ich ihn erstmal geneckt, und im nächsten Augenblick hatten wir einen Drink in der Hand und dann, oh mein Gott, ich glaube, wir haben kaum fünf Sätze gewechselt, dann haben wir uns schon geküsst.«

»Was? Ich habe allmählich den Verdacht, dass man in Kais Wohnung auf keinen Fall irgendwelche Drinks anrühren darf.«

»Es war nicht der Drink, Lara! Es war Moha, es war der Moment, es war ... einfach alles!«

»Okay.«

»Und, stell dir vor – er ist auch Architekt!«

»Ach, das muss nichts Schlimmes bedeuten. Bloß weil

Kai ein Arsch ist, heißt das ja nicht, dass alle Architekten Ärsche sind.«

»Moha bestimmt nicht. Oh, ich würde ihn dir so gerne zeigen, gleich auf der Stelle.«

»Na ja, jetzt sitzt er wahrscheinlich gerade im Büro. Oder ist er arbeitslos?«

»Nein, nein, er sitzt im Büro. Und wenn der Arme nur halb so einen Schädel hat wie ich, tut er mir echt leid.«

»Und? Wann seht ihr euch wieder?«

»Weiß noch nicht. Aber ich halte es nicht mehr lange aus. Ich ruf ihn nachher gleich an.«

»Wie bitte? Ausgerechnet *du* wirst *ihn* anrufen?«

»Auf jeden Fall.«

»Hey! Darf ich dich daran erinnern, was du sonst immer sagst? *Er hat deine Nummer, er muss dich anrufen.*«

»Jaja.«

»Und: *Wenn ein Mann nicht anruft, steht er einfach nicht auf dich. So sind die heiligen, ewigen Mann-Frau-Regeln.*«

»Ich halts aber einfach nicht mehr aus, Punkt. Dann kann ich ihn doch anrufen, oder?«

»Was fragst du mich auf einmal?«

»Oh Mann, jetzt mach mich nicht unsicher!«

»Na gut, du kannst ihn anrufen, Kerstin.«

»Danke, Lara. Weißt du, ich würde sonst einfach platzen. Hm, und da gibt es allerdings noch was, was du wissen solltest.«

»Sag schon, hat Kai mit einer anderen angebandelt? Das ist mir so was von scheißegal.«

Warum schnappt ausgerechnet jetzt meine Stimme über? Es ist mir wirklich völlig megasuperscheißegal, echt. Ich bringe ihn einfach heute noch um, und der Fall ist erledigt.

»Moha arbeitet in Kais Büro.«

Plimplam! Plimplam!

»Hier ist der automatische Anrufbeantworter des Hotel Royal, ich habe Ihnen doch schon gesagt, dass im Moment alle Leitungen belegt sind! Wehe, Sie rufen nochmal an! ... ER ARBEITET FÜR KAI?«

»Tja, ich weiß schon, irgendwie komisch, die Konstellation.«

»Ach was, komisch. Wir lassen einfach nicht zu, dass der arme Kerl weiter für den Gummistiefeldepp arbeitet. Wir suchen ihm einen neuen Job, und zwar einen, in dem er mindestens doppelt so gut verdient. UND DANN KANN KAI MAL SEHEN, WAS ER FÜR EIN ARMSELIGER ... ARMSELIGER ...«

»Jetzt beruhig dich mal, Lara.«

»ICH BIN RUHIG ... Bin ich. Total ruhig.«

»Vielleicht finden wir ja wirklich einen neuen Job für ihn. Ich kenne ein paar Architekten. Richtig gute sogar.«

»Besser heute als morgen. Telefonier gleich mal rum.«

»Andererseits, irgendwie ist Moha auch ein bisschen mit Kai befreundet.«

»Dann erst recht!«

»Na gut, ich behalte es im Hinterkopf. Aber jetzt rufe ich ihn erst mal an. Oh Gott, bin ich aufgeregt! ... Und du meinst wirklich, es ist kein Fehler, ihn anzurufen?«

»Nein, nein, auf keinen Fall.«

Was bin ich für ein Arsch. Ich sage das doch nur, weil ich im Moment nicht die Nerven dafür habe, dass Kerstin mich ab jetzt im Zehn-Minuten-Takt mit »Er hat immer noch nicht angerufen«-Meldungen traktiert. Natürlich ist es ein Fehler, oder? Ihn anrufen, das macht man einfach nicht. Aber jetzt noch zurückrudern, dafür habe ich erst recht nicht die Nerven.

»Okay, dann tu ich es jetzt.«
»Mach das.«
»Oh, ich zittere! Halt mir die Daumen!«
»Mach ich. Alles wird gut.«

Ich lege das Handy zur Seite und gucke auf die Straße. Irgendwie hasse ich mich gerade ein klein wenig. Dafür, dass ich mich aufgeregt habe. Dafür, dass ich Kerstin keine Stütze beim Nicht-Anrufen sein kann. Und am meisten, am allermeisten, am allerallerallermeisten aber dafür, dass ich erleichtert bin, dass Kerstin keine Knallfrösche in Kais Heschung-Captoesonstwas-Krokofantenleder-Schuhe gesteckt hat.

KAI Ich bin wirklich kein Montagsjammerer, aber was zu viel ist, ist zu viel. Zum einen ist da mein Kopf, in dem ein gigantisches Monster aus Müdigkeit, Schwindel und Schmerz tobt und das man wohl nicht mal mit einem Drink von Angelina besiegen könnte. Zum anderen ist da das Telefon, das im Zehn-Minuten-Takt klingelt und mein Kopfmonster jedes Mal zum Aufheulen bringt. Zum Dritten hat Joan sich krankgemeldet. Zum Vierten sind die anderen zwar alle da, aber ich sehe keinen von ihnen in der Verfassung, die eingehenden Anrufe entgegenzunehmen. Jeffrey ist in einer anderen Welt und muss drei Mal angesprochen werden, bevor er überhaupt »Hm?« macht, Alyssa ist zwar ansprechbar, aber sie grübelt die ganze Zeit darüber nach, was sie gestern alles gesagt und getan hat, und welche Rolle meine Badewanne dabei gespielt hat, und Moha grinst dermaßen von einem Ohr zum anderen, dass er vorübergehend den Verstand verloren haben muss.

Es bleiben Jochen und ich, und Jochen kann man auch im Normalzustand an keinen Anruf heranlassen, geschweige denn, wenn er kaum geschlafen hat. Wir haben uns also darauf verständigt, dass ich die Anrufe entgegennehme und ihm die gemeldeten Brände von der Löwenstein-Baustelle zum Löschen weiterreiche. Und es sind, wie erwartet, jede Menge Brände. Ich kann nur hoffen, dass Moha bis zum Nachmittag sein Hirn wiedergefunden hat, dann kann er das Telefon übernehmen und ich mal auf der Baustelle nachsehen, wie viele Erdleitungen die Bagger wirklich schon kaputtgebaggert haben.

Aber das ist noch nicht alles. Auf der äußersten linken Ecke meines Schreibtischs liegt noch dieser leicht zerknitterte Scheck über eine beträchtliche fünfstellige Summe vorab gezahltes Architektenhonorar. Oberflächlich betrachtet ein höchst erfreulicher Anblick. Nur wenn man weiß, dass mit ihm die Verpflichtung einhergeht, einen düsteren Keller in der Krauzobelstraße bis Mittwoch in einen Club umzubauen, obwohl man ohnehin schon alle Hände voll zu tun hat, bekommt der Anblick etwas sehr Bedrohliches. Das Einzige, was mich davon abhält, in Panik aufzuschreien, ist die Tatsache, dass ich die fertigen Pläne wirklich schon im Schrank habe. Ich müsste nur nochmal drübergehen und den baulichen Aufwand etwas reduzieren. Das spart Zeit und kommt Caros Wünschen nach Versifftheit entgegen. Und natürlich müsste ich noch Laras grandiose Damentoilette ins Reine zeichnen.

Autsch. Mein Kopfmonster reagiert auch auf das Wort »Lara«.

Dülülülülü-dülülülülü-dülülülülü!

Schon wieder autsch. Ich bin inzwischen so weit, dass

ich lieber eine sich windende Schlange in die Hand nehmen würde als noch einmal diesen Hörer, der dauernd Worte ausspuckt, die mir im Moment überhaupt nicht guttun ...

»Kai Findling Architekten, Kai Findling am Apparat, was kann ich für Sie tun?«

Okay. War ja klar. Sie sind auf alte Fundamente gestoßen. Natürlich Stahlbeton. Sie schicken Fotos per Mail. Je früher ich da rausfahre, umso besser. Aber wenn das mit Caros Club was werden soll, dann muss ich jetzt schleunigst den Hauseigentümer der Krauzobelstraße 75, Herrn Kanubski, anrufen und ihn mit den Löwensteins zusammenbringen. Vorher können wir nicht anfangen. Und wenn das geklappt hat, muss ich ganz schnell meine treusten Handwerker dazu überreden, dort einen Blitzjob zu machen. Es ist zu schaffen. Die Leitungen liegen ja alle schon.

Das Blöde ist nur, ich kann all das nicht tun, ohne dass Jochen etwas davon mitbekommt. Und der würde völlig ausrasten, wenn er erfährt, dass ich noch einen zusätzlichen Auftrag angenommen habe. Schon das Rockerer-Projekt, von dem ich ihm notgedrungen erzählen musste, hat ihn kurz an die Decke gehen lassen. Nur weil ich ihm fünf Mal versichert habe, dass er die nächsten Monate nichts damit zu tun haben wird und er sich ganz auf sein Löwenstein-Baustellenbaby konzentrieren kann, hat er sich wieder eingekriegt. Und dass Alyssa und Jeffrey schon ab heute Nachmittag Aufmaß in Rockerers Hotel machen werden, habe ich ihm noch gar nicht erzählt. Ich werde wohl besser aufs Klo gehen und die Geschichte mit Caro und Herrn Kanubski heimlich per Handy klären. Mal sehen. Vielleicht hat er ja inzwischen schon einen anderen Clubbetreiber gefunden, der den Keller mieten will. Dann hat sich das Ganze sowieso erledigt.

»Moha, kannst du bitte die Anrufe annehmen, solange ich draußen bin?«

»Mach ich, Kai.«

Dieses Grinsen. Irgendjemand muss ihm gestern eine Kokain-Depotspritze gesetzt haben.

Tschingderassa! Tschingderassa!

»Ooooooh! Entschuldige, Kai, entschuldige bitte.«

Moha nimmt sein Handygespräch an und wandert grinsend selbst auf die Toilette, auf die ich gerade wollte. Einfach so. Manchmal glaube ich, ich bin nicht so richtig zum Chef geboren.

LARA »ICH HAB IHN ANGERUFEN! ICH HAB IHN ANGERUFEN!«

»Aua, Kerstin, mein Ohr.«

»UND ER IST RANGEGANGEN! ER IST R A N G E G A N - GEN!«

»Warum sollte er nicht rangehen?«

»Ich hatte solche Angst, dass er einfach nicht rangeht, Lara!«

Mann, Mann, Mann. Ja, ich liebe Kerstin. Wirklich. Aber ich frage mich gerade, ob ich mir meine Ratschläge in Liebesdingen künftig nicht besser beim örtlichen Justin-Bieber-Fanclub abhole. Oder gleich bei meinem kleinen Neffen. Jedenfalls tickt die ja wohl nicht mehr ganz richtig.

»Und er hat sich total gefreut, dass ich angerufen habe! Richtig gestottert hat er! Total süß! Und wir sehen uns heute Abend! Wir gehen ins Chez Maurice! Oh Lara, halt mir bloß die Daumen! Ich kann es gar nicht mehr erwarten!«

Ausgerechnet das Chez Maurice. Das letzte Restaurant, an das ich gerade denken will. Als ob es nicht Millionen anderer Restaurants hier in der Ecke geben würde. Man könnte fast meinen, das hat sie mit Absicht gemacht ... Oh, ich glaube, ich muss jetzt was sagen. Ich räuspere mich unhörbar und versuche die passende Stimme einzuschalten.

»Ach, Kerstin, ich freu mich ja so für dich! Jetzt erzähl endlich mal mehr von ihm. Ich platze vor Neugier.«

Ich weiß nicht, ob das überzeugend rüberkam, aber ich glaube, das ist gerade gar nicht so wichtig. Kerstin schießt los. Ich erfahre im Nu alle Einzelheiten über ihren großen schwarzen Märchenhelden mit dem sexy französischen Akzent, den schönen braunen Augen und dem Mund, der nie aufhört zu lachen. Jetzt mal echt, keiner verlangt, dass das Leben völlig gerecht ist. Aber *sie* kriegt den netten Architekten ab, *ich* den Arsch, *sie* diktiert mit ihren Artikeln die Mode, *ich* lasse mein Leben vom blöden Rockerer diktieren, und wenn *sie* mit ihren Artikeln mutig ist, wird sie berühmt, und das eine Mal, als *ich* als Cutterin mutig war ... Egal, jedenfalls ist das keine normale, zufällige Ungerechtigkeit mehr, da muss gerade eine heftige Störung im Weltgefüge sein, oder so was.

»Ach, Larchen, ich rede und rede. Gehts dir eigentlich wieder gut?«

»Ja.«

»Wie, hm, ist das denn jetzt mit Adrian und dir?«

»Ach, weiß nicht, der fährt morgen mal wieder zwei Tage weg, irgendein Gebirge erforschen. Und wenn ich es richtig verstanden habe, hat er seinen Exkollegen Elvin, den er auf dieser Party gestern wiedergetroffen hat, breitgeschlagen, mitzukommen. Er will ihn wahrscheinlich bekehren.«

»Irgendwie rührend.«

»Manchmal glaube ich, Adrian hätte mich lieber, wenn ich ein Berg wäre.«

»Und ich glaube, du musst ihm mal gehörig den Kopf waschen.«

»Oder mir selbst.«

»Hey, und vor allem nicht vergessen: am Mittwoch Tim Bendzko. Und wir zwei: ganz vorne.«

»Oh ja!«

Warum kann Kerstin nicht einfach ein Mann sein? Die Welt wäre so viel einfacher für mich. Ich wünsche ihr nochmal alles, alles Gute für den Abend mit Moha, aber ich weiß, dass sie mich vorher noch mindestens dreimal anrufen wird. Netterweise haben sich die Hotelanrufer diesmal zurückgehalten, während wir gesprochen haben. Dass es jetzt ein paarmal »plimplam« macht, finde ich völlig okay. Reservierungen buchen ist wenigstens etwas Sinnvolles und bei Licht betrachtet wirklich nicht viel Arbeit. Muss man auch mal so sehen.

Ich schlendere mit dem Handy und dem Hotelbuch ins Bad. Ist doch toll. Wer hat schon eine Arbeit, bei der er sich nebenbei im Spiegel anschauen kann? Aber komisch. Wie ich mein Haupt auch drehe, ich denke die ganze Zeit immer nur »Kopf waschen«. Hab ich doch erst heute Morgen gemacht ...

»Wie gesagt, der September ist komplett ausgebucht. Aber ich notiere Ihre Nummer. Sollte jemand absagen, melden wir uns sofort ... Natürlich, gern geschehen, auf Wiederhören.«

Okay. Erstens: Irgendwas muss sich in meinem Leben

ändern. Zweitens: Ich will nicht einfach rumsitzen und drauf warten, bis es passiert. Ich fahre mir noch einmal mit der Hand durch die Haare. *Mittwoch, Tim Bendzko, ganz vorne* ... Ja. Ich will die Ponyfrisur. Jetzt. Und wenn sie mich den letzten Euro kostet.

KAI Herr Kanubski ist nicht mehr der Jüngste, und sein Gesicht ist von den typischen Dauersorgen eines Kreuzberger Hauseigentümers gezeichnet. Auf der einen Seite hat ihn die dringend nötige Sanierung von Dach, Fassade und Keller eine Stange Geld gekostet. Auf der anderen Seite hat er keine Chance, mehr Geld von den Mietern einzunehmen, solange sie Modernisierungsmaßnahmen in ihren Wohnungen nicht zustimmen. Und der Kreuzberger Altmieter stimmt traditionell nichts und niemandem zu, was mehr Geld kostet. Deswegen würde es Herrn Kanubski überaus glücklich machen, wenn er den Keller neu vermieten könnte. Dass die Sache mit dem Club vor zwei Jahren im letzten Moment scheiterte, war ein harter Schlag für ihn. Keine Einnahmen und er blieb auch noch auf den Kosten für die neu verlegten Wasser- und Stromleitungen sitzen. Als ich ihn vorhin anrief und ihm von Caro Löwenstein und ihren Plänen erzählte, konnte er einen Freudenschrei gerade so noch unterdrücken, aber ich bin sicher, dass er im Anschluss an das Gespräch im Rahmen eines kleinen Tänzchens mit seiner Gattin durchs Wohnzimmer alles herausgelassen hat.

Zum Glück treffen wir uns gleich vor Ort im Keller und nicht bei mir im Besprechungsraum. So kann ich den neuen Auftrag noch ein bisschen länger vor Jochen geheim halten. Leider ist es schon halb elf, und Caro ist immer noch nicht da. Herr Kanubski und ich schreiten schon seit einer halben Stunde in den notdürftig beleuchteten Kellerhöhlen hin und her, atmen Moderluft und warten. Der gute Mann guckt schon etwas bedröppelt. Ich versuche ihn nach Kräften abzulenken, indem ich ihm die wunderbare Damentoilette schildere, die, ähm, mein Team entworfen hat. Und je mehr ich mich in dieses Thema vertiefe, umso mehr zieht es in meinem Magen. Warum musste ich auch ausgerechnet darüber reden? Die Herrentoilette ist doch mindestens genauso wichtig. Vielleicht sogar noch wichtiger ...

»Und hier kommt eine Sektbar hin.«

»Eine Sektbar in der Damentoilette, Herr Findling?«

»Nicht nur das. Hier drüben wird ein großes rotes Sofa stehen. Und hier noch Schließfächer für Handtaschen, wenn man mal richtig tanzen will, Sie wissen schon. Und wir installieren Videokameras, die Livebilder von der Bar und der Tanzfläche und den wichtigsten Rumsteh-Ecken in die Damentoilette auf eine große Bildschirmwand übertragen. Hier, direkt gegenüber vom roten Sofa.«

»Nun, mir soll alles recht sein, aber ...«

»Frau Löwenstein wird jeden Moment kommen. Sie hat sicher nur Schwierigkeiten, es zu finden. Ich rufe sie kurz mal an.«

Natürlich, kein Empfang hier unten. Wir gehen die Treppe hoch ins Freie. Dort kommen gleich mehrere SMS von Caro an, die mein Handy im Kellerloch nicht aufschnappen konnte.

»Hier haben wir es schon, Herr Kanubski, Caro verspätet sich, weil ... Oh, da kommt sie auch schon um die Ecke.«

Und nicht nur sie. Ein weißes Hundchen mit ein paar spärlich verteilten braunen Flecken folgt ihr in gefühlt einem Zentimeter Abstand.

»Hallo Caro! Darf ich vorstellen: Herr Kanubski, Eigentümer des wunderbaren Kellers, der darauf wartet, seine Pforten für krachende Partys zu öffnen. Und Carola Löwenstein, Multitalent, wenn ich mich recht erinnere.«

»Hi, ich bin die Caro.«

Sie streckt voller Schwung ihre kleine Hand vor und schüttelt Herrn Kanubskis bemerkenswerte Pranke. Er hingegen scheint sich erst an ihren Anblick gewöhnen zu müssen.

»Entschuldigung, dass ich zu spät bin, aber ich habs ja schon gesmst, ich hatte ein paar Schwierigkeiten mit Beppo.«

Sie zeigt auf den Hund, der, so wie er mit dem Kopf an ihrem Bein lehnt, fast mehr wie eine Katze wirkt.

»Stell dir vor, Kai, der ist mir auf dem Nachhauseweg von deiner Party gestern einfach zugelaufen. Zuerst wollte ihn der blöde Taxifahrer nicht mitnehmen, aber dann habe ich ihm einfach drei Stunden bezahlt, und gut wars.«

»Nun, in jedem steckt ein Tierfreund, man muss ihn nur wachkitzeln.«

Bei Herrn Kanubski ist das mit dem Wachkitzeln weitaus weniger schwierig. Er ist schon längst tief in die Hocke gegangen, redet sanft auf Beppo ein und lässt sich von dessen misstrauischen Blicken kein bisschen ins Boxhorn jagen. Im Handumdrehen entwickelt sich zwischen ihm und Caro ein Fachgespräch über Terrier, deren Psyche, sowie Unmenschen, die es übers Herz bringen, solche bezaubernden Wesen einfach auszusetzen.

Erst als ich mich leise räuspere, erinnern sie sich wieder daran, dass sie für heute auch noch andere Pläne hatten.

Es ist nicht so leicht, Beppo davon zu überzeugen, mit uns in den Keller zu kommen. Alleine draußen bleiben will er aber noch weniger. Am Ende beugt er sich den ebenso eindringlich wie sanft vorgetragenen Argumenten, die Caro und Herr Kanubski im Duett in seine kleinen Schlappohren hineinsingen. Caro davon zu überzeugen, dass der Keller ideal für ihre Pläne ist, ist dagegen ein Kinderspiel. Schon als sie die erste Portion Moderduft einatmet, fängt sie an zu strahlen. Und als ich ihr die Pläne für die Damentoilette erläutere, scheint sie endgültig aller Sorgen ledig. Nicht nur, dass sie die Ideen klasse findet, sie ist auch überzeugt, dass diese Gemächer die Ansprüche ihrer Mutter befriedigen werden. Ihre Mutter scheint der einzige Mensch auf der Welt zu sein, vor dem Caro Angst hat.

Als wir wenig später wieder ans Tageslicht stoßen, ist Beppo sehr erleichtert. Noch erleichterter, und dazu im wilden Wechsel ungläubig und glücklich, ist Herr Kanubski. Caro hat ihn nach ihrem Abgang mit einem Scheck in der Hand zurückgelassen, der ihn um etliche Sorgen ärmer macht. Ich beneide ihn etwas. Im Gegensatz zu mir erlegt ihm der Caro-Scheck keine Pflichten auf. Ich hingegen muss nun erst mal mein Handy heißtelefonieren, meine Zunge wundreden und ein paar Freundschaften zu guten Handwerkern auf das Äußerste strapazieren. Und Jochen die ganze Geschichte beichten.

LARA »Nein, Kerstin, ich glaube, es ist keine gute Idee, wenn ich noch vorbeikomme.«

Das war es zumindest, was ich vor einer Stunde am Telefon gesagt habe. Wie es dazu kam, dass ich nun doch mit ihr vor ihrem riesigen Spiegel stehe, umgeben von einem beträchtlichen Vulkankraterrand, gebildet aus den für diesen Abend verworfenen Klamotten, darüber muss ich später noch einmal in Ruhe nachdenken.

»Meinst du, das hier geht?«

»Auf jeden Fall. Perfekt sitzendes Kleid, nettes Muster, aber nicht aufdringlich, Schleifen auf der Schulter als kleiner Hingucker ...«

»Mit anderen Worten, es ist langweilig.«

»Erstens: überhaupt nicht. Zweitens: Du hast noch zehn Minuten. Drittens: Du bist noch nicht geschminkt und hast noch keine Schuhe an.«

»Oh nein! Warum hast du nichts gesagt?«

»Hab ich doch.«

Zum Glück weiß ich, dass Kerstin, wenn die Nur-noch-zehn-Minuten-Marke erst einmal erreicht ist, immer sofort perfekt funktioniert. Während sie sich im Badezimmer den Feinschliff gibt, lasse ich mich in den nächsten Sessel sinken und nehme endlich in Ruhe einen großen Schluck aus dem noch unberührten Sektglas, das sie mir schon vor einer Ewigkeit hingestellt hat.

Wie lange sie wohl brauchen wird, um dieses Chaos wieder aufzuräumen? Wenn ich nur nicht so genau wüsste, dass sie im Moment nicht einmal einen flüchtigen Gedanken daran verschwendet. Das ist wirklich so ungerecht.

»Wie sehe ich aus?«

»Perfekt. Wenn ich ein Mann wäre, würde ich dich sofort anknabbern. Und selbst als Frau muss ich mich extrem zurückhalten.«

»Ich liebe dich ... Soll ich vielleicht nicht doch die gelben Schuhe ...?«

»Nein!«

»Ich ...«

»Raus!!!«

»Danke, du bist so ein Schatz, Larchen. Halt mir bloß die Daumen, ja?«

»Na, was glaubst du? Und jetzt zeig es ihm!«

Die Tür fällt hinter ihr ins Schloss. Dass sie wirklich weg ist, glaube ich aber erst, als ich durch das Wohnzimmerfenster gucke und sie auf der Straße davonhuschen sehe. Ich schmeiße mich wieder in den Sessel und trinke mein Glas mit ein paar großen Schlucken aus.

Oh Mann.

Doch, ich gönne es ihr.

Natürlich gönne ich es ihr.

Sie sah wirklich zum Anknabbern aus.

Ist doch alles ganz wunderbar.

...

RAAAAAAAAAAAAAAAAAAAAAAAAAAAAAH!

KAI Herr Knöpper kratzt sich mit seinem breiten Baubleistift hinter dem Ohr.

»Meinen Sie das wirklich ernst, Herr Findling?«

»Absolut.«

Noch einmal wandert der Strahl aus seiner Taschenlampe über die Anschlussleitungen in Herrn Kanubskis Kellergeschoss, während er sich in seinem Kopf die Dinge zurechtlegt.

»Wir dürften auf der Herrentoilette tatsächlich alle Toilettenschüsseln, Waschbecken und Pissoirs verbauen, die wir seit Jahren nicht loswerden? Egal, wie hässlich sie sind?«

»Meinetwegen sogar gebrauchte. Und berechnen Sie gerne einen passablen Preis dafür. Ich werde die Rechnung nicht beanstanden. Ganz wichtig aber: Das gilt nur für die Herrentoilette. Auf der Damentoilette brauche ich allerhöchste Standards. Und, wie gesagt, Mittwoch, 15 Uhr Übergabe.«

»Mit fertig verfugten Fliesen?«

»Fertig verfugte Fliesen auf der Damentoilette, Herrentoilette dafür ganz ohne Fliesen. Deal?«

Noch einmal kratzt die Rückseite des Bleistifts über Herrn Knöppers kurze Haarborsten.

»Aber nur weil Sie es sind, Herr Findling.«

LARA In Adrians Schlafzimmer liegen mal wieder so viele Klamotten und Schuhe auf dem Boden herum wie sonst nur in Zimmern verwöhnter fünfzehnjähriger Mädchen mit viel zu reichen Eltern. Es ist unmöglich, zu seinem Bett vorzudringen, ohne am Ende mindestens eins seiner Basketball-Shirts um die Knöchel zu tragen. Aber an solchen Kleinigkeiten darf ich mich nicht stören. Ich muss es heute Nacht unbedingt noch wild mit ihm treiben.

Total bescheuert, ich weiß. Ich will doch, dass sich alles ändert, und ob ich überhaupt mit ihm zusammenbleiben möchte, ist völlig offen. Wirklich ein sehr seltsamer Zeitpunkt für den Wunsch nach Sex. Aber aus irgendwelchen Gründen, über die ich im Moment nicht nachdenken möchte, will ich es heute wild mit jemandem treiben, und, hey, da gibt es so aus der hohlen Hand heraus gerade einfach keine Alternative zu Adrian. Und wenn man ausschließlich den Aspekt »wild treiben« betrachtet, ist er auch keine schlechte Wahl. Okay, natürlich kein Vergleich zu ... Nein, lassen wir das. Fakt ist jedenfalls, ich hatte in meinem Leben schon deutlich weniger aufregende Bettgefährten als Adrian, Punkt.

Im Moment scheint er allerdings überhaupt nicht an Sex zu denken. Oder sagen wir so, er liegt auf seiner Bettseite und betrachtet den Bierdeckel, den er in seiner rechten Hand hält. Das allein muss natürlich nichts heißen, Männer denken ja sogar an Sex, während sie Blumen gießen oder Bücher schreiben. Nur dass er diesen Bierdeckel betrachtet, während ich mich in einem sehr dünnen T-Shirt und einem sehr knappen Höschen neben ihm räkele, gibt mir zu denken.

»Ganz schön heiß heute, oder?«

»Hmja.«

Ich schlängele mich äußerst heimtückisch von der Seite an ihn heran. Nichts zu machen. Er bleibt in seiner niedlichen kleinen Bierdeckelwelt versunken. Ich versuche mich nicht zu ärgern und taste mich unter seiner Bettdecke zu einer bestimmten Stelle vor. Ich weiß nicht, was mir Kerstin morgen von ihrem Abend mit Moha erzählen wird, und ich will nicht schon wieder in eine Situation geraten, in der ich sie einfach hassen muss, weil ... Und deshalb ...

»Wie findest du ihn, Butzi?«

Wie bitte?

»Du, mach dir keine Sorgen, ich finde *ihn* ganz ausgezeichnet. Vor allem wenn er ... Oh, bitte sag jetzt nicht, du meinst den Bierdeckel?«

»Nein, natürlich meine ich nicht den Bierdeckel.«

»Sehr gut.«

»Also, nicht *nur* den Bierdeckel. Der Bierdeckel ist ein kleiner Planet in einem ganzen Marketing-Universum von Pinklbräu Fete. Aber so klein er auch sein mag, Butzi, in ihm steckt das Große und Ganze drin. Willst du den Markenwert eines Bieres erfassen, schau den Bierdeckel an. Unumstößlicher Bier-Marketing-Grundsatz.«

Und wenn eine Frau einen Mann lüstern von der Seite anschaut, dabei höchstens zwanzig Gramm Stoff am Leib trägt und sanft ihre Wade an seinem Schritt reibt, und er nicht im nächsten Moment über sie herfällt wie ein ausgehungerter Löwe über eine wohlgenährte Antilope, dann stimmt irgendwas ganz und gar nicht. Unumstößlicher Bettgrundsatz.

»Also, jetzt sag mal, wie findest du ihn, Butzi?«

Ich suche nicht nach einer Antwort. Ich suche nach etwas Hartem, das ich ihm auf den Kopf schmettern kann. Und es wäre besonders gut, wenn es dabei mit lautem Krachen zerbersten würde.

»Weißt du, Pinklbräu Fete, das ganze Konzept, das hat sich alles Elvin ausgedacht. Völlig allein.«

Ach so, daher weht der Wind. Jetzt fällt es mir wieder ein. Adrian fährt morgen mit dem komischen Exkollegen von der Party ins Gebirge. Zwei Tage, um ihn zum Naturburschen zu bekehren. Ein hartes Stück Arbeit. Vor allem, wenn man bedenkt, dass sie sich zerstritten hatten. Das beschäftigt ihn natürlich. Ausgerechnet jetzt.

»Mach dir doch nicht so viele Gedanken, Adrian.«

Ein völlig sinnloser Satz.

»Du hast recht, Butzi.«

Oh, doch nicht so sinnlos. Das Leben ist voller Überraschungen. Er lässt tatsächlich den Bierdeckel in Ruhe und dreht sich zu mir. Und eine halbe Sekunde später spüre ich, dass irgendetwas sanft, aber unerbittlich von unten gegen meine Wade drückt. Oh nein ... Wieso habe ich gerade »oh nein« gedacht? Irgendwie habe ich keine Lust mehr ... Nein! Stimmt doch gar nicht! Ich will! Ich bin eine vollgefressene Antilope, die ... Na ja, irgendwie so halt. Jedenfalls habe ich Lust. Und wie. Gigantische hypermegavölligkurzvormausrastenmäßige Lust. Das ist ein Befehl!

KAI Es geht auf Mitternacht zu. Draußen ist es schon lange stockfinster. Ich sitze immer noch im Büro. Aber ich bin nicht der Einzige. Jochen hockt eisern auf seinem Platz und werkelt an irgendwas herum. Dass ich immer noch da bin, scheint er als Kriegserklärung zu verstehen. Er verlässt als Letzter das Büro, das ist hier Gesetz. Und keiner darf ihm dieses Recht streitig machen. Und ich wollte das auch nie, warum auch? Dass ich noch hier bin, liegt nur daran, dass ich unbedingt die Pläne für Caros Club fertigkriegen muss. Bereits heute Nacht machen Herrn Knöppers Leute im Bauscheinwerferlicht die ersten Handgriffe in Herrn Kanubskis Keller. Wenn sie nicht spätestens morgen früh den endgültigen Plan kriegen, lassen sie alles stehen und liegen, haben sie gesagt. Und zum fertigen Plan fehlt noch die ins Reine gezeichnete Damentoilette. Die Damentoilette, die eine flüchtige Bekannte, zu der ich keinen Kontakt mehr habe, neulich auf einer Papierserviette entworfen hat.

Das dauert seine Zeit. Ist natürlich alles nicht mehr so romantisch wie früher, mit Tuschestiften, Reißschiene und großen Transparentpapierbögen. Auch als Architekt sitzt man heute vor einem Bildschirm, wie jeder andere Bürodepp auch. Nur dass man, statt in Word und Excel, in seinem CAD-Programm herumirrt. Aber, auch wenn es so ein bisschen schneller geht, die Schwierigkeiten sind die gleichen. Merkt man, dass eine Tür beim Aufschlagen an eine Toilettenschüssel stößt, ist das auf dem Bildschirm kein bisschen einfacher zu lösen als früher auf dem Papier. Und von diesen Problemchen habe ich hier noch eine ganze Stange voll. Auf einer Serviette funktioniert das Leben immer einfacher.

Jochen wirft mir einen finsteren Blick zu. Ich habe diesen Kampf nicht gewollt. Muss er das wirklich durchziehen? Ich brauche bestimmt noch zwei Stunden, und er hat heute garantiert schon mindestens drei Mal jedes Steinchen der Löwenstein-Baustelle auf seinem Computer umgedreht. Die ganze Zeit liegt mir schon ein »Es ist spät, Jochen. Geh doch nach Hause« auf der Zunge, aber ich kenne ihn. Dann bleibt er erst recht die ganze Nacht, dieser sture Bock.

Nein, besser ich packe einfach zusammen und tue so, als ob ich verschwinde. Dann verstecke ich mich draußen hinter einem Baum, warte, bis er sich auf den Nachhauseweg gemacht hat, und komme wieder zurück. Ja, so mache ich es. Ich gähne, strecke mich, speichere ab und fahre meinen Computer herunter.

»Gut Nacht, Jochen.«

»Hmpfgutenacht.«

Du solltest auch Schluss machen.

Nein, nicht sagen. Je mehr Mitgefühl ich jetzt äußere, umso länger muss ich gleich da draußen hinter meinem Baum warten. Verrückt, aber jeder Mann hat nun mal seinen Stolz. Beim einen ist es die Breite seiner Reifen, beim anderen der Umfang seines Oberarms, und bei Jochen ist es eben sein Meistertitel im Bürodauersitzen. Muss man nicht verstehen, ist einfach so. Irgendwann schreibe ich mal ein revolutionäres Buch über Mitarbeiterführung.

Ich schließe die Tür hinter mir. Eine Minute später kauere ich hinter der großen Kastanie auf der anderen Straßenseite und warte, dass im Büro das Licht ausgeht.

LARA Was so eine halbe Flasche Sekt ausmacht. Ich bin wieder rallig wie in meinen besten Tagen. Adrian habe ich in kürzester Zeit komplett aus seinem modischen One-Piece-Schlafanzug herausgeschält, und er war auch nicht faul. Den Programmpunkt »unter wilden Küssen hin und her wälzen« haben wir ebenfalls ganz prima hingekriegt. Jetzt müssen wir uns nur noch zur nächsten Station hangeln. Kein Problem ... Also, es sollte eigentlich kein Problem sein. Ich frage mich nur, was jetzt schon wieder los ist. Dafür, dass ich ohne T-Shirt auf ihm sitze und genau die Bewegungen mache, die ihn sonst sofort um den Verstand bringen, atmet er mir viel zu langsam. Komm schon! Ich will doch gar nicht viel. Nur ein bisschen Vergiss-den-ganzen-Mist-Sex.

»Alles okay?«

»Hm? Ja klar, alles okay, Butzi.«

»Aber warum schaust du immer nur die Decke an?«

»Oh.«

»Und, um ehrlich zu sein, du guckst dabei wie ein Auto.«

»Elvin hat erzählt, dass er sich einen alten Opel Kadett gekauft hat.«

»Hey!«

»Tschuldigung.«

Er kann nichts dafür. Nein, er kann wirklich nichts dafür. Der arme Kerl ist aufgeregt. Das mit Elvin morgen ist ihm wichtig. Da muss man Verständnis haben ... ABER AUSGERECHNET JETZT?

»Warte mal kurz, Butzi.«

Er hüpft aus dem Bett. Bevor er aus der Tür verschwindet, sehe ich, dass sein Mannesstolz schon wieder deutlich unter die 90-Grad-Marke abgesackt ist. Das darf doch nicht wahr sein! ... Okay. Entspannt bleiben. Es liegt nicht an mir, es liegt nicht an mir, es liegt nicht an mir. Ich schenke mir noch einmal Sekt nach und trinke das Glas sehr schnell aus. Dem werde ich es zeigen!

»Hier, schau mal, Butzi.«

»Aha. Ein gehirnförmiger roter Gummiball aus deiner Sammlung. Großartig, Adrian!«

»Wegen dem habe ich mich damals mit Elvin zerstritten. Wir hatten zwei davon. Der andere war blau. Wir hatten sie Ginger und Fred genannt.«

»So.«

»Und Elvin war der Meinung, dass wir sie nie trennen dürfen. Aber als wir die Sammlung aufgeteilt haben, wollte ich unbedingt einen für mich. Schon allein, weil sie immer so freaky rumhüpfen, wenn man sie auf den Boden deppert. Wegen der Gehirnform und so. Aber Elvin hatte recht. Wir hätten Ginger und Fred beieinanderlassen müssen. Elvin hat eigentlich immer recht. Schau mal, der Bierdeckel zum Beispiel. Wo habe ich ihn nur?«

Jetzt reichts! Ohne lange nachzudenken nehme ich Adrian den Gehirngummiball aus der Hand und lege ihn auf meinen Bauchnabel. Dort steigt und sinkt er im Rhythmus meiner Atemzüge auf und ab. Bingo! Adrian hält sofort die Klappe, legt sich auf den Bauch und verfolgt das Schauspiel. Er lächelt. Und ja, wenn man genau hinguckt, ist da wieder eine Spur Lüsternheit in seinem Lächeln. Doppelbingo! Jetzt habe ich ihn. Nicht nachlassen!

Ich atme kurz und heftig ein, so dass der Gummiball ins Rollen kommt. Danach ziehe ich meinen Bauch so ein, dass eine Kuhle entsteht, in dem ich ihn ein paar Runden herumrollen lasse. Adrian robbt heran und stupst ihn mit seiner Nase so lange herum, bis er wieder in meinem Nabel landet, wie bei einem von diesen Kügelchen-Geschicklichkeitsspielen. Fein. Nächstes Level. Ich spanne meinen Bauch so an, dass der Ball von mir herunterhopst. Währenddessen habe ich mit der linken Hand einen von Adrians neuen Sneakern unter dem Bett ertastet. Ich nehme ihn, stelle ihn ebenfalls auf meinen Bauch und lasse ihn vor Adrians Augen auf und ab sinken. Er lächelt jetzt sehr verwegen. Ich bin auf der Zielgeraden.

»Komm schon, ich weiß genau, was du jetzt gern machen willst.«

»Echt?«

»Tu es einfach.«

»Wirklich, Butzi?«

»Mach schon!«

Adrians Gesicht glüht vor Vorfreude. Ich spüre, wie er den Schuh fest mit beiden Händen ergreift.

»Und los!«

Er seufzt auf und beginnt ihn herunterzudrücken.

»Fester! Keine Hemmungen!«

»Okay ... M... meinst du, das reicht so?«

»Schau einfach nach.«

»Wow! Du hast jetzt echt Tasten auf dem Bauch, Butzi.«

»Worauf wartest du? Schreib was!«

Er fängt an. Erst mit der Nase, dann mit der Zunge und am Ende mit Küssen. Na also, geht doch. Hätte nicht gedacht, dass es so harte Arbeit wird, meinen Vergiss-den-ganzen-Mist-Sex zu bekommen, aber Ende gut, alles gut.

»Sag schon, was hast du kleiner Perverser auf meinem Bauch geschrieben?«

»Pinklbräu Fete, wieso?«

KAI Kann doch wohl nicht wahr sein! Das Licht ist immer noch an, und der Kerl sitzt immer noch vor seinem Rechner. Warum macht er das? Hat er Angst vor seinem Zuhause? Pack jetzt endlich deinen Kram und verzieh dich, Jochen! Sonst komme ich wieder hoch, und es ist mir völlig wurscht, dass du dann bestimmt die ganze ... HAAA! Das ... das ... das ... Lara! Auf der anderen Straßenseite! Gerade ist sie an meinem Büroeingang vorbeigelaufen. Das ... das ist doch jetzt meine Chance! Ich spreche sie einfach an und ... Mist, im Detail betrachtet ist das doch nicht so einfach. Frauen, die nachts alleine durch dunkle Straßen tapsen, soll man als Mann nicht von hinten ansprechen. Wäre ein schlechter Start, wenn ich ihr erst mal einen Höllenschreck einjage. Aber ich kann sie ja nur von hinten ansprechen, sie ist schon an mir vorbei ... Halt, es gibt eine Lösung. Sie hat mich ja noch nicht gesehen. Ich muss nur schnell in der anderen Richtung um den Block herumsprinten, dann komme ich von vorne auf sie zu. Los jetzt, nicht lange überlegen! In die entgegengesetzte Richtung schleichen ... Straße überqueren, um die Ecke biegen ... wie der Teufel um die beiden nächsten Ecken rennen ... abbremsen und gemächlich um die letzte Ecke schlendern. Da ist sie! Fein ... Aber was ist denn mit ihr los? Sie geht nicht, sie stampft. Und sie atmet nicht, sie schnaubt. Und jetzt hat sie gerade gegen ein Verkehrsschild getreten. Und jetzt gegen einen Baum. Vielleicht ... ist es doch besser, wenn ich den Plan aufgebe und schnell die Straßenseite wechsele? Noch bin ich weit genug weg, und sie ist so damit beschäftigt, gegen Sachen zu treten, dass sie mich noch nicht gesehen hat. Oder ignoriert sie mich einfach?

Egal. Das Kapitel Lara ist für mich sowieso beendet. Hatte ich nur kurz vergessen. Rüber über die Straße ... Und ich werde ihr auf keinen Fall hinterherschauen. Dann sehe ich nur ... wie sie zwischen zwei Wuttritten ihre wunderbaren Haare nach hinten wirft ... so wie jetzt ... und jetzt ... und jetzt nochmal. Hoffentlich lässt sie sich bald einen Pony schneiden. Ich weiß nicht, wie ich es sonst aushalten soll, wenn sie mir nochmal über den Weg läuft. Ich ... muss ins Büro.

DIENSTAG

LARA Ich muss mich jetzt wirklich mal zusammenreißen. Es ist nun wieder helllichter Tag, die Straßen sind belebt, und wenn ich weiter gegen alles und jedes trete, das mir in den Weg kommt, lande ich heute noch in der Gummizelle. Und wenn ich mal versuche, das Ganze ruhig zu betrachten, hat es doch auch jede Menge Positives. Ich habe mit Adrian Schluss gemacht. Es war ein klarer Schnitt. Und ein großer erster Schritt hin zu verlockenden neuen Ufern in Laraland. Kann man mehr wollen?

Ja, verdammt nochmal, natürlich kann man mehr wollen! Es war demütigend! Er hat »Pinklbräu Fete« auf meinen Bauch geküsst! Ich bin aus dem Bett geschossen wie ein Weltrekord-Dragster und habe ihn zusammengeschrien. Und mich gleichzeitig angezogen. Und das war ein Fehler. Dicke Rotbuchstaben-Notiz an mich: Nie wieder mit jemandem Schluss machen und sich währenddessen anziehen. Geht immer schief. Ganz besonders gestern. Ich mag gar nicht mehr dran denken. Adrian wollte die ganze Zeit etwas dazwischensagen, aber ich habe ihn nicht gelassen. Weil er »Butzi« gesagt hat und weil ich dachte, dass er mir erklären wollte, dass »Pinklbräu Fete« eine verkappte Liebeserklärung ist. Als er dann endlich doch noch den Mund aufmachen konnte, kam heraus, dass ich mir mein T-Shirt als Schlüpfer angezogen hatte und eine von seinen Vortagssocken am linken Fuß trug. Spätestens damit war auch meine letzte Chance, noch mit stolz erhobenem Kopf aus diesem Desaster herauszukommen, dahin.

Trotzdem, ich nehme mir fest vor, nicht gegen den Mülleimer an dem Halteverbotsschild dort drüben zu treten. Obwohl er so schön übervoll ist und ganz wunderbar jede Menge Unrat von sich schleudern würde. Ich lasse das jetzt alles schön hinter mir und schlage das erste Kapitel im Buch meines neuen Lebens auf, fertig.

Und das Kapitel heißt »Notaufnahme«. Ja, gut, es gibt freundlichere Frisörnamen, aber das brauche ich jetzt nicht. Im Gegenteil, Notaufnahme passt perfekt für mich. Ich will meinen Ponyschnitt. Auf der Stelle!

»Guten Morgen. Haben Sie einen Termin?«

»Ja. Lara Rautenberg, elf Uhr dreißig. Aber ich dachte, ich komme einfach jetzt schon. Je früher, umso besser.«

»Nehmen Sie bitte kurz ...«

»Und hör bitte sofort mit der Siezerei auf, das kann ich gerade gar nicht haben ... Tschuldigung.«

»Kein Problem. Wie gesagt, nehmen Sie Platz, ein bisschen dauerts noch.«

Ich setze mich in den Wartewinkel. Nehme ich mir die *Gala*? Nein! Genau das mache ich nicht. In meinem neuen Leben hat die *Gala* nichts ...

Zirrrp! Zirrrp!

Nanu?

»Hallo Jenny.«

»Hallo Lara, ich hoffe, ich habe dich nicht aus dem Bett geholt?«

Nein, du blöde Schnepfe, ich bin in den letzten Wochen nicht verlottert, obwohl ich wegen euch arbeitslos bin. Und werde auch weiterhin nicht verlottern. Und sei es nur, um dich zu ärgern. Ärgern, ha, genau.

»Uaaa. Moment ... muss mich erst mal strecken ... Wasn los? ... Boa! Elf Uhr. Ist ja noch mitten in der Nacht. Gähn.«

»Haha, du lässt es dir gutgehn, was?«

»Kannst du bitte nicht so laut reden? Weißt du, ich hab mir gestern Abend höllisch die Kante gegeben. Ich weiß überhaupt nicht, wo ich gerade bin, geschweige denn wo meine Hose ist.«

»Haha, die gute alte Lara. Pass auf, ich hab mich nochmal voll für dich reingehängt und, stell dir vor, es gibt einen Hoffnungsschimmer!«

»Echt jetzt?«

Pah. Ein Hoffnungsschimmer von Jenny. Wenn ich das schon höre.

»Ja. Ich hab gestern mit Kanzberger zu Mittag gegessen. Wir haben so ganz entspannt geplaudert, und da habe ich mir ein Herz gefasst und ihn auf dich angesprochen.«

»Aha. Und, war er dann immer noch entspannt?«

»Ehrlich gesagt, er hat sofort abgewinkt, als er nur deinen Namen gehört hat. Aber ich hab nicht lockergelassen. Ich hab ihm immer wieder gesagt, dass es dir echt leidtut und dass das bestimmt ein einmaliger Ausrutscher war.«

Einmaliger Ausrutscher? Wer sagt das überhaupt?

»Und am Ende war er wirklich bereit, dir nochmal eine Chance zu geben.«

»Was? Wirklich? Ausgerechnet Kanzberger?«

»Er hat gesagt: *Frau Rautenberg muss kapieren, dass wir als Team funktionieren, dann ist alles in Ordnung.*«

»Und was heißt das im Klartext?«

»Demnächst macht unser ganzes Büro eine Teambildungsmaßnahme. Wir müssen an einem Wochenende auf einem Abenteuerspielplatz eine zweigeschossige Holzhütte ohne fremde Hilfe nach einem Bauplan errichten, oder so ähnlich. Wenn du da von Anfang bis Ende aktiv mitmachst, können wir dir wieder Aufträge geben, hat er gesagt.«

»Nein! Echt wahr? Hey, dafür werde ich die Hütte sogar ganz alleine aufbauen, Jenny! Wirklich, ihr könnt euch alle ins Gras legen und zuschauen.«

»Haha, na, dann hoffe ich mal, dass du bis dahin ausgeschlafen hast.«

»Versprochen. Und ich komme sogar angezogen.«

»Prima. Ach, eine Sache hätte ich fast vergessen. Du müsstest deine Teilnahmegebühr selbst bezahlen, hat Kanzberger gesagt.«

»Oh. Wie viel?«

»Ungefähr 500 Euro, würde ich mal schätzen.«

»Was? Ich weiß nicht, ob ...«

500 Euro! Die Schweine!

»Hey, mal ganz im Ernst, es geht um deinen Job. Da wirst du ja wohl jetzt nicht wegen 500 Piepen rumstinken, nachdem ich mich so reingehängt habe. Ich hatte richtig Herzklopfen. Und wenn man mal durchrechnen würde, was es unterm Strich gekostet hat, als du damals ...«

»Okay, okay.«

»Würde ich aber auch sagen. Ach, übrigens, mir ist da noch was zu Ohren gekommen.«

Die haben wohl nicht mehr alle! 500 Euro! Das soll eine verkappte Geldstrafe sein! Nicht mit mir. Erstens: Ich habe das Geld nicht. Zweitens: Und selbst wenn, NEIN! ... Was hat sie gerade gesagt? Irgendwas mit Ohren ...

»Nämlich dass es da eine kleine amouröse Verstrickung zwischen dir und einem nett anzusehenden Architekten gegeben hat.«

Was?

»Und zwar einem, der niemals Schuhe unter 500 Euro trägt, sagt man.«

»Wer erzählt so was?«

WER?

»Och, ich hab so meine Bekannten. Aber keine Angst, ich sag Adrian nichts. Wollte dir nur viel Glück wünschen, meine Süße. Du, ich seh gerade, ich muss sofort los ins Meeting. Wir plaudern wann anders weiter, ja? Tschüssi.«

»Tschü... ähm, machs gut.«

Wie ich sie hasse! Wenigstens habe ich ihr nicht gesagt, dass ich mit Adrian Schluss gemacht habe. Wird sie höllisch ärgern, dass sie nicht als Erste davon erfahren hat.

KAI Herr Knöpper macht mich wahnsinnig. Wie viele Fragen kann man zu so einer mickrigen Damentoilette haben? Wir diskutieren schon seit anderthalb Stunden und haben inzwischen den halben Plan mit hingekritzelten Ergänzungen und improvisierten Handskizzen vollgezeichnet. Und er ist noch lange nicht fertig. Er kratzt sich schon wieder mit seinem Bleistift hinter dem rechten Ohr. Immer ein sicheres Zeichen, dass ihn noch irgendwo der Schuh drückt. Wenn man überlegt, wie lange er schon im Geschäft ist, müsste er im Lauf der Jahre eine mindestens zwei Zentimeter dicke Hornhautschicht hinter seinen Ohren gezüchtet haben.

»Und noch was, Herr Findling, wenn wir die ganze

Wand hier voller Spiegel machen, wo soll denn dann die Revisionsklappe hin, hm?«

Ach, was weiß ich. Viel zu müde, um nachzudenken. Bin erst um drei aus dem vermaledeiten Büro rausgekommen. Und wer braucht schon Revisionsklappen.

»Haben Sie vielleicht eine Idee, Herr Knöpper?«

»Na, da unten an die Seite vielleicht.«

»Bestens.«

»Wird aber knapp. Und was wir noch gar nicht besprochen haben, der Rückstauvertikalkonverter. Den brauchen wir bei der neuen Leitungsführung. Wo soll der hin?«

Tiritt-tiritt-tiritt.

»Entschuldigung, Herr Knöpper.«

Und danke schön, Handy.

»Kai Findling, hallo.«

»Hier spricht Sven.«

Ein Sven. Warum auch nicht.

»Ich bin der Zivi aus der Band von Ihrem Großonkel Karl Findling. Erinnern Sie sich?«

»Der junge Mann mit dem Fender-Jazz-Bass? Natürlich erinnere ich mich. Ihre gewitzten Linien schmeicheln noch heute meinem Ohr.«

»Es gibt ein Problem mit Ihrem Großonkel.«

»Okay, wo macht er diesmal Musik? Ich komme sofort hin.«

Hoffentlich ist es nicht zu weit. Wenn er auf dem Turm der Kaiser-Wilhelm-Gedächtniskirche steht, wie er es schon seit Jahren vorhat, muss ich einmal quer durch die Stadt. Und dann noch Treppen steigen. Ausgerechnet heute. Ich habe überhaupt keine Zeit.

»Das Problem ist nicht, dass er Musik macht. Das Problem ist, dass er keine Musik macht.«

»Oh.«

LARA Ist mir völlig wurscht, wer Jenny von Kai Blödling und mir erzählt hat. Wahrscheinlich war er es selber, Arsch, der er ist. Mir aber wirklich egal. Liegt alles hinter mir. Sollen sie sich ruhig das Maul zerreißen. Und selbst wenn es Adrian am Ende doch noch erfährt, meinetwegen. Hab ich doch überhaupt nichts mehr mit zu tun. Jetzt erst mal der Ponyschnitt, und dann Schritt für Schritt weiter. Und das Gute an der neuen Frisur ist, dass ich mich damit definitiv gegen Jennys 500-Euro-Holzhütten-Zusammenzimmerspaß entscheide. Wenn ich das wollte, müsste ich mein Frisörbudget sofort einfrieren und den Laden grußlos verlassen. Nein, wenn schon Neustart, dann auch mit neuen Haaren.

Ich schaue den beiden Frisösen beim Werkeln zu. Eine von ihnen trägt auch einen Pony, die andere eine Kurzhaarfrisur. Tja, Kurzhaar könnte ich mir auch überlegen. Noch ist nichts entschieden. Und überhaupt, Farbe. Hab ich noch gar nicht drüber nachgedacht. Kurze Haare und wasserstoffblond. Oder wenigstens Pony und wasserstoffblond. Ob ich mal Kerstin ... Hey, genau, wo steckt die Dame eigentlich? Sie hat sich immer noch nicht gemeldet. Heißt das ...?

Zirrrp! Zirrrp!

Boa, Gedankenübertragung! ... Ach nein, doch nicht.

»Hallo, Herr Rockerer.«

Seien Sie mir nicht böse, dass mein Ohr sich jetzt erst mal auf Durchzug schaltet, aber abgesehen von Kai und Adrian sind Sie so ziemlich der Letzte, mit dem ich gerade reden will. Ich mache hier gerade einen Neustart, und wenn ich es mir so recht überlege, ist der blöde Job bei Ihnen das Nächste, was ich loswerden muss. Und überhaupt, was soll das? Die Schichten sind doch längst geklärt für diese Woche. Und Sie haben mir versprochen, dass ich nach meinem Großeinsatz von neulich bis zum Wochenende weder Frühstück machen noch putzen muss. Und wenn Sie mir nur guten Tag sagen wollen, finde ich das zwar nett, aber, wie gesagt ... und außerdem ist mein Telefon gestört. Ich höre nur völligen Quatsch.

»Entschuldigung, Herr Rockerer, aber ich verstehe die ganze Zeit *Mittwochabend, Party, Catering, Buffetkraft.*«

Das wäre auch völlig richtig. Aha. Und warum erzählt er mir das?

»Also, nur für den unwahrscheinlichen Fall, dass Sie daran gedacht haben, dass ich am Mittwoch Buffetkraft mache: Nein, ich kann auf keinen Fall. Ich habe da nämlich eine wichtige private Verabredung.«

Mit Kerstin. Und meine neue Frisur hat eine Verabredung mit Tim Bendzko.

»Was? Nein, völlig ausgeschlossen.«

Spinnt der jetzt?

»Nein, ich kann meine Verabredung nicht zur Party mitbringen. Auch wenn Sie meinen, dass ich in meinem Buffetdamen-Kostüm *fesch* aussehen werde ... Oh, sagen Sie, nur interessehalber, handelt es sich etwa um eine Mottoparty, zu der Leute engagiert wurden, die sich als Kletterer verkleiden?«

Tatsächlich. Die Veranstalterin scheint ja halb Berlin dafür zu engagieren. Aber von mir aus. Ich gehöre jedenfalls ganz klar zur anderen Hälfte. Der, die zu Tim Bendzko geht. Kapiert der das jetzt endlich mal?

KAI Dieser Zivi Sven ist ja wirklich ein ausgekochter Bursche. Hat gleich erkannt, dass die Hammondorgel-Version von *Smells like Teen Spirit*, die Großonkel Karl und seine Heimkollegen zum Besten gegeben haben, mal vor ein etwas größeres Publikum gehört. Nachdem die politische Session im Heizungskeller beendet war, hat er sich kurzerhand zum Manager befördert und die Band »Die drei Seniöre« genannt. Und auch schon den ersten Auftritt klargemacht. Und genau da liegt das Problem.

»Weißt du, Karl, man kann doch auch zwischendrin mal Musik machen, die keine politischen Zwecke verfolgt.«

»Kann man. Aber die Zeit, die man dafür aufwendet, hat man dann nicht mehr, um sie für politische Musikaktionen aufzuwenden. Und, wie du vielleicht weißt, es sind immer noch genauso viele deutsche Soldaten in Afghanistan wie letzten Monat. Wir müssen dranbleiben. Außerdem, sehen wir den Tatsachen ins Auge, jemand wie ich hat nur noch begrenzt Zeit, etwas zu bewirken.«

Hugh, Karl hat gesprochen. Er sitzt in dem großen roten Ohrensessel, den ich mit großer Mühe gerade noch in sein 12-Quadratmeter-Zimmerchen reingequetscht bekommen habe. Seine Hände sind vor dem Bauch verschränkt, und sein mächtiger Kopf liegt ganz leicht schief. Wenn er doch nur nicht so stur wäre.

»Ach Quatsch, Onkel Karl. Jemand, der stundenlang in der Mittagshitze mit einem Sousaphon vor dem Verteidigungsministerium herumlaufen kann, ist kerngesund. Und schau, der Sven hat da wirklich was Tolles auf die Beine gestellt. Du würdest endlich mal vor echtem Publikum spielen. Und deine Kollegen Herr Andrischek und Herr Hurzenberger würden es auch sehr gerne machen, hat Sven gesagt. Tu es doch wenigstens ihnen zuliebe.«

»Ich bin nicht mehr in dem Alter, in dem man Kompromisse eingeht. Noch Tee?«

»Gerne, danke. Also gut, dein Ziel ist es, möglichst viele Leute zu erreichen. Hast du schon mal darüber nachgedacht, dass dein Bekanntheitsgrad steigt, wenn du mit deiner Band öffentlich auftrittst? Sieh es doch als Investition. Wenn du dann später wieder eine politische Musikaktion machst, bekommen es viel mehr Leute mit, weil du ja der Karl von den drei Seniören bist, verstehst du?«

Er wiegt seinen Kopf hin und her. Schon allein von dieser Bewegung fangen die Federn in seinem Ohrensessel leise an zu quietschen. Ich frage mich, wie lange das gute Stück noch hält.

»Und überhaupt, wenn du mit deinen Auftritten etwas Geld verdienst, ist das doch auch nicht schlecht ... Will sagen, du kannst es dann gleich wieder in deine politischen Aktionen stecken.«

Sein Kopfwiege-Rhythmus wird langsamer. Ein gutes Zeichen.

»Die Sache so zu betrachten, liegt mir zwar nicht, aber du hast mich gerade auf eine Idee gebracht. Vielen Dank.«

»Gern geschehen. Du wirst also mitmachen?«

»Oh ja, das werde ich.«

»Und, hm, was ist das für eine Idee, die du gerade hattest?«

»Muss noch bisschen dran feilen.«

LARA So ein Schwein! Er hat mich gezwungen. Entweder ich bin am Mittwochabend Buffetkraft, oder es ist meine letzte Woche im Rockerer-Imperium. Warum habe ich ihm nicht sofort die Brocken hingeworfen? Blödes Sicherheitsdenken! Ich lande doch nicht gleich in der Gosse, nur weil ich mal ein bisschen keine Miete, Krankenversicherung und Zeug zahle, oder? Was bin ich für ein erbärmlicher Schisser. Ich rufe ihn jetzt an und … … … Nein, ich kann es einfach nicht. Mist!

»Sie wären dann jetzt dran.«

»Hm?«

»Sie wären dann jetzt dran. Kommen Sie zum Waschen erst mal hier herüber?«

»Entschuldigung, ich habe es mir anders überlegt. Auf Wiedersehen.«

Aus dem Frisörsalon herauszutreten ist leicht. Schwierig wird es erst, als ich vor der Tür stehe und mich für eine Richtung entscheiden muss. Am liebsten würde ich einfach stehenbleiben und in Ruhe über ein paar Dinge nachdenken. Aber gut, im Gehen müsste das auch klappen, also, warum nicht. Los, Füße, Autopilot.

Okay, erst mal die Fakten: Mein Körper ist gerade eben einfach aus dem Frisörsalon raus. Einfach so. Und es war richtig, da bin ich sicher. Aber warum? Es dauert etwas, aber drei Straßen weiter bin ich endgültig dahintergekommen. Und ich bin ausnahmsweise mal begeistert von mir. Genau das Richtige gemacht, ohne nachzudenken, das klappt doch sonst nur im Film.

Aber es stimmt. Erstens: Wenn Rockerer mich zwingt zu arbeiten, tanze ich doch nicht auch noch mit einer prachtvollen neuen Frisur an, als hätte ich sie mir extra für diesen Tag machen lassen. Nein, nein, da bleiben die Zotteln lieber mal schön so, wie sie sind. Vielleicht lasse ich sie sogar mit Absicht ins Essen reinhängen. Und zweitens: Ich werde nun doch die 500 Euro für die Teambildungsmaßnahme mit dem Filmsaftladen berappen. Mein Entschluss steht fest. Egal auf welchem Weg, ich muss so schnell wie möglich von Rockerer weg. Das gesparte Frisurgeld wird mein Grundkapital, den Rest leihe ich mir zusammen. Und wenn ich wieder als Cutterin arbeiten kann, gibt es als Belohnung sofort die neue Frisur, und dann gehe ich zu Rockerer und trete ihm in den Arsch. Und ich kaufe Karten für das nächste Tim-Bendzko-Konzert. Egal in welcher Stadt und egal wie teuer. Und Kerstin lade ich ein. Ende gut, alles gut.

KAI Senf! Auf meinen Cordovan-Semibrogues von Cheaney & Sons! Das kommt von dieser blöden Hetze. Was soll man da schon anderes machen, als unterwegs kurz anzuhalten und sich hastig eine Bratwurst in den Schlund zu rammen. Ich versuche das Desaster so gut es geht mit Tempotaschentüchern einzudämmen. Wenigstens ist es kein Ketchup. Aber heute Abend muss ich da auf jeden Fall nochmal gründlich mit Bürste und Tuch ran.

Wenn ich überhaupt nach Hause komme. Die Kellerclubbaustelle lässt mich nicht los, und im Hintergrund grollen die Projekte Löwenstein-Villa und Rockerer-Hotel. Während ich bei Großonkel Karl war, hat Herr Knöpper insgesamt drei Mal angerufen und Jochen gleich fünf Mal. Natürlich kann er die Dinge prima alleine entscheiden, aber er will, dass ich wenigstens ein schlechtes Gewissen habe. Viel gefährlicher ist, dass Moha, Alyssa und Jeffrey angefangen haben, die Rockerer-Bestandspläne zu zeichnen. Da müsste ich wirklich schleunigst mal draufgucken, sonst sind am Ende wieder alle Treppenläufe falsch herum drin und keiner merkt es bis zum Baubeginn. Vor allem Moha scheint mir im Moment ziemlich seltsam drauf zu sein. Ich muss so schnell wie möglich Herrn Knöppers Fängen entkommen. Dazu muss ich es aber erst mal *in* seine Fänge schaffen.

Und wenn ich jetzt vor diesem Schaufenster herumhänge, dann dauert es noch länger, ich weiß. Und wenn ich jetzt auch noch in den Laden reingehe, erst recht. Und es gibt auch wirklich überhaupt keinen Grund reinzugehen. Und auch keinen, dieses Ding zu kaufen. Ich verstehe nicht, warum ich das tue. Es ergibt überhaupt keinen Sinn.

Aber getan ist getan. Ich stecke das Ding in die Jacketttasche. Fertig. Und jetzt rein ins Auto und ab auf die Überholspur.

LARA   Zirrrp! Zirrrp!
»Kerstin! Na endlich!«
...
»Kerstin?«
...
»Hallo?«
»JUCHUUUUUUUUU!!!«
»Manno, mein Ohr. Los! Erzähl! Alles! Sofort!«

Kerstin beginnt mit ihrer Geschichte zwar kurz vor Adam und Eva, aber ich kann trotzdem schon am ersten Satz hören, dass sie einen wunderbaren Abend und eine aufregende Nacht mit ihrem schwarzen Prinzen hatte. Das Tolle dabei, ich bin kein bisschen neidisch mehr. Sie kann noch so viel von ihren amourösen Verzückungen erzählen, ich freue mich einfach nur.

Was ist mit mir passiert? Tja. Ich gebe es ja nur ungern zu, aber ich fürchte, alles hängt mit diesem sogenannten

Hoffnungsschimmer zusammen, den Jenny für mich klargemacht hat. Das mit den 500 Euro kann noch so unverschämt sein, es ist mir gar nicht mehr wichtig. Wenn ich mitmache, kriege ich wieder Arbeit, alles andere ist pupsegal. Selbst dass ich nicht mit Kerstin zu Tim Bendzko gehen kann, weil es mir zu unsicher ist, den Rockerer jetzt schon in den Arsch zu treten. Und ich freue mich nun auch endlich richtig darüber, dass ich den Adrian-Schlussstrich gezogen habe. Peinliche Einlage im Schlussmonolog hin oder her, ich bin frei, ich habe wieder eine neue Perspektive, meine beste Freundin ist endlich glücklich verliebt, und bei mir passiert früher oder später bestimmt auch wieder was. Ich habe es gar nicht eilig.

Also, alles fein. Warum grummelt da trotzdem etwas ganz tief in meinem Magen herum und will nicht aufhören? Bestimmt nur wieder dieses unangenehme Gefühl, dass ich der unangenehmen Jenny dankbar sein muss. Das macht sie doch mit Absicht. Eine andere Erklärung gibt es nicht ... Nein, Bauch, ich sagte, eine andere Erklärung gibt es nicht ... Hey! Gib jetzt Ruhe! Wenn ich deine Meinung hören will, frage ich dich.

»Eieiei, Lara, ich sag dir, mir ist richtig schummerig vor Glück. Ehrlich, ich kann kaum stehen. Kennst du das? Du, ich sag dir eins, diese Schmetterlinge, du weißt schon, die sind gar nicht im Bauch, die sind vor allem in der Brust. Echt, als hätte ich Drogen genommen. Das kribbelt und zuckt so hin und her, aber man kann gar nicht beschreiben, was es ist, außer, na ja, Schmetterlinge halt. Hattest du das auch schon mal? Ich weiß gar nicht, ob ich das noch lange aushalte. Wie spät ist es eigentlich? Oh, wenn es doch schon Abend wäre! Ich ...«

»Okay, Kerstin, okay. Aber eins muss ich dir sagen:

Ich finde das alles nur gut, wenn du mich trotz Moha auch noch ein bisschen magst.«

»Lara!«

»Scherz. Du, sag mal, am Mittwoch Tim Bendzko, das steht noch, oder?«

»Natürlich steht das! Wie kannst du nur fragen. Wir beide, erste Reihe, Punkt.«

»Und wenn George Clooney, Brad Pitt und Hugh Jackman im Trio daherkommen würden und mit dir auf das Konzert wollen?«

»Würde ich jedem von ihnen einen Tritt in den knackigen Hintern geben.«

»Und wenn Moha daherkäme?«

»Ehrlich gesagt, er hat mich schon gefragt, als ich ihm davon erzählt habe. Er liebt Bendzko. Aber *wir* sind verabredet, deswegen geh ich mit *dir*. Das wird er verkraften müssen.«

»Du bist echt ein Schatz. Jetzt trau ich mich kaum noch, es dir zu sagen. Dieses Schwein von Rockerer hat mich für den Mittwochabend zwangsverpflichtet. Entweder ich mache Buffetdame bei einer Party, oder er schmeißt mich raus.«

»Nein! Wirklich? Das lassen wir uns nicht gefallen! Ich ...«

»Hör zu, wenn Moha auch gerne gehen würde, wäre es okay für mich.«

»Klar würde Moha gehen. Aber das ist mir ganz gleich, *wir* beide gehen.«

»Pass auf, es wäre okay für mich, aber nur unter einer Bedingung: Wir beide fahren zum nächsten Tim-Bendzko-Konzert. Egal in welcher Stadt. Ich kaufe Tickets und buche ein Hotel für uns.«

»Aber ...«

»Ich habe nämlich noch eine gute Nachricht: Ich kriege ziemlich sicher meinen Job wieder!«

»Echt? Wahnsinn! Larchen, ich freu mich so! Das ist heute unser Tag, was?«

»Ich glaube, ja.«

»Trotzdem, ich bekomme Pickel, wenn ich daran denke, dass du diesen Cateringjob machen musst, während Moha und ich ...«

»Hey, es ist wirklich gar nicht so schlimm, wenn ich daran denke, dass ...«

»Aber frsrrsblsrrrsbfsssrfblrr.«

»Wo bist du eigentlich gerade? Die Verbindung ist auf einmal ganz mies.«

»Rrssffffsblsss natürlich neue Unterwäsche für mich kaufen, was glaubst du frrrrrssssblrssssfffr.«

»Na, dann lass uns lieber Schluss machen.«

»Rrrfffblrssss muss ich dir aber noch unbedingt erzählen bsssfrrrsssblrrr.«

»Ich glaube, das hat keinen Sinn. Sollen wir nochmal telefonieren, wenn du wieder draußen bist?«

»Sssssrblffffsssrrrrrsblrrr was eingefallen, wie ich Gummistiefel-Kai mal richtig ärgern kann frblsssrrrrrrfffffssssrfff hallo? Hallo? Bei mir ist es jetzt auch ganz schlecht. Ach, weißt du was? Lass dich einfach überraschen. Ich erzähl dir dann alles. Bis brffffsssrrrrblrssssrrr.«

»Ja, bis bald. Ich muss dir auch noch was ganz Wichtiges erzählen, ich hab nämlich mit Adrian ... Hallo? Hallo?«

KAI Genug ist genug. Ich weiß ja, dass es eine Zumutung ist, so schnell von einem Tag auf den anderen die kompletten sanitären Anlagen für einen Kellerclub fertigzuzimmern, vor allem, wenn er eine so extravagante Damentoilette hat, aber irgendwie muss der Knöpper jetzt auch mal klarkommen. Er hat seinen Plan, und wir haben mindestens fünf Mal über jede Fliesenfuge gesprochen. Das muss reichen. Außerdem, Telefon gibts ja auch noch. Wobei, hoffentlich ruft er nicht an. Ich habe genug damit zu tun, die Pläne für die Möbelschreiner fertigzuzeichnen, die morgen früh kommen. Das wird auf jeden Fall die nächste Nachtschicht. Aber wenn Jochen es heute Abend wieder auf einen Sitzfleisch-Zweikampf anlegt, schmeiße ich ihn raus. Also, ich nehme es mir jedenfalls vor.

Ich trete ans Tageslicht. Mist, der blöde Kellerstaub ist eine ganz fiese Verbindung mit dem Restsenf auf meinem Schuh eingegangen. Hoffentlich kriege ich das überhaupt noch ordentlich weg. Vielleicht erst mal mit Lederreinigungsschaum, und dann trocknen lassen ...

»Hast du was verloren, Kai?«

»Oh, hallo Caro.«

»Wuff!«

»Und hallo Beppo.«

»Ich wollte nur mal vorbeischauen und gucken, was der Club so macht.«

»Da unten wütet jetzt ein gewisser Herr Knöpper mit seinen Mannen und stemmt Kloschüsseln. Ehrlich gesagt, ich würde ihn jetzt lieber in Ruhe machen lassen, die stehen ziemlich unter Zeitdruck.«

»Aber ihr schafft es?«

»Bei meiner hin und wieder vorhandenen Architektenehre, ja.«

Bei diesem Honorar nicht pünktlich fertig zu werden, könnte ich mir wirklich nicht verzeihen, das wird mir gerade klar. Meine Knie werden noch etwas weicher, als sie ohnehin schon sind.

»Da bin ich aber beruhigt, Kai. Weißt du, ich hab mir da ganz schön viel vorgenommen, merke ich so langsam.«

»Das wird schon.«

»Und jetzt habe ich auch noch Beppo um die Ohren.«

»Ganz ehrlich, da bewundere ich dich. Ich könnte nie einfach so einen kleinen Bellkerl bei mir aufnehmen. Ich habe überhaupt keinen Plan von Hunden.«

»Ich auch nicht.«

»Echt?«

»Nein. Aber ich habe mich noch mal ganz lange mit Herrn Kanubski unterhalten, als meine Mama den Mietvertrag für den Keller mit ihm abgeschlossen hat. Der hat richtig Ahnung. Und ist total nett. Mal sehen, vielleicht kaufen wir ihm das Haus ab. Mein Bruder und ich brauchen ja auch noch eine Stadtwohnung, wenn wir mal hier sind. Wär doch nicht schlecht, gleich über dem Club.«

Hoffentlich merkt sie nicht, dass es mich bei solchen Sätzen jedes Mal fast rückwärts umhaut.

»Muss natürlich erst mal sehen, ob es Beppo gefällt, nicht wahr, mein Kleiner?«

»Wuff!«

»Und woher weißt du, wann der fressen muss? Und was? Und trinken und schlafen? Ich glaube, ich würde ganz kirre werden.«

»Ach, man muss ihn einfach kennenlernen, dann klappt das schon.«

»Wuff!«

»Na gut. Wenn du mir nicht böse bist, würde ich dann mal wieder zurück ins Büro. Ich muss noch schnell den Bartresen zeichnen, der morgen gebaut werden soll.«

»Was? Der wird morgen erst gebaut?«

»Mach dir keine Sorgen.«

Die Sorgen, die ich mir gerade mache, reichen nämlich für drei.

»Na, ich bin gespannt. Vielen Dank schon mal für alles, Kai. Bis morgen Abend dann.«

»Bis morgen Abend.«

»Wuff!«

»Oh nein, Beppo, nicht schon wieder auf den Arm.«

LARA Jetzt, mit der Aussicht auf meinen neuen alten Job, kann ich es auf einmal wieder genießen, nichts zu tun zu haben. Die Badewanne war ganz wunderbar und das Von-Kopf-bis-Fuß-Eincremen danach auch. Muss gar kein teures Zeugs sein, viel wichtiger ist, dass man Zeit dafür hat. Überhaupt, ich sollte mich nochmal richtig erholen, bald muss ich ja wieder ranklotzen. Ich habe vorhin Kassensturz gemacht. Wenn ich meinen nächsten Rockerer-Lohn dazunehme, kriege ich die 500 Euro zusammen, ohne jemanden anpumpen zu müssen. Darauf bin ich sehr stolz.

Hoffentlich klappt es auch. Ach was, es muss klappen. Jenny hat gesagt, wenn ich den Holzhüttenkäse mitmache, bin ich wieder drin. Wenn das nicht stimmt ... Ach, gar nicht drüber nachdenken. Es wird. Ich habe ein gutes Gefühl.

Schade, Kerstin hat sich gar nicht mehr gemeldet. Nur ein Handyfoto von Moha mit dem Text »Das ist er!!!« hat sie mir noch geschickt. Verliebt, wie sie ist, muss man natürlich Verständnis dafür haben, trotzdem macht es mir Angst. Dieser Kerl nimmt sie schon ganz schön in Beschlag. Hoffentlich pegelt sich das mit der Zeit wieder ein.

So. Aber jetzt lasse ich mich nicht mehr von meinem Film ablenken. *Der blaue Engel.* Ist wirklich schon sehr lange her, dass mir jemand die DVD geschenkt hat. Heute ist endlich der richtige Abend dafür. Ich nehme noch ein Lachshäppchen, dazu einen kräftigen Schluck Weißwein. Köstlich, wie Professor Rath, dieser hässliche bärtige Gnom, der umwerfenden Marlene Dietrich verfällt und sich am Ende in seiner Eifersucht völlig zum Deppen macht. Und noch köstlicher, sich vorzustellen, dass Kai in seinem Körper steckt.

KAI Ich sollte nicht hier sein. Ich sollte an meinem Schreibtisch sitzen. Morgen früh um sieben will der Tischler anfangen, den Tresen für Caros Club zu bauen. Die letzte große Hürde, nachdem Herr Knöpper heute tatsächlich alles, was mit Klos, Waschbecken und Heizung zu tun hat, fertiggekriegt hat.

Aber was ich gerade vor mir habe, ist keine 1:20-Detailzeichnung einer radikal vereinfachten, schnell baubaren Holzkonstruktion aus Alt-Berliner Dielenbrettern, sondern vielmehr ein Teller wunderbar duftende Tagliatelle mit Rinderfiletspitzen und frischen Champignons. Und mir gegenüber sehe ich nicht das Poster mit der Schnittzeichnung der Villa Rotonda von Palladio an meiner Bürowand, sondern Moha. Und vor ihm steht eine große Portion Linguine al scampi. Und neben ihm sitzt seine neue Freundin Kerstin vor einem Zanderfilet in Weißweinsauce. Es war nichts zu machen. Er hat mich einfach an der Hand aus dem Büro rausgezerrt. Ich habe »Moha, ich kann jetzt wirklich n...« gesagt, aber er hat es mit einem »Kai, ich zeige dir jetzt die 'errlichste Frau der Welt. Und wir trinken einen Negroni, haha!« brüsk beiseitegewischt.

Hätte ich zu dem Zeitpunkt gewusst, dass ich Kerstin sowieso schon von meiner Spontanparty am Sonntag kenne, auch wenn mir ihr Name entfallen war, hätte ich ihn vielleicht noch überreden können, das Ganze auf übermorgen zu verschieben. Dass Kerstin und ich uns, seit wir hier sind, nur über Schuhe und Kerstins Vision vom Spectators-Revival unterhalten, stört Moha überhaupt nicht. Er sitzt stumm mit dem verliebtesten Lächeln seit Gene Kelly in *Singin' in the Rain* neben ihr, hat den Arm um sie gelegt und ist glücklich. Was soll es. Ich versuche das mit dem nicht fertiggezeichneten Tresen jetzt einfach mal zu vergessen. Es gibt wirklich schlimmere Schicksalsschläge, als nicht am Schreibtisch sitzen zu dürfen, denke ich mir, während ich mir den ersten Tagliatelle-Wickel um die Gabel herumwinde. Mmh, riecht gut. Ich habe wirklich Hunger.

»Mal was anderes, Kai, kennst du eine Lara Rautenberg?«

Ich versuche die Teigwaren, die ich aus meiner Luftröhre heraushuste, so gut es geht im Mund zu behalten. Bis ich endlich aus dem Wasserglas trinken kann, das Moha mir reicht, vergeht eine kleine Ewigkeit.

»Lalara? Ja, also, die kenne ich ein bisschen. Warum?«

»Och, ich kenne sie auch ein bisschen, und sie hat mal erwähnt, dass sie dich kennengelernt hat.«

»Ah ja.«

Sie kennt Lara! Aber weiß sie auch, dass ...? Sie lässt sich nicht in die Karten schauen. Mist! Ich muss mich vorsichtig von der Seite annähern.

»Wie geht es denn der Lara so? Ich hab sie, hm, schon ein paar Tage nicht mehr gesehen.«

»Ein paar Tage ist ja nicht so lang. Kennt ihr euch also doch ein wenig näher?«

»Wir ... trinken ab und zu Cocktails zusammen.«

»Ah ja.«

Muss sie sich denn alles aus der Nase ziehen lassen?

»Hast du Lara in letzter Zeit mal gesehen, Kerstin?«

»Oh ja, erst gestern. Ihr geht es prächtig.«

»Ah ja.«

»Ich weiß nicht, wann ihr euch zum letzten Mal getroffen habt, aber vor ein paar Tagen hatte sie mal so ein vorübergehendes Tief. Da hatte sie sich auf eine kurze Affäre mit irgendeinem dahergelaufenen Typen eingelassen. Hihi, eigentlich darf ich das gar nicht erzählen, aber der Wein, hihi. Jedenfalls muss das ein Vollpfosten erster Güteklasse gewesen sein. Sie hatte gar keine Lust, groß darüber zu sprechen. Aber jetzt ist sie mit einem echten Hammertyp zusammen. So ein Naturbursche, weißt du? Liebe auf den ersten Blick. Die haben sich kennengelernt, und peng.«

»Na... Naturbursche.«

»Also, jetzt nicht so Landwirt mit gelben Gummistiefeln. Ein Kletterer. Echte Muskeln, dauernd draußen an der frischen Luft, und der verdient sogar sein Geld damit. Lara würde sich nie mit jemandem in Gummistiefeln einlassen.«

»Das ... das geht ja ganz schön schnell bei ihr.«

»Findest du? So ist das doch mit der Liebe. Sie ist ganz plötzlich da. Und wenn es nicht passt, kann sie auch ganz schnell wieder weg sein. Wow, noch viel besser, als ich gedacht habe, der Zander. Und bei euch so?«

Ich schmecke gar nichts mehr. Sie kann nichts dafür, doch sie hat es tatsächlich geschafft, mir in ein paar Sekunden den ganzen Abend zu versauen. Ist aber in Ordnung, jetzt weiß ich wenigstens ganz genau, woran ich mit Lara bin. Ich wünschte nur, ich könnte einfach aufstehen und zurück ins Büro gehen.

Mittwoch

LARA Kerstin hat kein Sofa. In ihrem Wohnzimmer schwimmt vielmehr ein ganzer Kontinent aus Polstern, Lehnen, Fußablagen und allem, was noch gemütlich ist, herum und lädt dazu ein, seine weiten Flächen zu besiedeln. Das stolze Volk der Laranen hat sich in der Nordwestregion breitgemacht, während die Kerstinier die Kissen in den Südgebieten gnadenlos unterjochen. Die Getränke werden uns von einem Teewagen-Ozeanriesen geliefert, der permanent vor unseren Küsten hin und her kreuzt. Und für die Kommunikation zwischen unseren Reichen nutzen wir traditionelle Schallwellentechnik. Solange kein anderer dazwischenfunkt, genügt das.

»Und du glaubst wirklich, er war eifersüchtig?«

»Du hättest sein Gesicht sehen sollen, Lara. Als ich ihm davon erzählt habe, dass du jetzt mit einem tollen Naturburschen zusammen bist, der gefährliche Steilwände bezwingt und so weiter, da sah er aus, als hätte er in einen Senfknödel gebissen.«

»Schade, hätte ich gern gesehen.«

»Dass du schon ein bisschen länger mit dem Naturburschen zu tun hast, habe ich einfach mal unterschlagen.«

»Aber bist du wirklich sicher, dass er eifersüchtig war? Wie er sich die letzten Male verhalten hat, war ich ihm ja mehr so egal.«

»Pah, du weißt doch, wie Männer ticken. Erst wenn sie dich nicht mehr haben können und so weiter.«

»Muss zugeben, das tröstet mich jetzt schon ein bisschen. Ich wäre nur gerne noch ein bisschen sicherer, dass er sich wirklich ärgert.«

»Glaub mir, der hat seit gestern Abend nichts anderes mehr im Kopf als Bilder von der umwerfenden Lara, die glücklich in den Armen ihres Naturburschen liegt.«

»Okay, wenn du das sagst. Übrigens, weil wir gerade beim Thema Naturbursche sind, ich habe mich vorgestern von ihm getrennt.«

»Was? Wieso erzählst du das erst jetzt?«

»Ich wollte es dir gestern schon sagen, aber da war ja die Verbindung auf einmal weg. Ich ... ach, ich habe einfach gemerkt, dass es nicht mehr geht, und das habe ich ihm dann, ähm, ganz ruhig gesagt.«

»Und?«

»Er hat es mit Fassung getragen. Ich denke, er hat es kapiert. Ich finde es aber trotzdem gut, dass du Kai gestern von Adrian erzählt hast.«

»Ja, ich finde das auch ziemlich gut.«

Mist. Ich würde so gerne glauben, dass er wirklich eifersüchtig ist.

KAI Zum hundertsten Mal, wenn ich jetzt nicht aufhöre, an Lara und ihren Naturburschen zu denken, geht alles schief! Der Tischler, dem ich heute Morgen meinen unfertigen Tresenplan vorgelegt habe, hat mir einen Vogel gezeigt. Und auf meine Anmerkung hin, dass das Münchner Olympiadach auch nicht fertig geplant war, als sie mit dem Bau begonnen haben, ist er einfach wortlos gegangen. Dass ich ihm »Da lob ich mir doch die Firma Knöpper, die hat wenigstens Eier!« hinterhergebrüllt habe, hat die Lage natürlich nicht besser gemacht. Aber in der Stimmung, in der ich gerade bin, konnte ich einfach nicht anders.

Doch noch ist nichts verloren. Bis heute Abend ist hier alles fertig, so oder so. Und wenn der Tischler den blöden Tresen und das Regal dahinter nicht baut, macht es eben ein anderer. Zum Beispiel ich selber. Und unterstützt werde ich dabei von der angesehenen Fachfirma »Frank Neumann Constructions«. Ein Anruf hat gereicht. Im Moment frage ich mich nur, ob sie mir wirklich, wie versprochen, ihren besten Mann geschickt haben.

»Nein, ich habe leider kein Pflaster dabei, Frank, aber ich glaube, schräg gegenüber ist eine Apotheke.«

»Das sprudelt richtig, Kai. Ich muss die Hauptschlagader erwischt haben.«

»In der Hand verläuft keine Hauptschlagader, Frank.«

»Bei dir vielleicht nicht.«

»Du fasst die Stichsäge jedenfalls heute nicht mehr an, es gibt genügend anderes zu tun. Ach ja, und wenn du aus der Apotheke draußen bist, kauf bitte noch einen Hunderter-Pack 3,5er Spaxschrauben, Holzdübel und Montagekleber, sonst kommen wir hier nicht weiter.«

Während Frank Richtung Tageslicht verschwindet, beuge ich mich wieder über meinen halbfertigen Plan, der im Scheinwerferlicht am Boden liegt. Doch, das ist zu schaffen. Wir fangen jetzt einfach unten an, und dann sehen wir oben weiter. Man muss auch mal improvisieren können ... Naturbursche. So ist das also. Lara lernt hinter meinem Rücken einen Naturburschen kennen, und plötzlich bin ich nur noch Luft. In einem Moment unterhält sie sich mit mir, im nächsten springt sie einfach auf und rennt weg, in ihrem Kopf nur noch ein Gedanke: »Naturbursche!« Pff. Ich wünsche ihm viel Spaß mit dieser wankelmütigen Ziege ... Nein, verflixt nochmal! Ich will nicht, dass er Spaß mit ihr hat! Ich will nicht, dass Lara mit einem Naturburschen zusammen ist! Ich will, will, will es nicht! Kann man denn gar nichts dagegen tun? Ich muss doch irgendwas dagegen tun können?

»So, da bin ich wieder. Hier sind die Schrauben. Alles richtig?«

»Oh, du warst aber schnell, Frank.«

»Ich? Gar nicht. Im Handwerksladen hatten sie keinen Montagekleber mehr. Ich musste bis in den Baumarkt. Ich dachte eher, du schimpfst.«

»Wie spät ist es?«

»Halb eins.«

Nein! Um acht muss alles fertig sein, und wir stehen noch immer in einem Haufen Bretter. Und statt voranzumachen, denke ich eine geschlagene Stunde über Lara und ihren Naturburschen nach. Das. Muss. Aufhören.

LARA Irgendwann ist auch die schönste Geschichtsepoche auf Kerstins Sofakontinent vorbei, und die stolzen Nationen ziehen weiter. Die Kerstinier widmen sich wieder den aktuellen Modefragen, während die Laranen nach Hause gegangen und in die Joggingschuhe geschlüpft sind. Auch für Sport wird wieder viel zu wenig Zeit bleiben, wenn ich erst einmal meinen Job zurückhabe. Die Kopfhörer krachen meine »Echter Soul, kein Rumgeheule«-Playlist in meine Ohren, und meine übereifrigen Füße fangen schon auf der Treppe an zu traben.

Irgendwie schafft mein Handy es trotzdem kurz vor dem Hausausgang, meine Aufmerksamkeit auf sich zu ziehen. Jenny? Schluck. Hoffentlich nichts ...

»Hallo Jenny.«

»Hallo Lara. Ausgeschlafen?«

»Keine Ahnung, muss mich erst mal orientieren ... Igitt!«

»Was ist?«

»Stell dir vor, ich habe mit dem Kopf in einer Pizza gelegen.«

»Haha! Also, ich verlange, dass du sofort herkommst und vor mir auf die Knie fällst.«

»Kein Problem, hatte ich sowieso gerade vor. Warum?«

»Ich hab mich nochmal für dich reingehängt. Du kannst die Teambildungsmaßnahme mitmachen, ohne was dafür zu bezahlen.«

»Echt? Wow, wie kommt das?«

»Ich habe Kanzberger überzeugt, dass das Holzhüttenbauen doch nichts für uns ist. Stattdessen geht es ins Gebirge. Und zwar mit ... Dreimal darfst du raten.«

»Nein!«

»Genau, Adrian Adventures. Der Vertrag steht schon. Und das mit deiner Teilnahmegebühr regelst du mal schön privat mit ihm. Na, bin ich eine Wucht?«

»Oh ja, und was für eine.«

»Dann machs mal gut. Ich glaube, wir sehen uns heute Abend.«

»Heute Abend?«

»Na, du kümmerst dich doch heute Abend um das Buffet bei der Löwenstein-Geburtstagsparty, hat mir der Eduard erzählt. Ich werde auch da sein. Er hat mich auf die Gästeliste gesetzt. *Bringst a paar Schauspieler mit,* hat er gesagt. Wegen Flair und so. Na, mal sehen. Bis dann, freu mich schon.«

»Ich auch.«

Okay. Sie wusste nicht, dass ich nicht mehr mit Adrian zusammen bin, ich habe es ihr ja extra nicht gesagt. Trotzdem, irgendwie war das Absicht, ich bin ganz sicher. Ist doch totaler Mist, meine Situation. Ich trenne mich doch nicht von Adrian, um mich ein paar Tage später von ihm in schwindelerregender Höhe an Kletterseilen aufhängen zu lassen. Will ich mich dem Mann, mit dem ich gerade Schluss gemacht habe, auf Gedeih und Verderb ausgeliefert fühlen? Auf keinen Fall! Selbst wenn sie mir Geld dafür bezahlen würden, würde ich es nicht machen.

Ich verliere mit einem Schlag die Lust, mich überhaupt noch zu bewegen, geschweige denn zu joggen. Dass ich trotzdem lostrabe, liegt nur daran, dass man mit Rufus Thomas' »Memphis Train« in den Ohren gar nicht anders kann, als sich zu bewegen. Nachdem das Lied ein paar Meter weiter zu Ende ist, schalte ich aber sofort auf eine andere Playlist um: »Wut & Hass«.

KAI Ist ja nicht so, dass ich zwei linke Hände hätte. Trotz der ganzen Wut auf Lara und ihren Naturburschen habe ich es am Ende geschafft, das Grundgerüst für den Tresen aufzubauen. Und es ist auch nicht so, dass Frank nicht dabei geholfen hätte. Es gibt immer wieder Arbeitsschritte, bei denen man mehr als zwei Hände braucht. Blöd ist nur, dass sich Frank eben erschöpft an eine Stelle gelehnt hat, an die er sich lieber nicht hätte lehnen sollen, und das ganze Ding wieder zusammengekracht ist. Die Jungs, die die Lichtanlage installieren, schauen von ihren Leitern mitleidig auf uns herunter.

Spackos! Sollen sie sich doch um ihren eigenen Kram kümmern.

»Das ... das hätte jetzt aber nicht umfallen dürfen, nur weil ich mich dranlehne, oder?«

»Doch. Weil die Aussteifung erst durch die Platten, die wir noch hätten dranschrauben müssen ... Ach, lass mich doch in Ruhe, ich habe jetzt keine Zeit für Baukonstruktionsvorlesungen. Wir müssen das Ding so schnell wie möglich wieder aufbauen. Komm, wir können die meisten Teile zum Glück nochmal verwenden.«

»Wollen wir nicht erst eine Pause ...?«

»Nein!«

Ja, ich werde es irgendwann wiedergutmachen, dass ich ihn hier so rumscheuche, aber wenn wir jetzt nicht vorankommen, sind wir verratzt. Punkt 18:00 Uhr rückt Angelina an und will ihre Bar bestücken. Und sie hat mir durch Herrn Rockerer ausrichten lassen, dass sie mich zwingt, eine Flasche billigsten Zitronenlikör von Lidl auf ex zu trinken, wenn ich dann nicht fertig bin.

Zum Glück geht es jetzt etwas schneller als beim ersten Mal. Die Teile sind fertig zugeschnitten, und wir haben schon Übung. Keine Stunde später sieht es wieder so aus wie vorhin. Frank lehnt sich diesmal an die Wand und wischt sich den Schweiß vom Gesicht, während ich alles noch ein letztes Mal mit der Wasserwaage kontrolliere.

»Du, Kai.«

»Was?«

»Ich muss dir übrigens noch was beichten.«

»Du hast meinen Tresen zum Einstürzen gebracht, was Schlimmeres kann es ja wohl nicht sein.«

»Nein. Ähm. Oder doch.«

»Raus damit.«

So, jetzt Maß nehmen, damit wir die restlichen Bretter zuschneiden können. Konzentration.

»Also, wie soll ich sagen, ich … ich habe das mit dir und Lara bei jemandem ausgeplaudert.«

»Was? Bei wem?«

»Ach, ausgeplaudert ist nicht wirklich richtig. Irgendwie hat sie es mir mehr so aus der Nase gezogen. Sie ist ziemlich gut darin, muss ich sagen.«

»Raus damit, wer?«

»Nun, sie heißt Jenny. Kennst du nicht. Sie … kennt aber Lara.«

»Aber sie wird es nicht weitersagen, oder?«

»Jenny? Weitersagen? Na ja …«

»Schau mir in die Augen.«

»Okay, um nicht um den heißen Brei herumzureden, Weitersagen ist sozusagen Jennys zweiter Vorname … Oh, diesmal hast aber du den Tresen umgerissen.«

LARA Meine »Wut & Hass«-Playlist ist einfach viel zu kurz. Sie läuft jetzt schon zum dritten Mal durch, seit ich zu Hause bin, und der Effekt nutzt sich langsam ab. Eigentlich bräuchte ich für das, was mir hier gerade passiert, sowieso eine völlig neue Playlist mit dem Namen »Apokalypse«.

»Sehr fesch schaut des aus, Lari, sehr fesch.«

»Das Kostüm ist viel zu eng, Herr Rockerer!«

»A wo, des is guad so. Formensprache, verstehens, haha. Und jetzat muss i a scho wiada weida. Mir sehan uns in oana Stund in dem Club. Schauns, dass Eana no a wengerl entspannan, Lari. Hearns amal a andere Musik. An Mozart oder an André Riöh.«

KAI Fünf vor sechs. Wir haben es geschafft. Der Tresen steht, alle Lampen und Scheinwerfer hängen, das DJ-Pult ist aufgebaut, der Strom geht, und alle Toiletten wurden durch die anwesenden Handwerker mindestens ein Mal probegesessen. Ich fege die letzten Sägespäne auf und linse hin und wieder dankbar zu Frank, der völlig ausgepumpt auf einem der soeben gelieferten Barhocker sitzt und eine große Mineralwasserflasche leert.

Als ich fertig bin, mache ich erst mal ein Foto von unserem Werk. Wehe, ein Handwerker schaut mich in Zukunft nochmal schief an, weil er mich für einen theorielastigen Bleistiftanspitzer ohne Ahnung von der Praxis hält.

»Schön geworden, Kai.«

»Danke ... Oh, hallo Caro, hab dich gar nicht reinkommen sehen.«

»Echt super! Das Ganze jetzt noch voller Leute und mit der richtigen Musik, dann fliegt hier die Kuh.«

»Wo ist Beppo?«

»Herr Kanubski geht gerade mit ihm Gassi. War gar nicht so leicht, den Wauwau von mir wegzulocken, aber der kann echt gut mit Hunden.«

Die nächste Gruppe Neuankömmlinge tritt durch die Eingangstür. Angelina und zwei Rockerer-Angestellte, die große Kartons mit Flaschen tragen. Als sie vor dem Tresen steht, halte ich für einen kurzen Moment die Luft an, aber sie räumt ohne zu zögern ihre Flaschen ein, als wären sie und das, was ich gerade gebaut habe, schon ihr Leben lang beste Freunde. Kann man ruhig mal ein bisschen stolz sein.

»Da könnens stolz sein, Herr Findling. I hob ja ned glaubt, dos des ois fertig werd.«

»Ach, kein Problem. Was muss, das muss, nicht wahr?«

»Haha, Sie gfoin ma, Herr Findling. Ah, do kemman meine Leit mit dem Buffet.«

Herr Rockerer beginnt wie ein Huhn herumzuhüpfen und Anweisungen zu erteilen, wo was hinsoll. Ein Glück, dass mein Job jetzt wenigstens erledigt ist und ich durchschnaufen kann. Noch einmal kurz hinsetzen und einen Schluck trinken, dann ab nach Hause, raus aus den verschwitzten Arbeitsklamotten und den entsetzlichen alten Turnschuhen, und unter die Dusche gekrochen. Am liebsten würde ich danach gleich ins Bett und meine Ruhe haben. Aber wenn ich nicht zur Feier komme, wären die Löwensteins zu Recht beleidigt. Das heißt leider auch, dass ich mich wieder höllisch betrinken werde, um nicht an Lara und irgendwelche Naturburschen zu denken, aber was soll es, würde ich zu Hause bestimmt auch machen. Welche Schuhe soll ich anziehen? Noch mal Spectators? Zu gewagt heute, oder? Ach, was weiß ich.

»Pst, Kai. Der Tresen wackelt, wenn ich mich hier draufstütze.«

»Der Tresen ist nicht dafür gebaut, dass sich Leute wie du da draufstützen, Frank.«

»Hey, was soll das heißen?«

»Der durchschnittliche Nachtclubgänger ist mehr so magersüchtig, verstehst du?«

»Hast du mir nicht mal erzählt, dass Architekten immer alles für den maximalen Lastfall berechnen müssen?«

»Ja. Aber du bist kein maximaler Lastfall, du bist das Jüngste Gericht.«

»Hallo? Könnt ihr mal das Werkzeug da wegnehmen?! Wir müssen das Buffet aufbauen.«

»Ja, ja, sofort.«

»Macht mal, wir haben nicht viel Zeit … DU?«
»OH! … Hallo Lara.«
»Schicke Schuhe.«
»Schickes Kleid.«

Mittwoch, später

LARA Ein Glück, dass die Musik so laut ist. Seit geschlagenen fünfzehn Minuten steht Frank Neumann vor meinem Buffet, lädt sich den Teller voll und prahlt, dass er heute Nachmittag fast ganz alleine den Bartresen da drüben zusammengezimmert hat. Und weil seine Freundin schon nicht mehr so recht zuhört, wendet er sich jetzt mehr und mehr an mich, obwohl ich im Zehn-Sekunden-Takt mit den Schultern zucke und ihm bedeute, dass ich nichts verstehe. Der könnte ja auch mal fragen, wie es mir geht und was ich so treibe. Schließlich waren wir mal Kollegen.

Wie viele Kilo bringt dieser Dicksack eigentlich noch auf seinem Teller unter? Kann doch nicht sein Ernst sein. Wenn der so weitermacht, ist hier alles geplündert, noch bevor die Gastgeber überhaupt einen Bissen bekommen haben ... Ja, schon gut, Herr Rockerer, hören Sie auf zu fuchteln. Ich habe längst gesehen, dass die Haselnusscreme-Canapés alle sind, und bin schon dabei, neue nachzulegen. Obwohl ich persönlich es für viel schlauer hielte, damit zu warten, bis dieser Walfisch auf Beinen hier vor mir wieder abgezogen ist. Jetzt eröffnet der sogar noch einen zweiten Teller. Mann, Mann, Mann. Und er quasselt immer noch von seinen Handwerker-Heldentaten ... Wie bitte? Ach so, wie es mir geht.

»Bestens! Siehst du doch!«

Soll mal nicht so tun, als ob ihn das wirklich interessiert.

Wie?

»Das ist sehr nett von dir, dass du mit Kanzberger gesprochen hast, Frank.«

Hä? Allerhand, dann war es also gar nicht Jenny, sondern ... Ach, nein.

»Verstehe, du hast mit Jenny darüber geredet, und sie hat dann mit Kanzberger ... Ja, sehr nett von ihr.«

Dachte ich mir doch gleich, dass du dafür nicht die Eier hast, Sumo-Amateur.

»Ja, ich freu mich auch.«

Und jetzt hau endlich ab, ich kann dich nicht mehr sehen. Ich schau jetzt einfach woanders hin. Zu meiner Kollegin Claudia zum Beispiel. Wenn sie aufgehört hat, mir das Hinterteil hinzustrecken, weil sie neue Zucchini-Schinkenröllchen aus dem Kühlschrank kramen muss. Aber so lange kann ich ja an die Decke schauen. Alles mit Kletterseilen und künstlichen Alpenveilchen vollgehängt. Pah. Sieht man eh kaum, in dem schummerigen Licht. Reiche Spinner. Am Ende zwingen sie den DJ noch, bayerische Blasmusik aufzulegen. Obwohl, lustig wäre es ja. Möchte mal sehen, was die bezahlten Eintänzer mit den Kletterseilen um die Hüften dann machen würden.

Oh, danke. Endlich hat dieses Monstrum seine zwei Teller an sich genommen und ist davongewalzt. Ich kann ihn nicht ertragen. Er ist ekelhaft. Widerlich. Ich brauche ihn nur anzusehen und weiß sofort, dass es richtig war, mit der neuen Frisur noch zu warten. Was nützt mir eine neue Frisur, wenn sie sofort durch die Blicke einer Kreatur wie dieser entweiht ... Ja, okay. Ich hasse ihn nur, weil ich jetzt weiß, dass er Kais bester Freund ist. Andererseits, was heißt hier *nur*? Wer sich solche Freunde aussucht ... Apropos, wo steckt der Typ eigentlich? *Schickes Kleid*. Ich hoffe bloß, er ist zu Hause geblieben.

KAI Ich würde jetzt gerne endlich was trinken. Ich bin geduscht und umgezogen, die schwarzen Greve-Oxfords an meinen Füßen sind auf Glanz poliert, die Party kocht seit zwei Stunden, aber ich habe nichts davon, weil es die ganze Zeit nur Stress gibt mit irgendwelchem Kram, der hier noch nicht so richtig funktioniert. Doch jetzt reichts, ich habe Herrn Knöpper angerufen. Er kommt für den Rest des Abends als Stand-by-Problemlöser. Mir ganz egal, was das kostet.

Leider steht zwischen mir und meinem ersten Drink noch ein weiteres Hindernis. Ich kann nicht einfach zur Bar laufen und mir von Angelina die dringend benötigte Ration Launeheber-Medizin zusammenmixen lassen, ohne Lara ins Blickfeld zu kriegen. Diese Naturburschen-Huggerin hinter dem Rockerer-Buffet. Was für eine ordinäre Bluse! Da quillt ja ihre halbe Oberweite heraus. *Geben Sie mir lieber XS, Herr Rockerer. S ist viel zu groß für mich, hihi.* Wie habe ich mich nur so in einem Menschen täuschen können? Sie ist wirklich das Letzte, was ich im Moment sehen will.

Aber ohne Drink halte ich es nicht mehr lange ... Ah!

»Frank! Hallo! Kannst du mir einen Gefallen tun und einen Halts Maul und trink! von Angelina holen?«

»Hab gerade beide Hände voll.«

»Ich halte die Teller solange für dich.«

»Du, ich würde jetzt wirklich gerne ...«

»Ja, ja. Verschluck dich bloß nicht.«

Mist. Warum ist Caros Vater früher Kletterer gewesen

und nicht Boxer? Wäre viel besser, wenn hier alles voller Boxsäcke hängen würde, in die man reindreschen kann.

»Kai, Angelina hat gesagt, dass viel zu wenig Wasser aus ihrer Spüle kommt. Kannst du …?«

»Herr Knöpper kommt gleich, Caro. Der kriegt das hin.«

»Sonst ist aber alles echt toll geworden.«

»Danke, Caro. Auch echt toll organisiert, alles.«

»Danke, bin auch ganz schön runter mit den Nerven. Hoffentlich geht es weiter so gut.«

»Na klar.«

»Schau mal, wie brav Beppo ist. Herr Kanubski hat gesagt, er würde hier Angst kriegen wegen Musik und Stroboskop und so, aber bis jetzt … Ja, ja, du kriegst gleich dein Wasser. Ich muss dann mal …«

Na toll. Und ich sitze weiter auf dem Trockenen. Muss diese naturburschengeile Scampi-Schubserin am Buffet nicht irgendwann mal für kleine Mädchen? Wenn mein Weg zur Bar nicht bald frei wird, nehme ich mir ein Kletterseil und erwürge jemanden.

LARA Oh nein, da kommt Adrian. Okay, war klar, dass wir uns hier treffen, aber muss es jetzt schon sein? Kann er nicht warten, bis ich was getrunken habe? Ich habe gerade eine Laune, ich könnte … Huch! Was hat der mit seinen Haaren gemacht?

»Hi Lara.«

»Hi Adrian.«

Mist, er sagt nicht mehr »Butzi«. Fast ein Grund, sich wieder in ihn zu verlieben. Wenn nur nicht …

»Ähm, Adrian, sag mal, deine Haare …? Ach, warte,

das ist doch die gleiche Frisur wie die von Elvin, deinem Gummiballsammler-Exkollegen, oder?«

»Ja. Und stell dir vor, ich habe ihn tatsächlich rumgekriegt. Er kündigt auch bei der Werbeagentur und steigt bei mir ein. *Elvin & Adrian Adventures*! Ich bin so obersmashing happy!«

»Wow.«

»Dass ich mir auch einen Undercut schneiden lasse, war seine einzige Bedingung.«

»Undercut?«

»So heißt die Frisur.«

»Okay.«

»Morgen bringen wir schon die ganzen Gummibälle in mein, äh, unser Büro.«

»Wie schön.«

Wie er lächelt. So glücklich habe ich ihn noch nie gesehen.

»Du, Adrian?«

»Hm?«

»Ich hoffe, du bist mir nicht böse. Ich war ein bisschen laut und gemein zu dir. Das tut mir leid, aber, ähm, vielleiiiiicht …«

…

»Ja, vielleiiiiiicht …«

»Also, vielleiiiiiicht …«

Arrrgh! Ich kriege das »Ist es einfach besser so« nicht heraus. Kann *er* es nicht einfach sagen? Ich habe schließlich schon »vielleiiiiicht« gesagt.

»Schau mal, Lara, die Tänzer. Alles meine Leute.«

Sein Kopf ist ganz nah an meinem. Komisch. Es müsste mir unangenehm sein, ist es aber nicht. Im Gegenteil. Es ist schön. Ein vertrauter Mensch, den ich mag. Und bei dem mit *vielleiiiiicht* schon alles ausgesprochen ist.

»Wow, die alle machen Kletter-Events für dich?«

»I wo, nur Ivo, Gunter und Michelle. Die anderen habe ich mir aus allen möglichen Ecken geholt. Guck mal, der da mit dem gelben Seil und dem orangefarbenen Helm.«

»Der mit dem teddybärartigen Tanzstil?«

»Genau. Der heißt Krach. Er war früher mal die Synchronstimme von Ernie aus der Sesamstraße.«

»Von Ernie? Wo muss man sich anstellen, wenn man ein Kind von ihm will?«

»Das wird nichts, der ist vergeben. Aber sein alter WG-Kumpel Gonzo, der mit dem grünen Seil und dem blauen Helm, der ist, glaube ich, noch zu haben. Auch ein smoother Typ, kann nur granatenmäßig ausrasten, wenn man ihn zu sehr andisst.«

»Hm, und hat der auch mal jemanden synchrongesprochen?«

»Nö.«

»Na ja, ich überleg es mir.«

Seltsam. Irgendwie kann ich mir auf einmal wieder ganz gut vorstellen, doch noch das Teambildungsklettern bei Adrian mitzumachen.

KAI Jetzt reicht es. Ich gehe einfach zur Bar und hole mir meinen Halts Maul und trink!. Was interessiert mich schon, wer da nebenan hinter dem Buffet steht. Ich schau gar nicht hin. Ups.

»Ja, ja, Entschuldigung.«

»Kein Problem, aber wie wärs, wenn du beim Gehen deinen Kopf nach vorne drehen würdest?«

Raff lieber dein Kletterseil ordentlich zusammen, Trotteltänzer! Wer hat dir überhaupt erlaubt, einfach so aufs Klo zu gehen? Und natürlich drehe ich meinen Kopf nicht nach vorne. Ist auch so schon schwer genug, nichts von den Buffetdamen zu sehen ... Ach, was soll das Ganze. Ich bin ein freier Mann und kann überall hinschauen, wo ich will. Und was mich interessiert, bestimme ich selb... Mit wem flirtet sie denn da? Ist das zu fassen! Der Naturbursche ist anscheinend schon wieder abgemeldet. Der wird jetzt eiskalt durch einen Seitenkurz-oben-lang-und-verwuschelt-Frisur-Depp ersetzt. Wie nah die sich schon wieder mit den Köpfen sind. Sie ist wirklich eine ... Ach, komm runter. Alles okay. Sie ist eben so. Und du bist anders. Schau ruhig hin, dann weißt du, wie richtig es war, sich nicht zu verlieben.

Wenn nur die Schlange an der Bar nicht so lang wäre. Ein Drink würde alles so viel einfacher machen. Hier gibt es wirklich nichts, was nüchtern zu ertragen wäre. Schon allein diese Wumm-Wumm-Musik. Herr Löwenstein und seine Altherrenfreunde fegen zwar fröhlich dazu über die Tanzfläche, aber die haben auch schon mindestens zwei Gläser Vorsprung. Nachher spielt noch eine Band. Hoffentlich taugt die wenigstens was.

Oh, es gibt Ärger an der Tür. Das wird doch nicht ...? Doch, natürlich, Herr Knöpper. Schweren Herzens gebe ich meinen Platz in der Barschlange auf und schlage mich quer durch die Menge zum Eingang.

LARA Ein Glück, er ist weg von der Bar. Ich hab schon einen ganz steifen Hals vom In-die-andere-Richtung-Gucken. Aber damit ist nur Nummer drei von meinen Top-drei-Problemen gelöst. Nummer zwei: Ich brauche endlich einen Drink. Nummer eins: Ich muss ganz dringend aufs Klo, sonst platze ich. Wie hält Claudia das eigentlich die ganze Zeit durch? Ich winke Herrn Rockerer heran.

»Ich glaube, wir haben den größten Ansturm bewältigt. Kann ich jetzt mal ...?«

»Noch a kloans bissl, Lari, dann könnens a Pausn macha.«

»Aber ich müsste dringend mal ...«

»Noch a ganz kloans bissl. Des schaffans scho. Aber da hams mi auf a Idee bracht. I geh jetzat selber. Des druckt mi scho de ganze Zeit. Do schauns, de russischen Eier san scho wieder alle.«

»Ja, ja.«

»Wenn i wiederkimm, dürfens kurz weg.«

»Zu gütig, Herr Rockerer. Übrigens, Sie wissen Bescheid, oder? In Berliner Szeneclubs sind die Männer- und Frauenkloschilder immer vertauscht.«

»Ah geh, des hob i ja gar net gwusst. Danke, Lari. Da wär i jetzt falsch ganga.«

»Keine Ursache.«

Was für ein Abend. Noch schlimmer, als ich ihn mir vorgestellt habe, und das will was heißen. Ich darf gar nicht dran denken, dass die Heinze und Trullas mit den lächerlichen Helmen und Kletterseilen doppelt so viel Geld kriegen wie ich, nur dafür, dass sie sich ein bisschen im Takt wiegen. Und dass Jenny mit ihrer blöden Schauspielertraube keine fünf Meter von mir entfernt steht und mir dauernd klebrige Kusshände zuwirft, setzt der Sache die Krone auf. Sogar Detlef Falkenberger hat sie angeschleppt. Wie war das nochmal neulich in seinem letzten Interview? »Es gibt drei Arten von Frauen: Die, mit denen ich geschlafen habe, die, die gerne mit mir schlafen würden, und die, die keine sind.« Brrr. Ein

Glück nur, dass er bis jetzt noch keine Lust auf das Buffet gehabt hat. Sonst hätte ich ihm womöglich gezeigt, dass es noch eine vierte Art Frau gibt: die, die ihm Scampispieße in den Hintern rammt. Mal sehen, wer heute würdelos genug ist, sich von ihm abschleppen zu lassen. Vielleicht ... Hey, kann es sein, dass hier heftiger Männer-Überschuss herrscht? Wo sind die ganzen Frauen? Haben die keine eingeladen? Kein Wunder, dass Detlef Falkenberger etwas grantig schaut. Aber mir soll es recht sein. Wenn ich nur endlich aufs Klo könnte. Wenn der Rockerer in einer Minute nicht da ist, mache ich heimlich in die Sauce béarnaise.

KAI »Abend- oder Bergsteigergarderobe. Das gilt auch für Herrn Knöpper.« Da gebärdete sich die kleine Löwenstein unerbittlich. Es brauchte einiges an Überredungskunst, bis ich ihn so weit hatte, sich ein Seil um die Brust zu schlingen und ein paar Karabinerhaken an den Gürtel zu hängen. Nur gut, dass er jetzt endlich drin ist. Solange das Problem mit der Spüle nicht geregelt ist, rückt Angelina keinen Drink für mich raus, hat sie gesagt.

Ich bahne Herrn Knöpper einen Weg hinter den Tresen. Er beäugt das dünne Rinnsal, das aus dem Wasserhahn kommt, und kratzt sich am Kopf.

»Da muss ich nochmal an den Ventilverteilerduplexabzweig ran. Den hat der Azubi wohl auf Wassersparmodus gestellt.«

»Okay. Wo ist der Ventilverteilerduplexabzweig?«

»An dieser Wand hier, ganz unten.«

»Verstehe. Hallo? Könnt ihr mal euer Buffet ein wenig

beiseiterücken? Herr Knöpper muss an den Ventilverteilerduplexabzweig ran.«

»Du hast wohl einen Knall! Wir sind hier mitten im Betrieb. Steck dir deinen Ventilverteilzweig sonst wo hin!«

»Pah, Betrieb. Die haben sich doch alle schon längst die Bäuche vollgehauen. Stell dich nicht so an, Lara, der rechte Tisch muss weg!«

»Nur über meine Leiche!«

»Auf der anderen Seite ist auch noch eine Klappe, Herr Findling, ist zwar ein bisschen fummelig, aber zur Not könnte ich auch von da ...«

»Kommt gar nicht in Frage, Herr Knöpper. Ich lasse nicht zu, dass Sie um diese Uhrzeit fummelige Sachen tun müssen, nur weil die junge Dame hier Fisematenten macht.«

LARA Ha! Das wollen wir doch mal sehen. Das Blöde ist nur, ich muss jetzt wirklich, wirklich, ganz, ganz, ganz dringend ... Ein sehr schlechter Moment, aber ich kann es nicht ändern.

»Claudia, ich muss mal eine Minute weg. Wehe, du lässt Kai den Tisch verrücken!«

»Aber ...«

»WEHE!«

Mist, das geht schief. Claudia ist viel zu gutmütig. Aber ich werde mich später rächen. Ich könnte zum Beispiel eine Fußschlinge aus einem Bergsteigerseil machen und Kai damit für den Rest des Abends kopfüber an die Decke hängen. Aber jetzt lasst mich erst mal durch, Notfall! Zum Glück ist keine Schlange vor der Tür. Kein Wunder, bei dem Männerüberschuss. Nichts wie rein ...

WAS ZUM HENKER ...?

Ich fasse es nicht! Die wahre Party läuft in der Damentoilette ab! Die ist ja noch größer als der ganze Club! Es gibt sogar eine Sektbar. Kein Wunder, dass sich alle Frauen hierher verzogen haben. Sie stehen um kleine Tische herum, trinken, quasseln, kichern und beobachten nebenbei auf einem großen Farbmonitor in Eins-a-Bildqualität, was draußen so passiert. Und in der Mitte steht ein riesiges rotes Sofa, auf dem ...

»Herr Rockerer?!«

»Haha, da hams mi ja vorhin sauber neiglegt, Lari.«

Was ist mit den Mädels hier los? Warum schmeißen sie ihn nicht achtkantig raus?

»Aber i derf bleiben, hams gsagt.«

»Ja, darf er. Aber nur, weil er Bridge spielen kann.«

Jetzt erst sehe ich die Spielkarten auf dem Couchtisch. Und ist das nicht die superreiche Frau Löwenstein, mit der er da spielt? Was ist das hier? Ein Fiebertraum? Egal jetzt, ich MUSS. Ab zu den Kabinen.

Aber echt gut, wie das hier gemacht ist. Es gibt Schließfächer für Handtaschen, mit Teppich ausgeschlagene Nischen für diskrete Gespräche zu zweit und ohne Ende Waschbecken mit großen Spiegeln. Müsste ich nicht mein Buffet verteidigen, würde ich einfach für den Rest der Party hierbleiben. Ich lasse mich seufzend auf die Schüssel sinken und gebe meinem Schließmuskel seine lang verdiente Pause ... MOMENT MAL!

KAI Es ist schon ein Elend, wie kompromissbereit der gute Herr Knöpper ist. Er hat »Es geht auch so« gesagt und kauert jetzt unter dem Tisch. Ich kauere daneben, er werkelt am Ventilverteilerduplexabzweig herum, und ich halte die Taschenlampe. Unsere Hinterteile lugen unter der Tischplatte hervor und würden ein großartiges Ziel für Fuß...

LARA Aua!!!

Was hat der Kerl für einen harten Hintern. Ich glaube, ich habe mir den Fuß gebrochen.

KAI Aua!!!

Erste Frage: War das Lothar Matthäus oder Wayne Rooney? Zweite Frage: Was zur Hölle machen die beiden hier auf dieser Party?

»DU ARSCH!«

Das war eine Frauenstimme. Birgit Prinz.

»Komm sofort raus da! Was hast du überhaupt unter meinem Buffet verloren?«

Ach nein, Männerfresser-Lara. Na warte, die kann was erleben. Erst mal ganz ruhig rauskrabbeln und aufstehen. So.

»Caro! Ich bitte um Erlaubnis, diese Frau hier rauswerfen zu dürfen. Sie ist völlig durchgeknallt und behindert wichtige Reparaturarbeiten.«

»Das waren *meine* Damentoilettenideen! Du hast sie geklaut!«

»Oh, ach so, ähm ...«

»Ich brauche Licht, Herr Findling! Sonst rutscht mir gleich die Verschlussentlüftungskappe in den Knuftenschacht.«

»Moment, ich komme.«

»Ich will nicht deinen Hintern anschreien. Schau mir gefälligst in die Augen!«

»Können wir gleich darüber reden? Ich ...«

»Nein!«

»Aua!!!«

»So, fertig, Herr Findling.«

»Okay, jetzt nicht treten, ich komme wieder raus.«

»Pass gefälligst auf die Tischdecke auf!«

Warum bin ich nicht einfach zu Hause geblieben?

»Also schön, Lara, hätte ich die ganzen tollen Ideen für die Damentoilette einfach wegwerfen sollen, hm?«

»Du hättest mich wenigstens fragen können!«

»Wie denn? Du wolltest ja nichts mehr mit mir zu tun haben.«

»Was? Komm mir jetzt bloß nicht so! Ich ...«

»Hey, könnt ihr euch bitte draußen streiten, Kai? Das ist schließlich eine Geburtstagsfeier.«

»Tschuldigung, Caro. Das ist ...«

»OH MEIN GOTT!«

Nanu? Von einem Moment auf den anderen hat sich der empörte Löwensteinspross von uns abgewandt und starrt kreidebleich ans andere Ende des Raums.

»Was ist denn, Caro?«

»Die Band! Bitte sag, dass das nicht wahr ist, Kai!«

»Wieso? Alles ist aufgebaut, und jetzt fangen sie gleich an zu ... OH MEIN GOTT!«

»Eure Götter interessieren mich einen Dreck! Du schuldest mir eine Antwort, Kai! Wieso ...?«

»Großonkel Karl!«

»Pass auf! Du hast dich in die Auberginen-Mortadella-Röllchen gesetzt!«

»Ich ... ich dachte, die haben sich nur aus Flachs Die

drei Seniöre genannt, Kai, aber die sind ja wirklich ... alt.«

»Karl.«

»Total alt.«

»Ausgerechnet hier.«

»Steinalt.«

Und während die kreidebleiche Caro *steinalt* sagt, legen sie auch schon los. Herr Andrischek sitzt im Feinripp-Unterhemd hinter seinem Schlagzeug und drischt auf die Snaredrum ein, als gäbe es kein Morgen, Herr Hurzenberger hat seine verbliebenen Haare zu einer beeindruckenden Elvis-Schmalztolle zusammengedreht und spielt schmutzige Gitarrenriffs zu Svens Basslinien, und Großonkel Karl im pechschwarzen Anzug lässt seine riesige alte Orgel mit einer Urgewalt losgrollen, dass einem angst und bange werden kann. *Smells like Teen Spirit*. Sie haben den Punk neu erfunden. Ich falle auf die Knie.

Im gleichen Moment fliegt mit einem lauten Knall die Damentoilettentür auf und ein alles niederwalzender Strom Frauen schießt auf die Tanzfläche, Herr Rockerer mittendrin, und der Rest des Clubs hinterher, zuletzt die ekstatisch kreischende Caro.

»Was ist das?«

»Die drei Seniöre, Lara.«

»Hört sich gruselig an.«

»Hey, Vorsicht! Der an der Orgel ist mein Großonk...«

»Nicht die Band, ich meine diese Quietschgeräusche, hör doch mal.«

»Oh, stimmt. Woher kommt das?«

»Unter dem Tisch.«

»Mist, bestimmt wieder der Ventilverteilerduplexabzweig.«

»Von wegen. Schau mal!«

»Beppo!«

Der arme Kerl! Völlig in Panik wegen der krassen Musik der drei Seniöre hat er sich unter das Buffet verzogen und versucht nun, durch die viel zu kleine Klappe in den Installationsschacht zu fliehen.

»Heee! Komm, da kannst du nicht rein.«

»Zerr doch nicht so an ihm rum. Lass mich mal, mich kennt er. Beppo, ich bins, Kai! Komm raus, gaaanz ruhig, alles okay.«

Nichts zu machen.

»Lass ihn, Kai. Heben wir lieber erst mal den Tisch weg.«

»Ach, jetzt dürfen wir auf einmal doch den Tisch wegheben?«

»Solange es nicht um deinen Duplexschnuplex geht, jederzeit. Mach schon!«

»Pah!«

»Komm, Beppo. Hier, ich hab ein ganz feines Schinkenwürstchen für dich.«

»Das klappt doch nie! Siehst du nicht, dass er in Panik ist? Da interessiert ihn doch kein Würst... Oh.«

»Fein, Beppo, und jetzt komm schön mit, ich bring dich hier raus. Na los, was ist?«

»Als ob der arme Kerl in diesem Zustand in der Lage wäre, zu laufen. Lass mich das machen.«

»So kann man doch keinen Hund auf den Arm nehmen!«

»Und ob.«

»Er hat Angst!«

»Vor dir. Kümmere dich lieber um deine Würste.«

»Ich lasse doch den armen Hund nicht mit jemandem alleine, der keine Ahnung hat.«

LARA Eine laue Sommernacht in der Stadt. Schön. Gutgelaunte Ausgehleute, die in lustigen kleinen Grüppchen herumlaufen, auch schön. Endlich mal frische Luft schnappen und dabei auch noch was Gutes für einen netten kleinen Hund tun, ebenfalls ganz prima. Nur dass dabei der blödeste Typ der ganzen Stadt neben mir steht, weil er sich in den Kopf gesetzt hat, dass er sich ebenfalls um den kleinen Hund kümmern muss – echt jetzt, muss das sein? Mein Tag war auch so schon doof genug. Entweder er verschwindet wieder nach drinnen, oder ich gehe. Tut mir zwar leid für Beppo, aber er wird ihm schon nicht den Hals umdrehen. Dafür hätte der auch gar nicht die Eier. Er ist einfach nur ein unendlich arroganter Schnösel, für den alle Leute, die einen nicht ganz so tollen Job haben, Witzfiguren sind. Können solche Typen nicht ein Warnschild auf der Stirn tragen? Ein Glück, dass ich mich nie in ihn verliebt habe, also, nie richtig.

»Okay, Kai, einer von uns kann wieder reingehen. Willst du? Sonst geh ich.«

»Geh du. Wie gesagt, mich kennt Beppo wenigstens schon.«

»Von mir aus.«

»JAUUUUUUUUUL!«

Ha, von wegen.

»Na, ich glaube, dann gehst du wohl besser.«

»Von mir aus.«

»JAUUUUUUUUUL!«

KAI Darf doch nicht wahr sein! Das Hundvieh lässt keinen von uns gehen. Wir haben es jetzt ein paarmal hin und her probiert, keine Chance. Wir sind beide an ihm festgenagelt. Ganz toll. Wenn ich jetzt nicht bald jemanden treten oder erwürgen kann oder einen Drink kriege, platze ich wirklich. Hoffentlich kommt Caro irgendwann raus. So genial Großonkel Karls Band auch ist, die Göre muss doch irgendwann merken, dass ihr Hund sich aus dem Staub gemacht hat, oder?

Mist. Lara wirft schon wieder ihre Haare in den Nacken. Nicht hinschauen, sonst kommt alles wieder hoch. Warum können solche Frauen nicht einfach von Anfang an Bescheid sagen, dass sie nur kurz ihren Spaß mit dir wollen? Dann weiß man, woran man ist, und alles ist okay ... Nicht drüber nachdenken. In der Laune, die ich gerade habe, schreie ich sie am Ende noch an. Und das will sie doch nur provozieren, mit ihren Haaren und so. Nein, den Gefallen tue ich ihr nicht.

Andererseits will ich gerade wirklich mit jeder Faser meines Körpers jemanden anschreien. Ich muss mich ablenken.

LARA »Wie lange arbeitest du eigentlich schon für den Rockerer, Lara?«

Kann ja wohl nicht wahr sein. Jetzt will er mich auch noch provozieren. Na warte.

»Schon immer.«

»Echt? ... Moment mal, hattest du mir nicht erzählt, dass du Filmschnitt und so Zeug machst?«

»War gelogen. Ich erfinde immer tolle Berufe für mich. Weil ich mich so schäme, weißt du.«

»Dafür kennst du dich aber ziemlich gut mit Filmen aus. Ich hab noch deine Liste mit den irischen Lieblingsfilmen.«

»Alle erfunden. Ich hab keine Ahnung von Filmen.«

»Aber *Grün wie die Liebe* gibt es doch wirklich. Du hattest doch die DVD ...«

»War Zufall, dass es den gibt. Echt. Hab ich einfach Glück gehabt.«

»Im Ernst?«

»Ja.«

»Wahnsinn! Ich bin dir voll auf den Leim gegangen. Nicht zu fassen. Du musst dich doch innerlich halb totgekichert haben, dass ich dir so einen Schwachsinn wie *Große Schafe schlafen nicht* abgekauft habe.«

»SAG NOCH EIN MAL SCHWACHSINN ZU *GROSSE SCHAFE SCHLAFEN NICHT*, UND ICH TRETE DIR DEN GANZEN ABEND LANG IN DIE EIER! DAS IST EINER DER BESTEN FILME, DIE ICH JE GESEHEN HABE!«

...

»Äh ... Ah, okay.«

...

»Also schön. Ja, ich bin Filmcutterin. Ich hab nur meinen Job verloren.«

»Oh, warum das denn?«

»Wenn du es unbedingt wissen willst: weil ich eine falsche Tonspur auf einen Fernsehfilm gelegt habe, der dann fast so gesendet wurde.«

»Tatsächlich?«

»Ja.«

»Krass. Wie ...?«

»Ja, wen hammer denn do? Die Lari und der Herr Architekt.«

KAI   »Hallo Herr Rockerer.«

Moment mal, das kann ja wohl nicht wahr sein. Hat der noch alle Tassen im Schrank? Ich kann es einfach nicht fassen. Wie kann …

»Entführens mir fei ned mei Buffetdame, Herr Findling, die werd no braucht.«

»Ich wollte ja schon längst wieder rein, Herr Rockerer, aber wir müssen auf den Hund von Caro Löwenstein aufpassen, und der kriegt jedes Mal einen Anfall, wenn einer von uns weggeht.«

»Ah wos, des liabe Zamperl. Gehns nur eini, Lari, i bleib bei eam.«

»Wie Sie meinen, Herr Rockerer.«

»Wissens, i brauch a wengerl frische Luft, Herr Findling. De Leit megn ja die Musikkapelln da drin, aber für mi is des nix. Da bin i zu alt für. Ha, Kloana, wie hoaßt jetzt nachad du, ha?«

»JAUUUUUUL!«

»Ha?«

»JAUUUUUUUUUUL!«

»Ha?«

»JAUUUUUUUUUUUUUUUUUUL!«

»O mei! Kommens wieder zruck, Lari, des hoit ja koa Mensch ned aus.«

»Wie Sie meinen, Herr Rockerer.«

Wirklich, wie kann das sein? Dafür fehlt mir jedes Verständnis. So was muss …

»Des Buffet schafft die Claudi auch alloanz. Die Leit wolln eh nix mehr essn. Was schauns a so auf meine Schuh, Herr Findling? Gfoins Eana ned?«

Okay. Er hat gefragt.

»Herr Rockerer, um es kurz zu machen, das hier ist ein feierlicher abendlicher Anlass, Dresscode Abendgarderobe oder Kletterer, richtig? Fein. Sie haben sich für Abendgarderobe entschieden. So weit, so gut, ABER WAS ZUR HÖLLE HAT SIE GERITTEN, EINEN SEAMFRONT ANZUZIEHEN? EINEN SEAMFRONT!!! ZUM SCHWARZEN ABENDANZUG!!!!! WAS HAT DIESER SCHEUSSLICHE BANKAZUBI-SCHUH ÜBERHAUPT AN EINEM HOTELBESITZER VERLOREN, KÖNNEN SIE MIR DAS MAL VERRATEN?!!!!! SOLCHE DETAILS RUINIEREN DAS GANZE AMBIENTE, GERADE JEMAND WIE SIE SOLLTE DAS EIGENTLICH WISSEN!!!!!!!!«

...

Okay, das war es dann mit dem Hotelauftrag.

...

Schade nur, ich dachte, es geht mir besser, wenn ich jemanden angeschrien habe.

LARA Wahnsinn! Ich habe mich getäuscht. Der Typ ist kein arroganter Schnösel, er ist ein komplett durchgeknallter Schnösel. Aber das ist jetzt ganz egal. Fakt ist: Er hat Herrn Rockerer zur Schnecke gemacht! Direkt vor meinen Augen! Und wie dieser Hotelseppel jetzt schaut! Bitte, warum macht denn keiner ein Foto? Ich will dieses Gesicht als Riesenposter über meine Toilette hängen!

Was er wohl als Erstes sagt, wenn er seine Sprache wiederhat? ... Armer Kai. Das war es dann mit dem Hotelauftrag ... Hab ich gerade »armer Kai« gedacht? Wie komme ich dazu, »armer Kai« zu denken? ... Oh, der Rockerer findet tatsächlich seine Sprache wieder. Geschlagene drei Sekunden hing sein Kiefer bis zum Bauchnabel herunter, aber jetzt bewegt er sich wieder. Autsch, das wird sicher unschön ...

»Oha.«

Nur *oha*? Das kann nicht sein Ernst sein.

»Hab i wieder wos glernt.«

Der Typ ist unglaublich. Geh bitte weg, Rockerer! Ich muss lachen! Ich …

»Und was san des für Schuh, die Sie tragn, Herr Findling? Die gfoin ma.«

»Äh, Wholecut Oxfords von Greve … Entschuldigung, Herr Rockerer, ich war …«

»Passt scho, Herr Findling. Wenn i meine nächsten Schuh kauf, kommens mit und helfa mir, dann samma wiada guad, haha. So, jetzat muss i wiada eini. I sog der Caroli, dos ihr den Hund heraußn hobts.«

»Das wäre großartig, Herr Rockerer.«

Nein, nein, ich will ihn nicht wieder mögen. Nicht wieder alles von vorne. Er hat den Rockerer angeschrien, eine große Tat, wirklich, aber das war es doch auch schon. Konzentrier dich auf irgendwas, was doof an ihm ist. Ist doch gar nicht schwer. Da wäre zum Beispiel …

»Stimmt was nicht, Lara?«

»Nein, alles in Ordnung.«

»Warum schaust du mich dann so komisch an?«

»Mach ich gar nicht.«

»Doch.«

»Okay, dir trieft immer noch Wutsabber aus dem Mundwinkel.«

»Oh.«

Na toll, jetzt holt er ein Taschentuch raus und wischt es weg. Gibts noch was anderes Doofes an ihm? Wenn er wenigstens den Hosenstall offen hätte … Ups.

»Dir ist was aus der Tasche gefallen, als du das Tempo rausgeholt hat.«

»Wo? Ach, das … Nein, lass es liegen!«

»Sehr hübsch eingepackt. Ein Geschenk?»
»Ja. Das ist für ... für ... na, für ...«
»Neue Flamme?«
»Ja, genau. Ich habe gestern ... gestern ...«
»Ja? Bin ganz Ohr.«
»Okay, ich habe es gestern ... für dich gekauft. Ich konnte nicht anders.«
»Was ist denn drin?«
»Wenn du es wissen willst, eine Zopfspange. Ich fand sie sehr schön, und ich dachte ...«
»Danke auch für den dezenten Hinweis. Ich weiß auch so, dass es bescheuert aussieht, wie mir dauernd diese blöden Haare ins Gesicht hängen.«
»Blöde Haare? Du hast doch keine Ahnung!«
»Meine Haare sind total blöd, und sobald ich wieder Geld habe, lasse ich mir einen Pony schneiden!«
»DEINE HAARE SIND ÜBERHAUPT NICHT BLÖD!«
»SIND SIE WOHL!«
»KEIN BISSCHEN!«
»DOCH!«
»ICH WARNE DICH, WENN DU DIR EINEN PONY SCHNEIDEN LÄSST, DANN ... DANN ...«
»JA? WAS DANN?«
»JAUUUUUUUUUL!«
»NUR WEIL DU ... immer so rumbrüllst. Armer Beppo.«
»Pah.«

Komisch. Jetzt fängt im Partykeller auch jemand an rumzubrüllen. Haben wir ihn angesteckt? Ach, mir doch egal.

...

»Also, du findest, ich soll mir keinen Pony schneiden lassen?«
»Nein, sollst du nicht.«

»Hm.«

...

Jetzt dringen auf einmal ganz viele Brüllstimmen aus dem Keller zu uns. Und es rumpelt. Wehe, mein Buffet kriegt was ab.

...

»Also, übrigens, das mit der Damentoilette ... Danke, wollte ich nur nochmal sagen. Ist dein Werk, Lara.«

»Schon okay.«

Ich setze mich auf den Kantstein. Er setzt sich dazu. Was soll das? Gehirn, sag meinen Gefühlsdingern sofort, dass ich das nicht gut finden will! Jetzt macht sich auch noch Beppo vor unseren Füßen lang. Gehts noch? Sind wir jetzt eine Familie? Kann der wenigstens vorher fragen?

»Also, ich könnte eine Fliese in der Sockelzone anbringen lassen, auf der *Entwurf: Lara Rautenberg* steht.«

»Nein, lass mal.«

Ein paar Gäste kommen aus dem Keller gestürmt. Sie sehen ziemlich verstört aus. Da unten muss wirklich ein kleiner Orkan losgebrochen sein. Hat die Seniorenband die Meute so aufgepeitscht? Ein Glück, dass wir draußen sind.

»Aber ich beteilige dich auf jeden Fall am Honorar. Gib mir deine Kontonummer, ich rechne das gleich morgen aus.«

»Nett von dir, brauch ich aber nicht. Ich krieg nämlich bald meinen Job wieder. Also, wahrscheinlich.«

»Oh, herzlichen Glückwunsch ... Wie ist das damals eigentlich passiert mit den falschen Tonspuren?«

»War Absicht.«

»Du hast *mit Absicht* eine falsche Tonspur auf einen Fernsehfilm gelegt?«

»Genau genommen eine zusätzliche Tonspur.«
»Und was war da drauf?«
»Buh-Rufe.«
»Oh, nicht nett.«
»Es war ein *Tatort*.«
»Ich glaube, ich verstehe.«

»Ich hatte schon ein Dutzend *Tatorte* geschnitten. Und irgendwann habe ich es nicht mehr ausgehalten und habe aus Spaß nach jedem schlechten Dialog Buh-Rufe reingeschnitten.«

»Sprich, ein ganzer *Tatort* voller Buh-Rufe.«

»Genau. *Ich dachte, du wärst mein Freund und ich kann mich auf dich verlassen. – Aber versteh mich doch. – Da gibt es nichts zu verstehen, ich empfinde jetzt überhaupt keine Loyalität mehr zu dir. – Es tut mir leid, wenn ich deine Gefühle verletzt habe, Egon. – Du feiges Arschloch. Ich mach dich fertig. Wirst schon noch sehen. – BUUUUH!* Und so weiter. Ich habs damals deinem Freund Frank Neumann vorgespielt. Der hat sich vor Lachen gekugelt und gemeint, das sollten wir unbedingt so lassen. Tja, und dann habe ich es einfach gelassen.«

»Du ... bist ganz schön mutig.«

Ich ... ich will das nicht, kapiert das mein Körper vielleicht mal? Warum ist mein Gesicht auf einmal wieder so nah an seinem? Kann er nicht wenigstens nach hinten ausweichen? Nein, er denkt natürlich gar nicht dran.

»Und ... ist das dann so gesendet worden?«
»Nein. Jemand hat es im letzten Moment entdeckt.«
»Schade.«
»Ja, wirklich schade.«

Meine Stirn berührt gleich ... Was war das?

»Ich glaube, da unten passiert gerade was ziemlich Schlimmes.«

»Ja. Ein Glück, dass wir in Sicherheit sind ... He, Beppo! Bleib hier! Bleib hier!!!«

Mist. Irgendwas hat auf einmal die Beschützerinstinkte in dem kleinen Kerl geweckt. Vor lauter Angst um sein Frauchen stürzt er sich blindlings die Treppe zum Brüll-und-Rumpel-Keller herunter. Wirklich kein Ort für einen kleinen, jungen Hund, der zur Panik neigt. Wir müssen ihm hinterher. Kai hat schon die Beine in die Hand genommen. Na gut. Heute ist eh alles egal.

KAI Die Schlägerei haben wir wohl verpasst. Die eine Hälfte der Streithähne befindet sich fest im Griff von beherzten Männern und wird nun gezwungen, beruhigende Drinks aus Angelinas Hexenküche einzunehmen, die andere Hälfte hat sich selbst schachmatt gesetzt, weil sie sich beim Raufen in den Kletterseilen verheddert hat. Trotzdem ist der Unfriede noch lange nicht vorbei. Wo man auch hinschaut wird gestritten, und es könnte jeden Augenblick das nächste Scharmützel ausbrechen. Oder vielleicht ist es sogar schon so weit? Irgendwie ist die Sicht nicht so gut. Die Trockeneisnebelmaschine muss für kurze Zeit außer Kontrolle geraten sein. Aber kann das der Grund für diesen Schlamassel sein?

Beppo findet trotz Nebel im Nu zu Caro. Nein, ihr ist nichts passiert. Trotzdem sitzt sie auf einer Stufe und weint. Und zwar dermaßen, dass Beppo kaum hinterherkommt, die Tränen von ihrem Gesicht zu lecken. Nicht weiter erstaunlich, wenn man bedenkt, dass sie die Gastgeberin einer bisher recht gelungenen Party ist, die aus irgendeinem Grund in den letzten Minuten eine höchst ungute Wendung genommen hat. Schon eher erstaunlich ist, dass Großonkel Karl neben ihr sitzt und abwechselnd versucht, sie zu trösten und sich für irgendwas zu entschuldigen. Je mehr ich vom Gebrüll der umstehenden Streithähne mitbekomme, umso mehr ahne ich allerdings, was Sache ist:

»... DEIN VERSUCH, DIE AFGHANISTANPROBLEMATIK AUF EIN PURES JA ODER NEIN HERUNTERZUBRECHEN, IST EIN GEFÄHRLICHER ...«

»... DAS HABE ICH ÜBERHAUPT NICHT GESAGT, EIMERKOPF, ICH WOLLTE LEDIGLICH KLARMACHEN, DASS DER ZIVILE AUFBAU ...«

»... OFFENSICHTLICH ZU SCHWER FÜR DICH ZU KAPIEREN, DASS MILITÄRISCHE SICHERUNG DER ERRICHTUNG DEMOKRATISCHER INSTITUTIONEN NIEMALS ...«

Au Backe.

»Onkel Karl?«

»Ich habe einen Fehler gemacht.«

»Was genau ist hier in den letzten zehn Minuten passiert?«

»Na ja, ich habe nach unserem letzten Lied die Nebelmaschine angeworfen.«

»Warum das?«

»Damit der Sehsinn quasi ausgeschaltet ist und die Leute sich umso mehr darauf konzentrieren, was ihre Ohren erreicht.«

»Aha. Und, lass mich raten, das, was ihre Ohren erreicht hat, war ein kleiner, möglicherweise höchst streitbarer Redebeitrag von dir zur Lage in Afghanistan?«

»Nun, ich gebe zu, ich wollte etwas provozieren und ...«

»... du hast dabei nicht bedacht, dass es keine gute Idee ist, Leute mit Alkohol in der Blutbahn zu politischen Diskussionen anzustiften?«

»Nun ja, es war aber auch Pech dabei. Einer von den Kletter-Tänzern, Gonzo hieß er, glaube ich, war in einem Punkt nicht meiner Meinung und kriegte einen Wutanfall. Sein Kollege Oliver versuchte ihn zu beruhigen und hat dabei so ungeschickt mit den Armen herumgefuchtelt, dass er der Dame hinter ihm aus Versehen eine gelangt hat. Und dann kam noch dazu, dass der Begleiter der Dame ohnehin ganz anderer Meinung als Gonzo war, und schon ... Also, nochmal, es tut mir wirklich leid, hörst du, Caro? Ich wollte das nicht. Ich ...«

»Ist eh nichts mehr zu retten. Meine Mutter will unseren Sicherheitsdienst holen und alle rausschmeißen lassen.«

»Okay, Karl, das Wichtigste ist jetzt erst mal, dass hier wieder Musik läuft. Kannst du dich darum kümmern? Der DJ macht wohl immer noch Rauchpause.«

»Ich würde ja gerne, aber eigentlich sollte da jetzt gleich noch eine andere Band spielen.«

»Die hat meine Mutter schon wieder weggeschickt. Dabei sollte das doch die große Überraschung werden. Nicht so was Krasses wie die drei Seniöre, sondern auch mal was für etwas Ältere.«

LARA Ich will jetzt endlich einen Drink. Und wenn im nächsten Moment das Haus einstürzt. Blöd, dass ich nicht die Einzige bin, die so denkt. Was auch immer hier passiert ist, es hat die Leute durstig gemacht. Aber ich dränge mich jetzt einfach vor. Irgendwie finde ich, dass ich mir meinen Drink mehr verdient habe als die anderen. Na bitte, der Tresen ist schon in Sichtweite. Und hier ist eine kleine Lücke. Kurz aufgepasst, dass ich nicht noch im letzten Moment über ein Kletterseil stolpere, und schon bin ich am Ziel.

»Einen Campari Orange, bitte! ... Hey!! Hallo!! Einen Campari Orange, bitte!! ... Nein!!! EINEN CAMPARI ORRRAAAAAANGE!!!!«

Klock.

»Oh, Entschuldigung.«

»Macht nichts.«

»WAAAH!«

»Alles okay?«

»Du bist Tim Bendzko!«

»Ja.«

»Was ... was machst du hier? Du hast doch ein Konzert! Meine Freundin Kerstin ist da und ...«

»Das ist schon vorbei. Und jetzt sind wir noch engagiert, hier ein bisschen unplugged zu spielen.«

»WAAAH!«

»Und wir haben auch noch richtig Lust, aber die Veranstalterin ist irgendwie sauer und will die Party abbrechen. Und da dachte ich mir, ich gieße mir wenigstens noch schnell einen auf die Lampe. Tolle Drinks hier. Hast du schon den Halts Maul und trink! probiert?«

MITTWOCH, NOCH SPÄTER

KAI »Dieser Tim Bendzko singt wirklich gut, Kai.«
»Ja, Onkel Karl.«
»Aber ich muss mir jetzt trotzdem endlich mal einen Drink holen.«
»Tu das. An der Bar steht eine echte Künstlerin.«
Der Junge singt nicht nur so, dass sich sofort alle Gemüter besänftigt haben, er hat anscheinend auch richtig Spaß dabei. Und das, obwohl er heute schon ein ganzes Konzert hinter sich hat. Papa und Tochter Löwenstein stehen Arm in Arm in der Menge, und ihre Gesichter strahlen. Alle wiegen sich im Takt, und manche singen sogar mit.
»*Dieser Tag*
　Verlangt nur das eine von dir
　Sag einfach ja ...«
Kaum zu glauben, dass sich alles nochmal zum Guten gewendet hat. Frau Löwenstein war wirklich wild entschlossen, alle rausschmeißen zu lassen, und die Sicherheitsleute standen schon vor der Tür.
»Echt toll, wie deine Freundin das alles nochmal rumgerissen hat, Lara.«
»Meine Freundin?«
»Na, die Jenny.«
»Ach so. Ehrlich gesagt, ich kann Jenny nicht leiden.«
»Aber wenn sie Detlef Falkenberger nicht mit einem Drink in der Hand zu Caros Mutter geschickt hätte ...«

»Ja, ein genialer Schachzug. Muss ich zugeben. Detlef Falkenberger kann ich aber übrigens auch nicht leiden.«

»Alles andere hätte mich auch sehr enttäuscht.«

Sie lächelt und wirft ihre Haare nach hinten. Einmal mehr schaue ich sie an wie das achte Weltwunder. Dann fährt auf einmal, ganz langsam, aber unbeirrbar, meine Hand wie von selbst in meine Jacketttasche und holt die immer noch eingepackte Zopfspange heraus. Ich traue mich nicht, sie ihr zu geben. Blöderweise hat sie mich beobachtet. Für einen kurzen Moment stehen wir ziemlich dumm rum. Dann lächelt sie nochmal und streckt ihre Hand aus. Ich lege in Zeitlupe das Geschenk hinein. Genauso langsam packt sie es aus. Dann lächelt sie schon wieder, diesmal so, dass ein ganzer Vulkan in meiner Brust ausbricht.

»Danke, das ist ... schon irgendwie ... lieb von dir.«

Wir stehen mitten im Getümmel, aber es ist, als wäre auf einmal eine Glaskuppel über uns beide gestülpt worden. Selbst Tim Bendzkos Lieder kommen kaum noch bei mir an. Keine Ahnung, was diese wunderbare, anbetungswürdige Frau dazu bringt, dauernd ihre Männer auszutauschen, aber es hilft alles nichts. Auch wenn sie mich morgen wieder durch einen Naturburschen, Seiten-kurz-oben-lang-und-verwuschelt-Frisur-Typen oder wen auch immer ersetzen wird, ich bin einfach ... bis über alle Ohren der Menschheit verliebt in sie und würde sogar sterben, wenn ich dafür nur noch einen Augenblick länger bei ihr sein kann.

LARA Und es ist wirklich ein Jammer, dass so ein lieber Kerl gleichzeitig so ein Depp sein kann, der sich immer als was Besseres fühlen muss. Und es ist eigentlich total widerlich, dass er auf einmal wieder Augen für mich hat, nur weil er jetzt weiß, dass ich keine Rockerer-Buffetdame, sondern eigentlich Filmcutterin bin. Aber es hilft nichts, irgendwie … ja, okay, irgendwie will ich halt doch was von ihm. Genauer gesagt, ich … will … einfach alles! Und wenn er jetzt nicht gleich …

DETLEF FALKENBERGER »Sehen Sie die beiden da drüben, Madame Löwenstein?«

»Oh ja, da wird man doch gleich zwanzig Jahre jünger, nicht wahr?«

»Mir ist spontan ein kurzes Gedicht dazu eingefallen, wollen Sie es hören?«

»Oh, bitte, gerne.«

»*Ein Mann, eine Frau, die Nacht, wen wundert's?*
 Vor unseren Augen, der Kuss des Jahrhunderts.«

»Oh, das ist wunderschön, Detlef.«

»Ich weiß.«

CARO »Schau mal, Papa, Beppo gefällts jetzt auch. Guck, wie der auf einmal mit dem Schwanz wedelt. Der mag Tim Bendzko.«

»Dabei sieht er gar nicht hin.«

»Stimmt, der schaut ganz woanders hin. Na ja, Hauptsache, er freut sich.«

KERSTIN   »Wenn Lara wüsste, dass ich jetzt hier bin und sie sehe, Moha.«

»Und wenn Kai wüsste, dass *ich* jetzt 'ier bin und *ihn* sehe.«

»Hat sich wirklich gelohnt, noch herzukommen.«

»Pssst.«

»Können wir noch zwei Halts Maul und trink! haben, Angelina?«

»Ja.«

»Muss der Drink eigentlich so fies 'eißen? Können wir ihn zur Feier des Tages nicht anders nennen?«

»Genau. *Happy Ending,* oder so?«

»Macht doch, was ihr wollt.«

Vielen Dank an

meinen großartigen Lektor Carlos Westerkamp, der sich bereitwillig zum fünften Mal die Fron eines meiner Manuskripte angetan hat.

die großartige Nathalie, die verhindert hat, dass Lara eine SMS bekommt, während ihr Handy ausgeschaltet ist.

die großartige Berliner Band *SalonSisters*, deren Musik (und keinesfalls deren Alter) Vorbild für Großonkel Karls Band war. www.salonsisters.de

an den großartigen Autorenkollegen Jan-Uwe Fitz (der bald ein Star sein wird) für alles, was er in den letzten Jahren so von sich gegeben hat. Lest seine Bücher!

an die großartige Autorenkollegin Paula Lambert für *Happy Ending*. Lest ihre Bücher!

last but not least den großartigen Adrian, der extra für *Andere tun es doch auch* sein Leben geändert hat. Wer sein früheres Leben kennenlernen will, kann unter anderem in *Kaltduscher* nachlesen.

Kai Findlings kleine Schuhkunde

Also, nur kurz das Wichtigste. Ich müsste eigentlich schon längst unterwegs sein. Bin nämlich mit Lara verabredet.

Das hier ist ein ein typischer *Oxford*. Wichtigstes Merkmal: Die sog. *geschlossene Schnürung*. Soll heißen: Die Verschlussteile enden *unter* dem Vorderteil. (Nicht verstanden? Einfach mit dem Bild des Derbys mit der offenen Schnürung vergleichen.) Außerdem typisch Oxford: der schlanke Leisten. Noch wichtig: Dieser Schuh hier hat vorne eine Kappe, was ihn zum *Captoe Oxford* macht.

Und das hier ist ein *Derb*y. Im Gegensatz zum Oxford ist er mit einer offenen Schnürung versehen, d. h. die Verschlussteile liegen auf dem Vorderteil auf und öffnen sich nach vorne. Das hat den Vorteil, dass man den Schuh beim Schnüren gut an verschiedene Fußhöhen anpassen kann. Dafür sieht er beileibe nicht so elegant aus wie ein Oxford. Weil der abgebildete Derby keine Aufsätze und keine Verzierungen hat, nennt man ihn, wenn man präzise sein will, *Plain Derb*y.

Und hier sehen wir einen *Fullbrogue Oxford*. Charakteristisches Merkmal: Lochmusterverzierungen, die sog. *Broguings*. Außerdem wichtig: die *Flügelkappe* vorne. Hätte der Schuh stattdessen eine einfache, gerade abgeschnittene, ebenfalls mit Broguings verzierte Kappe, wäre er ein *Semibrogue Oxford*.

Außerdem gibt es noch *Longwings, Quarterbrogues, Sattelschuhe, Blücher, Monks* und vieles mehr, aber ich kann Lara jetzt wirklich nicht länger warten lassen. Wen es wirklich interessiert, der liest in »Alles über Herrenschuhe« von Helge Sternke, S. 191 ff. nach. Meiner Meinung nach die einzige brauchbare Schuhmodell-Systematik, die weit und breit zu finden ist.

Ach, und eins noch schnell: Ein *Budapester* ist ein sehr gemütlicher Fullbrogue Derby mit breitem Schnitt, auffällig derber Randnaht und nach oben zeigenden Schuhspitzen, ähnlich wie bei einem Clownsschuh. Modejournalisten nennen gerne jeden Schuh mit Lochmuster kategorisch Budapester. Das ist Quatsch. Jetzt muss ich aber wirklich los. Oh, SMS …

ANMERKUNG DES AUTORS

Ich bitte um Verständnis für Kai. Er musste wirklich los. Dafür hat Angelina uns eins ihrer Drinkrezepte verraten. Große Ausnahme.

Happy Ending
(aka Halts Maul und trink!)

Version Kai:
4 cl Grapefruitsaft
4 cl Rose's Lime Juice
4–6 cl Gin (Tanqueray)
Spritzer Cointreau

Mit Eis schütteln und abseihen

Version Lara:
4 cl Orangensaft
4 cl Rose's Lime Juice
4 cl Gin (Tanqueray)
Spritzer Grenadinensirup

Mit Eis schütteln und abseihen

Matthias Sachau im INTERVIEW

Herr Sachau, vier erfolgreiche Comedy-Romane in Folge. Sie waren früher in der Schule bestimmt der Klassenclown, oder?
Nein, nein. Ich habe immer davon geträumt, der Klassenclown zu werden, aber andere waren besser.

Woran lag es?
Ich war nicht schlagfertig genug. Brauchte immer mindestens eine Minute, um mir meine tolle Hammerpointe zurechtzulegen. Dann war die Situation aber schon längst vorbei. Ein guter Klassenclown ist nicht nur kreativ, sondern auch blitzschnell. Zum Glück war ich immer in Klassen mit super Klassenclowns.

Haben Sie sich deswegen später auf das Schreiben verlegt? Weil Sie da mehr Zeit haben, sich die Dinge zurechtzulegen?
Vermutlich ja. Ich brauche einfach ein paar Minuten. Allerdings sitze ich jetzt öfter bei Lesungen auf der Bühne. Und manchmal gelingt mir da auch mal was Spontanes. Dann bin ich immer sehr stolz und denke mir: „Ha, ich wäre doch ein guter Klassenclown gewesen."

Ihre letzten Bücher landeten alle auf der Spiegel-Bestsellerliste. Haben Sie ein Erfolgsrezept?
Nicht dass ich wüsste. Vielleicht mögen die Leute meine Hauptfiguren?

Mögen Sie selbst denn Ihre Hauptfiguren?
O ja, sehr gern sogar!

Ich frage mal ganz dreist: Oliver Krachowitzer, der Held aus „Kaltduscher" und „Linksaufsteher", sind Sie das selbst?
Nicht ganz. Oliver hat dermaßen die Ruhe weg, da kann ich noch viel von ihm lernen. Andererseits ist der Kerl ein

bisschen arg phlegmatisch. Da bin ich gerne anders. Ansonsten sind wir uns sehr ähnlich.

Über welche Dinge lachen Sie am liebsten?
Ganz ehrlich? Über Slapstick im Alltag. Ganz schlimm. Da kann jemand hinfallen und sich richtig, richtig weh tun – wenn es ein guter Sturz war, stehe ich neben ihm und lache mich kaputt. Das ist insofern etwas seltsam, weil ich im Gegensatz dazu Gewalt und Schmerz in Filmen nur ganz schlecht vertragen kann.

Eine Abneigung gegen Gewalt in fiktiven Handlungen ist vielleicht der Grund für Ihre Vorliebe für komische Stoffe?
Kann gut sein. Ich erinnere mich, ich habe als Kind herausgefunden, dass es nur eine Art Film im Fernsehen gab, bei der ich vor Gewaltszenen sicher war: Komödien. Wenn „Abenteuerfilm" oder „Spielfilm" in der Fernsehzeitung stand, musste man immer mit ein bisschen Gewalt rechnen. Am allerliebsten mochte ich die Filme mit Louis de Funès.

Kann man aus Filmkomödien etwas lernen, wenn man wie Sie Comedy-Romane schreibt? Oder sind Bücher etwas ganz anderes?
Doch, das kann man sehr gut. Zum Beispiel, dass es nicht reicht, sich nur eine gute Pointe auszudenken. Man muss sie auch perfekt servieren. Dabei sind vor allem Perspektive und Tempo entscheidend. Wenn einem das beim Schreiben ähnlich gut gelingt wie Ernst Lubitsch, Blake Edwards oder Richard Curtis in ihren Filmen, hast du gewonnen.

Ihr Lieblingsbuch?
Ich schwärme für zwei Autoren, die sehr bekannt sind: Wolf Haas und Douglas Adams. Und für zwei andere, die, finde ich, viel zu wenig bekannt sind: P.G. Wodehouse und Jan-Uwe Fitz.

*Kommen wir zu Ihrem neuen Buch. In „Andere tun es doch auch"
geht es um die typischen Missverständnisse zwischen Mann und Frau.
Haben Sie da etwa aus Ihrem eigenen Erfahrungsschatz geschöpft?*
Nun ja, auch. Auf die Idee mit der Mann-Frau-Wechselperspektive haben mich aber vor allem diese merkwürdigen Lebensregelbücher gebracht, die im Moment sehr beliebt sind. Zum Beispiel „Er steht einfach nicht auf dich" oder „The Rules". Dort wird behauptet, dass es in Liebesdingen ein paar sehr primitive Regeln gibt, die angeblich immer gelten. Etwa: „Ruf nie selbst bei einem Mann an, der dich interessiert. Wenn er dich nicht anruft, steht er nicht auf dich." Peng, aus, fertig. Manchmal beschleicht mich das Gefühl, diese Lebensregelbücher wollen die 50er-Jahre zurück. Duldsame passive Frauen, die auf Mr. Right warten und sich damit zum gefundenen Fressen für die zahlreichen Mr. Wrongs machen.

Sie mögen aktive Frauen?
Ja. Sehr. Und aktive Männer ebenfalls. Dass sich zwei aktive Menschen ineinander verlieben, ist die ideale Konstellation. Die brauchen weder glückliche Zufälle noch diesen ominösen „richtigen Moment", um sich zu finden. Im echten Leben ist das toll, als Romanstoff allerdings leider viel zu langweilig.

Sind Sie selbst ein aktiver Mann?
Ähm, (hüstelt) sagen wir, das kommt auf die Tagesform an.

Arbeiten Sie wenigstens aktiv an einem neuen Buch?
Ja. Wieder ein Comedy-Roman. Er hat den schönen Titel „Hauptsache es knallt", und es geht um eine chaotische Hochzeit. Außerdem schreibe ich parallel an einem Fantasy-Roman. Neuland für mich. Macht aber großen Spaß.

DIE HITPARADE
der Matthias-Sachau-Tweets

▷ 1
Wo du bist, scheint die Sonne. Stört manchmal beim Einschlafen, ist aber okay.

▷ 2
Ihr immer mit eurem Kaffee. Wer wirklich wach werden will, nimmt Enthaarungspflaster.

▷ 3
Bin aus dem warmen Bett herausgekommen. Feiere diesen Erfolg seit zwei Stunden unter der warmen Dusche.

▷ 4
Und dann tippte mir eines Tages die Wanduhr auf die Schulter und sagte: „'tschuldigung, hab mich verhaspelt. Kommt jetzt Tick oder Tack?"

▷ 5
Habe Interessengemeinschaft zur Wiederherstellung des Ansehens des Eigenlobs gegründet. Muss sagen, das war genial von mir.

▷ 6
Einen Zettel kann ich dir nicht hinterlassen. Bin zu aufgewühlt. Aber ich hab dir ein Herz aus meiner Schlafanzughose gelegt.

▷ 7
Bei „ich bezahle mit meinem Namen" hat der Kellner nur komisch geschaut. Der Kinnhaken kam erst bei „stimmt so".

▷ 8
Übermäßige Intelligenz führt oft zu sozialer Isolation. Jetzt wird mir einiges klar.

▷ 9
Meine geheime Superkraft: Bei *Vier Gewinnt* rote Steine in gelbe verwandeln. Nach Niederlagen. Wenn keiner guckt.

▷ 10
Nie sinkt der Respekt so schnell wie zwischen den Sätzen „ich bin Chirurg" und „also, mehr so Hobby".

▷ 11
Im Hautarztwartezimmer neben den Infoständer setzen, und jedes Mal, wenn sich einer ein Faltblatt nimmt, laut „aha!" rufen.

▷ 12
Auf Mittelalterfeste gehe ich immer als Mann aus der Zukunft.

www.twitter.com/matthiassachau
www.facebook.com/matthias.sachau
www.matthias-sachau.de
 www.ullsteinbuchverlage.de